KB148675

생의 인사말
隣人への挨拶状

황금알 시인선 123

생의 인사말(隣人への挨拶状)

초판발행일 | 2015년 12월 31일

지은이 | 한성례(韓成禮) · 다지마 야스에(田島 安江) 외 68인
펴낸곳 | 도서출판 황금알
펴낸이 | 金永馥
선정위원 | 김영승 · 마종기 · 유안진 · 이수익
주 간 | 김영탁
편집실장 | 조경숙
표지디자인 | 칼라박스
주소 | 03088 서울시 종로구 이화장2길 29-3, 104호(동숭동, 청기와빌라2차)
물류센타(직송 · 반품) | 100-272 서울시 중구 필동2가 124-6 1F
전 화 | 02)2275-9171
팩 스 | 02)2275-9172
이메일 | tibet21@hanmail.net
홈페이지 | http://goldegg21.com
출판등록 | 2003년 03월 26일(제300-2003-230호)

값은 뒤표지에 있습니다.

ISBN 979-11-86547-27-4-03810

편집 협력 : 쇼시 칸칸보   編集協力 : 書肆侃侃房

광복70주년, 한일수교 50주년 기념 한일시인 대역 70인 시선집

생의 인사말

戦後70年、日韓国交正常化50年記念、日韓詩人対訳70人アンソロジー

隣人への挨拶状

詩 한성례 · 다지마 야스에 포함 70인
詩 韓成禮 · 田島 安江 をはじめ70人

편역 한성례
編訳 韓成禮

황금알

언어를 가뿐히 뛰어넘는
― 한국과 일본의 시인들

다지마 야스에(田島 安江)

내가 한국의 시인들과 교류를 시작한 지도 벌써 10년이 넘었다. 한국 시인의 시를 일본어 시집으로서 본격적으로 접한 것은 안도현 시인의 『얼음매미』와 한성례 시인의 『감색 치마폭의 하늘은』이라는 두 권의 번역시집이었다. 그들의 시에는 시대에 드리워진 그림자가 농밀하게 반영되어 있었다.

그 이후 나는 한성례 씨가 번역한 여러 한국시를 읽고, 시인만이 표출할 수 있는 다양한 시적 감성에 접해왔다. 그리고 일본과 한국 시가 어떻게 다른 지를 줄곧 생각해 왔다. 2015년 올해는 광복 70주년이자 한일 수교 50주년이다. 일본이 패전 후 경제부흥에 열을 올리던 20년 동안 한국은 국가의 존속문제로 요동을 쳤다. 시의 나라 한국에서 시는 민주화운동에 지대한 역할을 했다. 시인들은 그와 관련된 많은 시를 썼고 읽혀졌다. 이러한 역사적 사실을 헤아려보면 자연스레 한일 간 시의 차이점이 명확해진다.

한국을 방문해서 한국 시인들과 만날 때마다 나는 한일 양국의 정치적인 이권이나 알력은 차치하고 '시는 시대와 민족 모두를 초월하여 그저 그 자리에 존재한다'라고 말해 왔다. 요컨대 이 '존재한다'라는 말 자체만으로도 의미를 갖는다는 사실을 실감할 수 있다.

예를 들어 거리를 걷다가 문득 정겨운 냄새와 접했을 때를 상상해 보라. 골목길에서 풍겨오는 냄새의 근원지를 따라가다 보면 왠지 우리가 잃어버린 소중한 무언가가 그곳에 숨겨져 있을 것만 같다.

2014년 후쿠오카에서 만난 이성복 시인의 일본어 시집『그리고 다시 안개가 내렸다』에서는 민족의 긍지와 치욕을 암시하는 '입에 담지 못할 일'이라는 의미심장한 시구가 반복된다. 깊은 설움과 고뇌 그리고 환희, 분단국가의 앞날을 걱정하는 시. 한국 시인들의 시를 읽노라면, 골목에 감도는 정겨운 냄새 속에서도 사람들의 고난을 분별해내는 예민한 후각이 감지된다. 때로는 묵직하게 아픔을 수반하기도 한다.

일본 시인들의 시 세계는 내면을 성찰하는 경향이 짙고, 일상적인 삶의 애환을 경쾌하고 담백하게 담아내는 듯한 시가 많다. 이러한 시가 한국 시인들에게는 어떻게 느껴질까. 이 앤솔로지에는 한일 시인들의 '지금'이 오롯이 투영되어 있으므로.

시의 언어는 안개처럼 피어나고, 빗방울처럼 서로 어우러져 강처럼 큰 흐름을 만들어낸다. 원류가 다른 물결들이 시나브로 모여들어 하나의 줄기를 이룬다. 그런 광경을 몽상하는 것만으로도 즐겁다.

시인의 언어는 국경을 가뿐히 뛰어넘는다. 언어의 장벽 따위는 존재하지 않다는 듯 그대로 가슴을 파고들어 심금을 울린다. 시의 이면에는 사람들의 삶이 있다. 그것은 숲이나 강, 논밭으로 퍼져나가고 마을이나 거리로도 흘러간다. 빌딩 숲의 골짜기를 흐르는 강은 어두운 땅속을 지나 바다로 흘러들어가 언젠가는 꼭 당신에게도 다다르리라.

그리고 여기에 수록된 일본시인 35인의 시는 여러 가까운 시인들의 협력에 의해 선정되었음을 알려둔다.

言葉は軽々と
― 韓国と日本の詩人たち

田島 安江

　韓国の詩人との交流を始めたのはいつからだったろう。とっくに１０年は過ぎたにちがいない。わたしが韓国の詩人の詩をまとめて読んだのは、安度眩（アン・ドヒョン）さんの『氷蟬』とハン・ソンレさんの『柿色のチマ裾の空は』という二冊の翻訳詩集だった。かれらの詩には、時代の影が色濃く反映されていた

　以来わたしは、韓成禮さんの韓国翻訳詩を読み、詩人ならではの詩的感性に触れてきた。そして、日本と韓国の詩の違いは何だろうと考えてきた。今年は、戦後70年、日韓国交正常化５０年である。日本が戦後復興に躍起になっていた２０年間韓国は、国の存続に揺れていた。詩の国韓国で、詩は国の民主化運動に大きな役割を果たした。多くの詩が詠まれ、読まれた。そのことを考えるとき、おのずと両国の詩の違いは明確になるだろう。

　韓国を訪れ、韓国の詩人に出会うたびに、国の政治的軋轢など抜きにして、「言葉は時代も民族も超えてただそこに在る」「在る」だけで意味を持つのだと実感できる。一方で、まちを歩き、懐かしい香りを嗅ぐ。路地に流れている匂いをたどると、そこには、もしかしたらわたしたちが失ってしまった大切な何かが匿されているように思える。

２０１４年に出会ったイ・ソンボクさんの詩集『そしてまた霧がかかった』では、民族の誇り、恥という言葉で綴る「口にできないこと」という意味深い詩句がリフレインされる。その深い哀しみと苦しみ、そして喜び。ふたつに分断されてしまった国の行く末を憂える詩。彼らの詩を読むと、路地に漂う懐かしい匂いのなかにも人々の苦難を嗅ぎ分ける鋭い嗅覚が見え隠れする。ときにじわりと傷みを伴って。

　日本の詩人たちの詩はどちらかというと内省的。時に軽やかで、日々の哀しみも喜びもみんな、きれいに包み込んでいるように思える。韓国の詩人はそれをどうみるだろうか。このアンソロジーは、両国の詩人の「現在(いま)」を映しているのではないだろうか。

　詩の言葉は霧のように生まれ、雨粒のように混ざり合い集まって、川の流れを生むだろう。初めは別々の流れも、いつしか寄り添いひとつになる。そんな光景を夢想するのはとてもたのしい。

　詩人の言葉は、国境など、軽々と越えていく。言葉の壁など存在しないかのように、直接心の琴線に触れてくる。詩の背後には人々の暮らしがあり、森や川や田畑が広がり、街へと流れる。ビルの谷間を流れる川は暗渠となって海に降り注ぎ、いつかあなたの元にもきっと届くだろう。

　なお、ここに収めた日本の３５人の詩人たちの詩は多くの友人詩人の協力によるものである。

차 례

2부 일본시인 35인(日本詩人 35人)

고은
高銀(コ・ウン)

신경림
申庚林(シン・ギョンリム)

조오현
曺五鉉(チョ・オヒョン)

문정희
文貞姫(ムン・ジョンヒ)

정호승
鄭浩承(チョン・ホスン)

이성복
李晟馥(イ・ソンボク)

김기택
金基澤(キム・ギテク)

박주택
朴柱澤(パク・ジュテク)

안도현
安度昡(アン・ドヒョン)

곽효환
郭孝桓(クァク・ヒョファン)

권정남
權貞男(クォン・ジョンナム)

김경주
金經株(キム・ギョンジュ)

김선우
金宣佑(キム・ソンウ)

김성규
金聖珪(キム・ソンギュ)

김영산
金榮山(キム・ヨンサン)

김영탁
金永卓(キム・ヨンタク)

김이듬
Kim Yideum(キム・イドゥム)

김종태
金鍾泰(キム・ジョンテ)

1부

한국시인 35인(韓国詩人35人)

김혜영
金惠英(キム・ヘヨン)

박현수
朴賢洙(パク・ヒョンス)

변종태
邊鍾泰(ビョン・ジョンテ)

손세실리아
孫Cecilia(ソン・セシリア)

송찬호
宋燦鎬(ソン・チャンホ)

신현림
申鉉林(シン・ヒョンリム)

오남구
吳南救(オ・ナムグ)

유용선
俞龍善(ユ・ヨンソン)

류인서
柳仁舒(リュ・インソ)

이진명
李珍明(イ・ジンミョン)

이혜선
李惠仙(イ・ヘソン)

전서은
全薁闇(チョン・ソウン)

정병숙
鄭炳淑(チョン・ビョンスク)

조명
趙明(チョ・ミョン)

최영미
崔泳美(チェ・ヨンミ)

허혜정
許惠貞(ホ・ヘジョン)

한성례
韓成禮(ハン・ソンレ)

소등(消燈)

고은(高銀)

사별했다. 애도조차도 무례하다.
나는 무덤 같은 서울을 떠난다.
길이 단호하다. 인파 저자를 지나고
앰프 마을들도 지나고
시골만이 구원이다.
축하하는 듯한 삼밭 고개 넘어
길은 나루터에서 그쳤다가 저 건너 나루터에서 이어
진다.
마침내 길은 들에서 하얗게 타오르는 연기가 되고 만다.

저 역경과 같은 들을 지나서 길은 끝날 것인가.
그리고 일생으로 찾았던
한마디의 삶의 인사말이 있겠는가.
그렇다. 사람이 길을 물었을 때
무엇이라고 내가 대답할 것인가.
이것뿐이다. 내 이름을 일러주고
한 이파리 주운 은화에 햇빛이 비칠 때 그 은화가 새끼
지빠귀처럼 운다.
길은 나루터에서 그쳤다가 나루터에서 이어진다.

누구의 말이라도 말 속에는
일생의 파도소리가 들어 있다.
이윽고 어린 등불이 꺼진다.
산화(散華)는 꽃만이 아니라 일체의 청춘으로 이룩된다.
내 목이 마르고
길은 깊이 생각에 잠겨 있다.
오늘은 어제의 연장이 아니다.
아아 추위조차 마을마다 다르다. 그리고 사람마다 다르다.

벌써 가을이다. 늙은 농부는 개토(改土)할 흙을 미리 다지고
빼빼마른 석수장이는 돌을 깬다.
끝내 죽은 사람은 나타나지 않는다.
하지만 죽은 사람의 가을이다. 내 가을이 아니다.
죽어서 없다는 것은 이 세계에서 가장 강한 존재의 역설이다.
새벽부터 외치는 앰프의 마을이 앰프 소리 끝난 마을로 남아 있을 때
내 고독은 고독으로부터 사별한다.

깊은 어둠이 낳은 또하나의 어둠이
내 다시 시작된 도보를 받아들인다. 죽은 사람이 나의
삶을 상속한다.

消灯

高銀(コ・ウン)

死が二人を分かった。追悼など何の意味があろう。
私はこの墓場のようなソウルを去っていく。
断固としてこの道を行く。市場の人波を過ぎ
アンプの響く町並みも過ぎて
今はもう田舎だけが救いである。
祝ってくれているような麻畑の峠を越えて
道は船着き場で終わり、その向かいの船着き場か
　らまた始まる。
そして最後に道は、野原から白く昇る煙になって
　消えてしまう。

あの逆境のような野原を過ぎると、道は終わるの
　だろうか。
そして一生探し求めた
生を終えるにあたっての一言の別れの言葉が必要
　だろうか。
そうだ。人が道を尋ねるなら
私は何と答えればいいだろう。
ただこれで充分だろう。自分の名を言い
拾い上げた銀貨のような一枚の葉に日が差すとき

その銀貨が鶫の雛のように鳴く。

道は船着き場で終わり、船着き場からまた始まる。

誰の言葉にもその中には

一生聞こえる波の音がある。

やがて幼い灯は消える。

散華は花だけでなく、青春との一体によって完成
　　する。

私はのどが渇き

道は深い思いに浸っている。

今日は昨日の延長ではない。

多分、寒ささえも町ごとに違うだろう。そして人
　　ごとに違うにちがいない。

ときすでに秋。老いた農夫は開墾する土にあらか
　　じめ手入れをし

やせ細った石屋は石を割る。

それでも死んだ者は現れない。

だがこれは死んだ者にとっての秋である。私の秋
　　ではない。

死んでいなくなるとは、この世界で最も強かった
　　という存在の逆説である。
夜明けから叫ぶアンプの町が、その音の止んだ町
　　として残るとき
私の孤独が生んだもう一つの闇が
私の再び始まった歩みを受け入れる。
死んだ者が私の生を引き継ぐ。

과육(果肉)

1

마침내 빈 말수레들이 돌아간다
빈 수레라 해도
거기에는 내가 알 수 없는 것들이 실려 있다

이상한 노릇이다 과일이 벌써 벌써 익었다
그 캄캄한 살이 싱싱하게 아프리라
저 남쪽에서 소묘(素描)한 반원(半圓)이 겹겹이 사라진다
내 둘레에서 방금 사용한 단어(單語)들이 땅에 떨어진다
그리고 입술은 또다시 위아래가 해후(邂逅)처럼 닫히리라

2

벗이 왔다 둘이 올 것을 하나는 죽었기 때문이다
그의 무덤을 여기까지 떠올 까닭은 없다
여기는 벗 하나로도 충분하다
과일이 절로 떨어진다
그것이 감인지 사과인지 모른다
그렇다 마지막에 추상(抽象) 감탄사(感歎詞)로 길이 끝난다

벗이여 더 고백(告白)하지 말아라
너무 많은 진실은 허황하구나
저녁 햇빛에 고백이 모여 고백을 태운다
이제부터 나는 벗에게 과수원으로 인도한다
가을이 떠나간다
과일로 꽉 찬 과수원은 빈 과수원의 과거이다
과일 속의 살의 무지(無知)에 다다르고 싶다
그 삶의 암흑! 그리고 그 살 속의 씨앗!

고은(高銀) 1933년 전북 군산 출생. 1952년에 출가하여 10년간 승려로 생활하다가 환속하여 시인과 재야운동가로 활동했다. 행동하는 문인으로서 한국민족예술인총연합 초대의장, 한국작가회의 의장 등을 역임했다. 국내에서는 한국문학작가상, 만해문학상, 중앙문화대상, 대산문학상, 단재상, 금관문화훈장을 수상했으며, 해외에서는 캐나다에서 그리핀 공로상, 노르웨이에서 국제문학제 비외른손 훈장, 스웨덴에서 시카다상 등을 수상했다. 1960년 첫 시집 『피안감성(彼岸感性)』을 시작으로 『해변의 운문집』『시여 날아가라』 등 20권 여권의 시집이 있다. 특히 24년에 걸쳐 총 30권으로 완성한 『만인보(萬人譜)』는 5,600여 명의 실존인물과 역사적, 불교적 체험에서 만난 초월적 인물 등을 실명으로 묘사한 독특한 연작 장시집으로서 국내외에서 크게 화제를 모았다. 그밖에도 소설, 평론집 등 총 150여권의 저서가 있다. 영어, 독어, 스페인어, 불어, 중국어 등 세계 각국에서 번역 출간되었으며, 일본어시집으로는 2007년 『지금 그대에게 시가 찾아왔는가』가 후지와라쇼텐(藤原書店)출판사에서 출간되었고, 2016년 『고은 시집』이 시초사(思潮社)에서 출간될 예정이다.

果肉

一.

ついに空の馬車が帰っていく

空の車といっても

そこには私の知らないものが載せられている

おかしな話だ　果物はすでに熟れてしまった

その真っ黒な果肉がみずみずしくて痛いほどだ

あの南の方で素描した半円が重なり合っては消える

私の周りでたった今使われた単語が地に落ちる

そして唇は、再び巡り会ったかのようにその上下
　　が閉じられる

二.

友が来た　二人で来るはずだったのに一人は死ん
　　だから

その墓をここで思い浮かべることもない

ここでは友は一人いれば充分だ

果肉が寺に落ちる

それが柿なのか林檎なのかはわからない

そうだ　最後に抽象感嘆詞で道は終わるのだから

友よ

もう告白など止めよう

あまりにも真実が多くて荒唐無稽である

夕べの日差しに告白が集まり、告白を焼く

これから私は友を果樹園に連れていく

秋が去っていく前に

果物でいっぱいの果樹園は空っぽだった果樹園の
　　過去の姿である

果物の中の果肉の無知に到達したい

その生の暗黒！そしてその果肉の中の種！

高銀(コ・ウン) 1933年、全羅北道群山生まれ。1952年に出家し、10年間仏教の僧侶であったが俗人に戻り、詩人及び在野活動家として活動した。行動する文人として「韓国民族芸術人総連合」初代議長、「韓国作家会議」議長などを歴任した。韓国では、韓国文学作家賞、萬海文学賞、中央文化大賞、大山文学賞、丹斎賞、金冠文化勲章などを、海外ではカナダのグリフィン功労賞、ノルウェー国際文学祭のビョルンソン勲章、スウェーデンのチカダ賞などを受賞した。1960年の第1詩集『彼岸感性』を初めとして、『浜辺の韻文集』、『詩よ飛んでいけ』など20冊を越える詩集がある。特に24年間かけて完成させた全30冊の『万人譜』は5,600人余りの実在人物と、歴史的・仏教的な体験として出会った人物などを実名で描いた独特な連作長詩集であり、国内・外で大きな反響を起こした。その他に小説や評論など、合計150冊以上の著書があり、英語・ドイツ語・スペイン語・フランス語・中国語など、世界各国で翻訳出版された。日本語詩集に、2007年『今、君に詩が来たのか』が藤原書店から翻訳出刊され、2016年には、『高銀詩集』が思潮社から翻訳出刊される予定である。

농무

신경림(申庚林)

징이 울린다 막이 내렸다
오동나무에 전등이 매어달린 가설무대
구경꾼이 돌아가고 난 텅 빈 운동장
우리는 분이 얼룩진 얼굴로
학교 앞 소줏집에 몰려 술을 마신다
답답하고 고달프고 사는 것이 원통하다
꽹과리를 앞장세워 장거리로 나서면
따라붙어 악을 쓰는 건 쪼무래기들뿐
처녀애들은 기름집 담벽에 붙어 서서
철없이 킬킬대는구나
보름달은 밝아 어떤 녀석은
꺽정이처럼 울부짖고 또 어떤 녀석은
서림이처럼 해해대지만 이까짓
산 구석에 처박혀 발버둥 친들 무엇하랴
비료값도 안 나오는 농사 따위야
아예 여편네에게나 맡겨두고
쇠전을 거쳐 도수장 앞에 와 돌 때
우리는 점점 신명이 난다
한 다리를 들고 날나리를 불거나
고갯짓을 하고 어깨를 흔들거나

農舞

申庚林(シン・ギョンリム)

チン*が鳴る　幕は下りた
桐の木に電灯が一つぶら下がっただけの仮設舞台
見物人が帰ったあとの空っぽになった運動場
私たちは白粉の染み付いた顔で
学校前の飲み屋に寄り集まって酒を飲む
息苦しくてつらくて、生きること自体が恨めしい
ゲンガリ*を先頭に立てて市場に行けば
くっ付いて離れずに、がなり立てるのはチビたち
　　ばかり
小娘たちは油屋の壁に寄り掛かって
あどけない顔で、くっくっと笑い転げる
満月は明るく照り、ある仲間は
コッチョン*のように泣き叫び、別の仲間は
ソリム*みたいにへらへらと笑うのだが、こんな
山奥であがいたところでどうにもならぬ
肥料代も出ない農業なんかは
いっそのこと家の奴に任せてしまって
牛市場を過ぎ、屠殺所の前をめぐるころには
俺たちはだんだん浮かれはじめる
片足上げてナルラリ*を吹こうか

頭を回して、肩を揺すろうか

〈訳者注〉

＊チン ： 韓国の伝統楽器、銅鑼(どら)の一種。

＊ゲンガリ ： 韓国の伝統楽器、小型の銅鑼のような形で手に持って叩く。鉦の
　　一種。

＊コッチョン ： 林巨正(イム コッチョン)。朝鮮中期に活動した最下層出身の盗
　　賊。民衆反乱の指導者。

＊ソリム ： 徐林。イム・コッチョンの策士。最後は、権力に媚びてイム・コッチョン
　　を裏切る。

＊ナルラリ ： 韓国の伝統楽器である太平簫(テピョンソ)の別称。吹き口などの部
　　分は金属で、筒の部分は木製の木管楽器。

뿔

사나운 뿔을 갖고도 한 번도 쓴 일이 없다
외양간에서 논밭까지 고삐에 메여서 그는
뚜벅뚜벅 평생을 그곳만을 오고 간다
때로 고개를 들어 먼 하늘을 보면서도
저쪽에 딴 세상이 있다는 것을 알지 못한다

그는 스스로 생각할 필요가 없다
쟁기를 끌면서도 주인이 명령하는 대로
이려 하면 가고 워워 하면 서면 된다
콩깍지 여물에 배가 부르면
큰 눈을 꿈벅이며 식식 새김질을 할 뿐이다

도살장 앞에서 죽음을 예감하고
두어 방울 눈물을 떨구기도 하지만 이내
살과 가죽이 분리되어 한쪽은 식탁에 오르고
다른 쪽은 구두가 될 것을 그는 모른다
사나운 뿔은 아무렇게나 쓰레기통에 버려질 것이다.

신경림(申庚林) 1936년 충청북도 충주시 출생. 동국대학교 영문학과 졸업. 1955년 『문학예술』에 『갈대』 『묘비』 등의 시를 게재하면서 등단. 1973년 첫 시집 『농무』를 출간한 후로 『길』 『가난한 사랑의 노래』 『쓰러진 자의 꿈』 『갈대』 『뿔』 『낙타』, 장편시집 『남한강』 평론집 『민요기행』 『삶의 진실과 시적 진실』 『시인을 찾아서』 등 다수의 저서가 있으며, 일본어 시집으로 1977년 『농무』가 리카쇼보(梨花書房)에서, 2012년 『낙타를 타고』가 쿠온(CUON)에서 번역 출간되었다. 한국에서는 만해문학상, 이산문학상, 단재문학상, 공초문학상, 대산문학상, 현대불교문학상, 4·19 문학상, 만해상, 호암상 예술상 등을 수상했고, 은관문학훈장을 받았으며, 해외에서는 2007년 스웨덴 시카다상(제4회)을 수상했다. 한국작가회의 의장을 역임했으며, 2004년부터 '대한민국예술원' 회원으로 선출되었다. 현재 동국대학교 석좌교수.

角

鋭い角があっても一度も使ったことがない
牛小屋から田畑まで手綱に縛られて、彼は
一歩一歩、一生そこだけを行き来した
時には頭をもたげて遠くの空を見ながらも
その向うに別の世界があることには気付かない

彼は自ら考える必要がない
唐鋤を引きながらも主人が命令する通りに
イリョ*と言えば動き、ウォウォ*と言えば止まれば
　　よい
豆のさやの飼い葉で腹がいっぱいになれば
大きな目を動かしてはあはあと反芻するだけなのだ

屠所の前で死を予感し、
二、三滴ほどの涙を流しもするが間もなく
肉と皮が分けられ、片方は食卓に上り、残りは靴
　　になるのを彼は知らない
鋭い角はどうでもいいとゴミ箱に捨てられるだろう

〈訳者注〉

＊イリョとウォウォ：「イリョ」は牛馬を駆る時、「ウォウォ」は制止する時のかけ声。

申庚林(シン・ギョンリム) 1936年、忠清北道忠州生まれ。東国大学英文科卒業。1955年『文学芸術』に「葦」「墓碑」などの詩が掲載されて、文壇デビュー。1973年、第1詩集『農舞』を出版し、その後、詩集として『道』、『貧しき愛の唄』、『倒れた者の夢』、『葦』、『角』、『駱駝』、長詩集『南漢江』などがあり、評論集として『民謡紀行』、『人生の真実と詩的な真実』、『詩人を求めて』など、多数の著書がある。日本語詩集に、1997年『農舞』が梨花書房から、2012『ラクダに乗って』がクオンから出刊された。韓国では萬海文学賞、怡山文学賞、丹齋文学賞、空超文学賞、大山文学賞、現代仏教文学賞、4・19文学賞、萬海賞、湖巌芸術賞などを受賞し、韓国政府から銀冠文化勲章を授与された。海外では、2007年にスウェーデンのチカダ賞(第4回)を受賞した。韓国作家会議の議長を歴任し、2004年から「大韓民国芸術院」の会員に選定された。現在、東国大学特別研究教授。

빛의 파문

조오현(曺五鉉)

하늘도 없는 하늘 말문을 닫아 놓고
빗돌에서 걸어 나와 오늘 아침 죽은 남자
여자도 죽은 저 여자도 빗돌에서 나왔는가

파아란 빛깔이다 노오란 빛깔이다
빠알간 빛깔이다 시커먼 빛깔이다
보석도 천 개의 보석도 놓지 못할 빛깔이다

무수한 죽음 속에 빛깔들이 가고 있다
삶이 따라가면 까무러치게 하는 그것.
내 잠을 빼앗고 사는 유령, 유령들이다

光の波紋

曺五鉉(チョ・オヒョン)

天にもない天の話の出ばなをくじいて
碑石からふらりと彷徨い出て、今朝死んだ男
では女も、死んだあの女も碑石から彷徨い出てき
　　たのか

あお〜い色だ　きいろ〜い色だ
あか〜い色だ　まっくろ〜な色だ
宝石も、千個の宝石でさえ持てない色だ

無数の死の中に色たちが向かっている
生がついていけば気絶してしまうそれ。
私の眠りを奪って生きる幽霊、そんな幽霊たち
　　だ。

침목(枕木)

아무리 어두운 세상을 만나 억눌려 산다 해도
쓸모없을 때는 버림을 받을지라도
나 또한 긴 역사의 궤도를 바친
한 토막 침목인 것을, 연대인 것을

영원한 고향으로 끝내 남아 있어야 할
태백산 기슭에서 썩어가는 그루터기여
사는 날 지축이 흔들리는 진동도 있는 것을

보아라, 살기 위하여 다만 살기 위하여
얼마만큼 진실했던 뼈들이 부러졌는가를
얼마나 많은 사람들이 파묻혀 사는가를

바로 그게 군림에 의한 노역일지라도
자칫 붕괴할 것만 같은 내려앉은 이 지반을
끝끝내 받쳐 온 이 있어
하늘이 있는 것을, 역사가 있는 것을

조오현(曺五鉉) 1932년 경상남도 밀양 출생. 승려시인. 1958년에 출가했으며, 필명은 조오현(曺五鉉). 법명은 무산(霧山). 1968년 『시조문학』으로 등단했다. 대한불교조계종의 낙산사, 신흥사 회주를 거쳐 현재는 강원도 설악산의 대사찰 백담사의 회주이다. 그의 공력으로 지어진 만해마을은 문학인들을 위한 시설로서 국내 행사는 물론이고 다양한 세계적인 문학행사가 열리고 있으며, 이 마을의 재정을 백담사에서 적극 지원하고 있다. 시집으로 『심우도(尋牛圖)』『산에 사는 날에』『절간 이야기』『만악가타집(萬嶽伽陀集)』『아득한 성자』『비슬산 가는 길』『적멸을 위하여』가 있다. 현대시조문학상, 가람시조문학상, 남명문학상, 정지용문학상, 공초문학상 등을 수상했다. 2009년에는 DMZ평화상 대상을 수상했으며, 2001년 국민훈장 동백장을 수여받았다.

枕木

どんなに暗い世の中に出会って押えつけられ生き
　　たとしても
用の無い時は捨てられるとわかっていても
私は長い歴史の軌道に身を投じた
一片の枕木であり、年代なのだ

永遠の故郷として最後まで残るべき
太白山のふもとで腐っていく切り株よ
生きていく日々に地軸の揺れる震動もあった

見るがいい、生きるためにだけただ生きるために
どれほど真実だったはずの骨が折られたか
どれほど多くの人々がひそかに埋もれて暮してい
　　るか

それがまさに君臨による労役だとしても
ややもすれば崩壊してしまう沈みゆくこの地盤を
最後まで支えた者があり
天があり、歴史があるのだ

曹五鉉(チョ・オヒョン) 1932年、慶尚南道密陽生まれ。僧侶詩人。1958年に出家。筆名は曹五鉉、法名は霧山。1968年『時調文学』で文壇デビュー。大韓仏教曹渓宗の洛山寺、神興寺の会主を経て、現在は江原道雪岳山の百潭寺の会主である。彼の努力によって建設された萬海村には、文人たちのための施設として国内行事は勿論、多様な世界的文学行事が開かれている。この村の財政は、百潭寺が積極支援している。詩集に『尋牛圖』、『山に住む日に』、『寺の物語』、『萬嶽伽陀集』、『遥かな聖者』、『琵瑟山行く道』、『寂滅のために』などがある。現代時調文学賞、嘉藍時調文学賞、南冥文学賞、鄭芝溶文学賞、空超文学賞、DMZ平和賞大賞などを受賞した。2001年には韓国政府から国民勲章冬柏章を授与された。

물을 만드는 여자

문정희(文貞姬)

딸아, 아무 데나 서서 오줌을 누지 마라
푸른 나무 아래 앉아서 가만가만 누어라
아름다운 네 몸속의 강물이 따스한 리듬을 타고
흙 속에 스미는 소리에 귀 기울여 보아라
그 소리에 세상의 풀들이 무성히 자라고
네가 대지의 어머니가 되어가는 소리를

때때로 편견처럼 완강한 바위에다
오줌을 갈겨주고 싶을 때도 있겠지만
그럴 때일수록
제의를 치르듯 조용히 치마를 걷어 올리고
보름달 탐스러운 네 하초를 대지에다 살짝 대어라
그러고는 쉬이쉬이 네 몸속의 강물이
따스한 리듬을 타고 흙 속에 스밀 때
비로소 너와 대지가 한 몸이 되는 소리를 들어보아라
푸른 생명들이 환호하는 소리를 들어보아라
내 귀한 여자야

水を作る女

文貞姫(ムン・ジョンヒ)

娘よ、あちこちむやみにおしっこするのはやめて
青い木の下に座って静かになさい
美しいお前の体の中を流れる川水が温かなリズム
　　に乗って
土の中に染みていく音に耳を傾けてごらん
その音に世界の草たちが生い茂って伸び
お前が大地の母になっていく音を

時々、偏見のように頑強な岩に
おしっこをかけてやりたい時もあるだろうが
そんな時ほど
祭祀を行うかのように静かにスカートをまくり
十五夜のような見事なお前のお尻を大地に軽くつ
　　けておやり
そうしてシュルシュルとお前の体の中の川水が
温かなリズムに乗って土の中に染み入る時
初めてお前と大地がひとつになる音を聞いてごらん
青い生命が歓呼する音を聞いてごらん
私の大事な娘たちよ

머리 감는 여자

가을이 오기 전
뽀뽈라*로 갈까
돌마다 태양의 얼굴을 새겨놓고
햇살에도 피가 도는 마야의 여자가 되어
검은 머리 길게 땋아 내리고
생긴 대로 끝없이 아이를 낳아볼까
풍성한 다산의 여자들이
초록의 밀림 속에서 죄 없이 천 년의 대지가 되는
뽀뽈라로 가서
야자 잎에 돌을 얹어 둥지 하나 틀고
나도 밤마다 쑥쑥 아이를 배고
해마다 쑥쑥 아이를 낳아야지

검은 하수구를 타고
콘돔과 감별당한 태아들과
들어내 버린 자궁들이 떼 지어 떠내려가는
뒤숭숭한 도시
저마다 불길한 무기를 숨기고 흔들리는
이 거대한 노예선을 떠나
가을이 오기 전

뽀뽈라로 갈까
맨 먼저 말구유에 빗물을 받아
오래오래 머리를 감고
젖은 머리 그대로
천 년 푸르른 자연이 될까

* 포플라 : 멕시코 메리다 밀림 속의 작은 마을 이름.

문정희(文貞姬) 1947년 전남 보성 출생. 동국대학교 국문학과 졸업 및 동대학원 석사 졸업 후 서울여대 대학원 문학박사 취득. 고교 재학 중에 시집 『꽃숨』을 출간하였고, 1969년 대학 재학 중에 '월간문학 신인상'을 수상하며 문단 데뷔. 1973년 제1시집 『문정희시집』을 시작으로 『오라, 거짓 사랑아』『남자를 위하여』『다산의 처녀』 등 14권의 시집이 있다. 영역시집 『WIND FLOWER』를 포함하여 많은 시집이 영어, 프랑스어, 독일어, 스웨덴어, 인도네시아어, 알바니아어, 러시아어, 중국어 등 세계 각국어로 번역 출간되었으며, 일본에서는 2016년 『지금 장미를 따라』가 시초샤에서 '한국현대시인 시리즈 4'로서 번역 출간되었다. 국내에서는 현대문학상, 소월시문학상, 정지용문학상, 동국문학상, 천상병문학상, 현대불교문학상, 육사시문학상, 해외에서는 레바논에 본부를 둔 아라비아어권의 'NAJI NAAMAN財団'이 수여하는 'NAJI NAAMAN文学賞', 스웨덴에서 제5회 시카다상 등을 수상했다. 현재 동국대학교 석좌교수.

髪を洗う女

秋の来る前に
ポプラ*に行こうか
岩ごとに太陽の顔を刻み
日差しにも血がめぐるマヤの女になって
黒い髪を長く結んで垂らし
できる端から果てしなく子供を生んでみようか
豊かな多産の女たちが
みどりの密林の中で罪なく千年の大地になる
ポプラに行き
椰子の葉に石をのせて巣を一つ営み
私も毎晩どんどん子供をみごもり
毎年ぽんぽん子供を生まなくては

黒い下水溝に沿って
コンドームと、堕胎された胎児たちと
摘み出された子宮が群れをなして流れくだる
物騒な都市
おのおの不吉な武器を隠して揺れる
この巨大な奴隷船を去り
秋の来る前に

ポプラに行こうか
一番初めに飼葉桶に雨水を受けて
いつまでもいつまでも髪を洗い
濡れた髪でそのまま
千年の青い自然になろうか

〈著者注〉
＊ポプラ：メキシコのメリダ密林の中の小さな村の名前。

文貞姫(ムン・ジョンヒ) 1947年、全羅南道寶城生まれ。東国大学国文学科と同大学院修士卒業。ソウル女子大学大学院で文学博士学位取得。高校在学時、詩集『花の息』を出版し、1967年、大学在学中に『月刊文学』新人賞を受賞して文壇デビュー。1973年の第1詩集『文貞姫詩集』をはじめとして、『おいで、偽りの愛よ』、『男のために』、『多産の処女』など14冊の詩集がある。また、英訳詩集『WIND FLOWER』をはじめとして、多くの詩集が英語・フランス語・ドイツ語・スウェーデン語・インドネシア語・アルバニア語・ロシア語・中国語など、世界の言葉に翻訳され、出版された。日本語詩集には、2016年『今、バラを摘め』が思潮社から「韓国現代詩人シリーズ4」として出版された。韓国では、現代文学賞、素月詩文学賞、鄭芝溶文学賞、東国文学賞、千祥炳詩文学賞、現代仏教文学賞、陵史詩文学賞など、韓国を代表する詩文学賞のほとんど全てを受賞し、海外では、レバノンに本部を置いたアラビア語圏の「NAJI NAAMAN財団」の授与する「NAJI NAAMAN文学賞」を共同受賞し、スウェーデンのチカダ賞(第5回)を授与された。現在、東国大学特別研究教授。

우리가 어느 별에서

정호승(鄭浩承)

우리가 어느 별에서 만났기에
이토록 서로 그리워하느냐
우리가 어느 별에서 그리워하였기에
이토록 서로 사랑하고 있느냐

사랑이 가난한 사람들이
등불을 들고 거리에 나가
풀은 시들고 꽃은 지는데

우리는 어느 별에서 헤어졌기에
이토록 서로 별빛마다 빛나느냐
우리가 어느 별에서 잠들었기에
이토록 새벽을 흔들어 깨우느냐

해 뜨기 전에
가장 추워하는 그대를 위하여
저문 바닷가에 홀로
사람의 모닥불을 피우는 그대를 위하여

나는 오늘밤 어느 별에서

떠나기 위하여 머물고 있느냐
어느 별의 새벽길을 걷기 위하여
마음의 칼날 아래 떨고 있느냐

私たちはある星で

鄭浩承(チョン・ホスン)

私たちはある星のもとで出会ったので
このように互いに恋しがるのだろうか
私たちがある星で恋しがったので
このように互いに愛し合っているのか

愛に恵まれない人たちが
灯りを持って通りに出れば
草は枯れ、花は散るのだが

私たちはある星で別れたので
このように互いに星の光のように輝くのか
私たちがある星で眠ったので
このように夜明けに揺さぶられるように目を覚ま
　　すのだろうか

日が昇る前に
一番寒がっているあなたのために
暮れた海辺で一人
誰かのためにたき火を焚くあなたのために

私は今夜、ある星に
去るためにとどまっているのだろうか
ある星で夜明けの道を歩くために
心の刃に震えているのだろうか

그리운 부석사

사랑하다가 죽어버려라
오죽하면 비로자나불이 손가락에 매달려 앉아 있겠느냐
기다리다가 죽어버려라
오죽하면 아미타불이 모가지를 베어서 베개로 삼겠느냐
새벽이 지나도록
마지(摩旨)를 올리는 쇠종 소리는 울리지 않는데
나는 부석사 당간지주 앞에 평생을 앉아
그대에게 밥 한 그릇 올리지 못하고
눈물 속에 절 하나 지었다 부수네
하늘 나는 돌 위에 절 하나 짓네

정호승(鄭浩承) 1950년 경상북도 대구 출생. 경희대학교 국문과와 동대학원 졸업. 1972년 한국일보신춘문예에 동시, 1973년 대한일보 신춘문예에 시, 1982년 조선일보 신춘문예에 단편소설이 당선되어 등단에 나왔다. 시집으로 『슬픔이 기쁨에게』 『서울의 예수』 『새벽편지』 『사랑하다가 죽어버려라』 『외로우니까 사람이다』 『이 짧은 시간 동안』 『포옹』 등 10여권의 시집이 있고, 2008년 일본어 시집 『서울의 예수』가 혼다 기카쿠(本多企画)출판사에서 번역 출간되었다. 그밖에도 어른이 읽는 동화 『항아리』 『연인』 『비목어(比目魚)』을 비롯하여 다수의 동화집과 산문집이 있으며, 2006년도에 출간된 산문집 『내 인생에 힘이 되어 준 한마디』가 밀리언셀러를 기록하는 등 시집. 동화. 산문집 등 많은 저서가 베스트셀러에 올랐다. 소월시문학상, 동서문학상. 정지용문학상. 편운문학상. 가톨릭문학상 등을 수상했다.

なつかしき浮石寺

愛して、そして死んでしまうがいい
どんなに切羽詰まったとしても
昆盧遮那仏も懇願しながら座り続けられるだろうか
待ちつづけ、そして死んでしまうがいい
どんなに切羽詰まっても
阿彌陀仏が自分の首を切って枕にしたりするだろ
　　うか
夜通し
摩旨*を供える鉄の鐘は鳴らないのに
私は浮石寺の幢竿柱の前に生涯座って
あなたにご飯一杯供えることさえかなわず
涙とともに寺を一つ建てては壊しながら
空飛ぶ石の上に寺を一つ建立する

〈訳者注〉
＊摩旨：仏前に供えるご飯。

48

鄭浩承(チョン・ホスン) 1950年、慶尚北道大邱生まれ。慶熙大学国文科及び、同大学院卒業。1972年、韓国日報新春文芸に子供の詩が、1973年、大韓日報新春文芸に詩が、1982年、朝鮮日報新春文芸に短編小説が当選して文壇デビュー。詩集に『悲しみが喜びに』、『ソウルのイエス』、『夜明けの手紙』、『愛してから死んでしまえ』、『さびしいから人間だ』、『この短い時間の間』、『抱擁』など10冊以上があり、2008年に日本語詩集『ソウルのイエス』が本多企画から翻訳出版された。その外にも大人向けの童話集『甕』、『恋人』、『比目魚』など、多数の童話集と散文集がある。2006年度に出版された散文集『私の人生に力になった一言』は、現在もミリオンセラーを記録している。韓国で最も愛される詩人の一人であり、詩集・童話・小説・散文などの大部分の著書がベストセラーになった。素月詩文学賞、東西文学賞、鄭芝溶文学賞、片雲文学賞、カトリック文学賞などを受賞した。

새들은 이곳에 집을 짓지 않는다

이성복(李晟馥)

아무도 믿지 않는 허술한 기다림의 세월
순간순간 죄는 색깔을 바꾸었지만
우리는 알아채지 못했다

아무도 믿지 않는 허술한 기다림의 세월
아파트의 기저귀가 壽衣처럼 바람에 날릴 때
때로 우리 머릿속에 흔들리기도 하던 그네,
새들은 이곳에 집을 짓지 않는다

아파트의 기저귀가 壽衣처럼 바람에 날릴 때
길바닥 돌 틈의 풀은 목이 마르고
풀은 草綠의 고향으로 손 흔들며 가고
먼지 바람이 길 위를 휩쓸었다 풀은 몹시 목이 마르고

먼지 바람이 길 위를 휩쓸었다 황황히,
가슴 조이며 아이들은 도시로 가고
지친 사내들은 처진 어깨로 돌아오고
지금 빛이 안 드는 골방에서 창녀들은 손금을 볼지 모른다

아무도 믿지 않는 허술한 기다림의 세월
물 밑 송사리떼는 말이 없고,
새들은 이곳에 집을 짓지 않는다

鳥たちはここに巣を作らない

李晟馥(イ・ソンボク)

誰も信じない寂れた待ちぼうけの歳月
その瞬間ごとに罪は色を変えたが
私たちは気づかなかった

誰も信じない寂れた待ちぼうけの歳月
アパートに干されたおむつが死に装束のように風
　　に飛ばされるとき
時に私たちの頭の中で揺れたブランコ、
鳥たちはここに巣を作らない

アパートに干されたおむつが死に装束のように風
　　に飛ばされるとき
路上の石の間の草はのどが乾いて
緑のふるさとへ手を振りながら帰っていき
埃は風になって道の上を荒らした　風はひどく喉
　　が乾いて

風になった埃は道の上を荒らした　慌しく
不安な子供たちは都市へ行き
疲れた男たちは肩を落としてふるさとへ戻り

今、光の入らない小部屋で娼婦たちは手相を見て
　いるだろうか

誰も信じない寂れた待ちぼうけの歳月
水の下のメダカの群れは語らず
鳥たちはここに巣を作らない

희미한 불이 꺼지지는 않았다

　거기 꺼지지 않는 불이 있었다 가슴인지 엉덩인지 모
를 부드러운 것이 어른거렸고, 잡힌 손과 손이 풀렸다
다시 잡히고 꼼짝할 수 없었다 아침인지 저녁인지 분간
할 수 없었고, 크게 소리치거나 고개 떨구면 소리 없이
불려 나갔다 다시 돌아오지 않았다 그 자리에 눌러앉아
밥을 먹고 변을 보았다 지치면 가족이나 옆사람을 괴롭
혔다 쉽게 노여움이 들었고 발 한번 밟아도 불구대천 원
수가 되었다 어떤 녀석은 사촌누이의 금이빨을 뽑으러
달려들었다 목을 졸랐다. 조금 더 밝아지거나 어두워지
기도 했다 조금 더 밝아질 때 희망이라고 했다 다시 어
두워졌을 때 희망은 벽 위에 처바른 변 자국 같은 것이
었다 천정은 땀에 젖었고 처녀들의 가슴에선 상한 냄새
가 났다 까르르, 처녀들이 웃었다 그리고 다시 어두워
졌을 때 사내들은 눈꺼풀이 내려온 처녀들을 향해 바지
를 내렸다 욕정과 욕정 사이, 영문모를 아이들이 이리
뛰고 저리 뛰었다 희미한 불이 꺼지지는 않았다 아, 꺼
졌으면 하고 중얼거렸다 꺼지지 않았다

이성복(李晟馥) 1952년 경북 상주 출생. 서울대 불문과 및 동 대학원 졸업. 1977년 『문학과 지성』으로 작품 활동을 시작했다. 1980년 『뒹구는 돌은 언제 잠깨는가』를 시작으로 『남해금산』 『그 여름의 끝』 『호랑가시나무의 기억』 『아, 입이 없는 것들』 『달의 이마에는 물결무늬 자국』 『래여애반다라』 『어둠 속의 시 1. 2』 등의 시집이 있고, 시론집 『극지의 시』 『불화하는 말들』 산문집 『네 고통은 나뭇잎 하나 푸르게 하지 못한다』 『나는 왜 비에 젖은 석류 꽃잎에 대해 아무 말도 못 했는가』 『고백의 형식들: 사람은 시 없이 살 수 있는가』 연구서 『네르발 시 연구: 역학적 이해의 한 시도』 『프루스트와 지드에서의 사랑이라는 환상』 등 다수의 저서가 있다. 2014년 일본어 시집 『남해금산』이 쇼시 칸칸보(書肆侃侃房)에서 번역 출간되었다. 김수영문학상, 소월시문학상, 대산문학상, 현대문학상 등을 수상했다. 1982년부터 2012년까지 계명대학교 불어불문학과와 문예창작과 교수를 역임했다.

かすかな灯は消えていなかった

そこには消えない灯りがあった。胸なのか尻なのか分からない柔らかなものが揺らめいて、摑んだ手と手が離れた。再び摑まれて身動きできなくなった。朝なのか夕方なのか区別できず、大きな声で叫んだりうなだれたりした。呼ばれて声もなく出ていき、二度と戻ってこなかった。その場に座り込んでご飯を食べ、用を足した。疲れたら家族や隣人を虐げた。たやすく怒りが込み上げ、足を少し踏んだというだけで不具戴天の敵になった。ある男は従妹の金歯を抜こうと飛び掛った。そして首を絞めた。すこし明るくなったり暗くなったりもした。すこし明るくなった時、それを希望と言った。再び暗くなった時、希望は壁になすり付けた大便の跡のようだった。天井は汗にまみれ、生娘たちの胸は腐った臭いがした。きゃっきゃっ、生娘たちは笑った。そして再び暗くなった時、男たちは目蓋が重くなった生娘たちに向かってズボンを下した。欲情と欲情の間、訳もわかからず子供たちがあちこち走り回った。かすかな灯りは消えていなかった。ああ、消えたらいいのにと呟いた。しかし消えなかった。

李晟馥(イ・ソンボク) 1952年、慶尚北道尚州生まれ。ソウル大学仏語仏文学科及び同大学院卒業。1977年『文学と知性』で文壇デビュー。詩集として、1980年『転ぶ石はいつ目覚めるのか』をはじめとして『南海錦山』、『その夏の終わり』、『柊の記憶』、『ああ、口のないものたち』、『月に額には波模様の跡』、『來如哀反多羅』、『暗闇の中の詩1、2』などがあり、詩論集『極地の詩』、『不和する言葉』、散文集『君の苦痛は葉っぱ一枚青くできない』、『私はなぜ雨に濡れた石榴の花びらについて何も言えなかったのか』、『告白の形式：人間は詩のない人生を生けるのか』、研究書『ネルバル(Nerval)の詩研究：力学的な理解のある試み』、『プルーストとジッドでの愛という幻想』など多数の著書がある。2014年、日本語詩集『そしてまた霧がかかった』が書肆侃侃房から翻訳出版された。金洙暎文学賞、素月詩文学賞、大山文学賞、現代文学賞などを受賞した。1982年から2012年まで啓明大学文芸創作学科教授を歴任した。

먼지의 음악

김기택(金基澤)

한밤중. 책상에는 책상이 움직이는 소리가 있다. 책 속에는 책이, 옷 속에는 옷이, 살 속에는 살이 움직이는 소리가 있다. 거기 먼지들이 살고 있기 때문이다. 먼지들은 각각의 소리를 내다가 서랍의 나무 속에서, 책의 종이 속에서, 옷의 실오라기 속에서, 살갗이 부서진 비듬 속에서 떨어져 나와 공기의 현으로 옮겨앉는다. 공기의 현과 먼지들이 비벼대는 소리가 공기의 틈마다 가득 울리며 나온다. 간혹 내가 움직이거나 거친 숨을 쉬면 공기의 현들은 일제히 끊어지고 현에서 떨어진 먼지들은 파동을 일으키며 밀려나가 한 떼의 소음이 된다. 소음은 책상의 소리를 가리고, 책과 책상의 소리, 옷과 실의 소리, 살과 비듬의 소리를 막아버린다. 소음이 느릿느릿 흩어지고 공기의 현이 겨우 이어지면 먼지들은 가만가만 그 위로 옮겨 앉아 소리를 낸다.

아침. 빛이 잠자고 있던 힘들을 깨운다. 힘과 힘들은 깨자마자 서로 밀고 부딪치며 거대한 소음을 만들고 그 소음의 수많은 구멍과 흡반 속으로 먼지들은 무차별하게 빨려 들어간다. 먼지들은 가늘고 긴 선율에서 뽑혀나와 경적이 되고 매연이 되고 격렬한 진동이 되어 바람을 일으키고 창문을 흔들고 흙가루를 날리고 공기의 틈을 불순물로 가득 채워버린다. 소음이 지나가는 곳마다 공기들은 갈라지고 찢어지고 부서져 흩어지고, 책상과 책과 옷과 몸과 집은 소음을 견디기 위해 딱딱하고 무뚝뚝한 모습으로 돌아간다.

　저녁. 지친 걸음, 술 취한 발들이 집으로 돌아가는 시간. 먼지들은 먼지의 집으로 돌아간다. 종일 으르렁거리던 거친 힘들이 가라앉는 동안 소음은 점차 작아지고 흔적도 없던 공기의 현들이 조금씩 아물기 시작한다. 책상 속에서 책 속에서 옷 속에서 살 속에서 숨죽이던 먼지들은 흩어져가는 소음을 조심스럽게 건드리며 멈칫멈칫 공기의 현으로 다가간다. 이윽고 소음이 모두 가라앉는다. 문고리는 다시 즐거운 소리를 내며 녹이 슬기 시작하고 깎아버린 사과 껍질에서는 당분이 썩는 소리가 야금야금 들리기 시작한다.

埃の音楽

金基澤(キム・ギテク)

　夜中。机には机の動く音がある。本の中には本が、服の中には服の、肌の中には肌の動く音がある。そこに埃が住んでいるからだ。埃はそれぞれの音を立てては引き出しの中から、本の紙の中から、服の糸の中から、肌の崩れたフケの中から離れて、空気の弦に移って坐る。空気の弦と埃が擦り合う音が空気の隙間にいっぱいに広がって鳴る。ときどき私が動いたり荒い息をついたりすると、空気の弦は一斉に切れて弦から落ちた埃は波動を起こしながら押し出され、一群の騒音となる。騒音は机の音を覆い、本と机の音、服と糸の音、肌とフケの音を塞いでしまう。騒音がのろのろと散らばって、空気の弦がやっとつながると、埃はそっとその上に移って座り、音を立てる。

　朝。光は眠っていた力を呼びおこす。力と力は、起きたとたんに押し合い圧し合いながら巨大な騒音を作り、埃はその騒音の数多くの穴と吸盤の中に無差別に吸い込まれていく。埃は細くて長い旋律から放たれ、警笛となり煤煙になって激しく振動して風

を起こし、窓を揺さぶり、土の埃を飛ばして空気の隙間に不純物をいっぱいに詰め込んでしまう。騒音が通る場所の空気はすべて割れて破れ、壊れて散り、机や本、服や体や家は騒音に耐えるために硬く無愛想な姿になる。

　夕方。疲れた歩み、酒に酔った足どりが家に帰る時間。埃は埃の家に帰る。一日中うなった荒い力が静まりながら、騒音は徐々に小さくなって跡形もなかったような空気の弦が少しずつ癒えはじめる。机の中で本の中で、服の中で肌の中で息をひそめていた埃は、散らばっていく騒音を慎重に触りながらおずおずと空気の弦に近づいていく。やがてすべての騒音はおさまる。取っ手は再び楽しい音を立てながら錆びつきはじめ、剝いたリンゴの皮からは糖分の腐っていく音が小さく聞こえ始める。

고요한 너무나도 고요한

복잡한 거리에서 우는 아이를 보았다.
아이는 머리통보다도 크게 입을 벌리고
힘차게 어깨를 들먹거리며
벌개진 눈으로 연신 눈물을 흘리고 있었지만
거리에는 울음 소리가 전혀 들리지 않았다.
거리는 너무나 적막하였다.
왜 이렇게 낯이 익을까. 이 침묵은
조금도 이상하지가 않다. 어디에서 많이 본 듯하다.
아마 나는 오래 전부터 잊고 있었던 것 같다.
내 귓구멍을 단단하게 틀어막고 있는 이 고요가
사실은 거대한 소음이라는 것을.
끊임없이 흔들리고 부딪치고 긁히고 떨어지고 부서지
는 소리
아이 울음 하나 새어들어올 틈 없이 빽빽한 이 소리들이
바로 고요의 정체라는 것을.
그러나 어찌할 것인가.
소리들이 돌처럼 내 귓구멍을 단단하게 막아주지 않는
다면
내 불안은 내장처럼 한꺼번에 거리에 쏟아져나오지 않
겠는가.

일시에 소음이 사라져버린다면
심장이 베일 것 같은 차디찬 정적만이 남는다면
갑자기 내 내부의 정적은 공포가 되고
마음속 불안들은 모두 소음이 되어
내 좁은 머릿속에서 악을 써대지 않겠는가.
하지만 다행히도 그럴 염려는 없는 것이다.
아이의 아가리에 가득찬 저 고요,
아무리 목청을 다해 울어도 소리없는 저 단단한 돌맹
이가
헤드폰처럼 내 두 귀를 굳게 막아주는 한
나는 아무 소리도 듣지 못할 테니까.
만취하여 고래고래 돼지 멱 따는 노래를 불러도
지나가는 사람들에게 욕을 하고 시비를 걸어도
아무에게도 들리지 않을 테니까.
이 튼튼하고 편리한 습관은 아늑하기까지 하다.
마치 꿈속에서 걷고 있는 것처럼.

김기택(金基澤) 1957년 경기도 안양 출생. 중앙대학교 영어영문학과 졸업 및 경희대학교 국문학과 석사, 박사 졸업. 1989년 한국일보 신춘문예에 시가 당선으로 등단했다. 시집으로 1992년 『태아의 잠』을 시작으로 『바늘구멍 속의 폭풍』『사무원』『소』『껌』『갈라진다 갈라진다』 등이 있으며, 2012년 스페인어 시집 『껌(EL CHICLE)』이 멕시코의 보노보스(bonobos)출판사에서, 2014년 일본어 시집 『바늘구멍 속의 폭풍』이 시초샤에서 '한국현대시인 시리즈 3'으로서 번역 출간되었다. 그밖에도 동시집 『방귀』, 그림책 『꼬부랑 꼬부랑 할머니』『소가 된 게으름뱅이』 등의 아동서가 있다. 김수영문학상(1995년), 현대문학상(2001년), 미당문학상(2004년), 이수문학상(2004년), 지훈문학상(2006년), 상화문학상(2009년), 경희문학상(2009년), 편운문학상(2013) 등을 수상했다. 현재 경희사이버대학교 미디어문예창작학과 교수로 재직하고 있다.

静かな、あまりにも静かな

猥雑な街で泣いている子供を見かけた。
子供は自分の頭よりもさらに大きく口を開けて
激しく肩をふるわせながら
真っ赤に泣きはらした目からしきりに涙を流して
　　いたが
街に泣き声はまったく響いていなかった。
街はあまりにも静かだった。
どうしてこんなことを憶えているのだろう。この
　　沈黙は
少しもおかしくない。どこかで出会ったような気
　　がする。
私はきっと長い間それを忘れていたのだろう。
私の耳をしっかりと塞いでいるこの静けさが
実は巨大な騒音であることを。
絶え間なく揺れてはぶつかり、引っかかっては落
　　ちて壊れてしまう音
子供の泣き声が割り込む隙もなくぎっしりと詰ま
　　ったこの多くの音が
まさに静けさの正体だということを。
しかしどうすればいいのだろう。

音が石のように私の耳をしっかり塞いでくれなけ
　　れば

私の不安は内臓が飛び出るように一気に街に溢れ
　　出るのではないだろうか。

騒音がいっぺんに消えてしまって

心臓が凍り付くような冷たい静寂だけが残ってし
　　まったら

突然、私の内部を占めていた静寂は恐怖となり

心の中の不安はみな騒音となって

私の狭い頭の中で喚くに違いない。

しかし幸いなことにそんな心配はしなくてよさそ
　　うだ。

子供の口の中に満ちたあの静けさ

いくら大声で泣き叫んでも音のしないあの硬い石
　　ころが

ヘッドフォンのように私の両耳をしっかり塞いで
　　くれている限り

私には何も聞こえないだろうから。

酔っ払ってワアワア声を張り上げて歌を歌っても

通り過ぎていく人たちに悪口を言ったり、喧嘩を

売ったりしても
誰にも聞こえはしないのだから。
この堅固で便利な習慣はこぢんまりと形作られて
　いる。
まるで夢の中を歩いているように。

金基澤(キム・ギテク) 1957年、京畿道安養生まれ。中央大学英語英文学科卒業。慶熙大学国文学科修士、博士卒業。1987年、韓国日報新春文芸に詩が当選して文壇デビュー。詩集に、1992年の『胎児の眠り』をはじめとして、『針穴の中の嵐』、『事務員』、『牛』、『ガム』、『割れる割れる』などがある。2012年、スペイン語詩集『ガム(EL CHICLE)』がメキシコのBonobos出版社から、2014年、日本語詩集『針穴の中の嵐』が思潮社から「韓国現代詩人シリーズ3」として翻訳出版された。その外に子供の詩集『屁』、絵本『腰の曲がったおばあさん』、『牛になったものぐさ太郎』などの児童向けの図書がある。金洙暎文学賞(1995)、現代文学賞(2001)、未堂文学賞(2004)、梨樹文学賞(2004)、芝薫文学賞(2006)、尚火詩人賞(2009)、慶熙文学賞(2009)、片雲文学賞(2013)などを受賞した。現在、慶熙サイバー大学メディア文芸創作学科教授。

시간의 동공

박주택(朴柱澤)

이제 남은 것들은 자신으로 돌아가고
돌아가지 못하는 것들만 바다를 그리워한다
백사장을 뛰어가는 흰말 한 마리
아주 먼 곳으로부터 걸어온 별들이 그 위를 비추면
창백한 호흡을 멈춘 새들만이 나뭇가지에서 날개를
쉰다
꽃들이 어둠을 물리칠 때 스스럼없는
파도만이 욱신거림을 넘어간다
만리포 혹은 더 많은 높이에서 자신의 곡조를 힘없이
받아들이는 발자국, 가는 핏줄 속으로 잦아드는
금잔화, 생이 길쭉길쭉하게 자라 있어
언제든 배반할 수 있는 시간의 동공들
때때로 우리들은 자신 안에 너무 많은 자신을 가두고
북적거리고 있는 자신 때문에 잠이 휘다니,
기억의 풍금 소리도 얇은 무늬의 떫은 목청도
저문 잔등에 서리는 소금기에 낮이 뜨겁다니,
갈기털을 휘날리며 백사장을 뛰어가는 흰말 한 마리
꽃들이 허리에서 긴 혁대를 끌러 바람의 등을 후려칠 때
그 숨결에 일어서는 자정의 달
곧이어 어디선가 제집을 찾아가는 개 한 마리

먼 곳으로부터 걸어온 별을 토하며
어슬렁어슬렁 떫은 잠 속을 걸어들어 간다

時間の瞳孔

朴柱澤(パク・ジュテク)

今、残ったものたちは自分に返っていき
戻ることのできないものたちだけが海を懐かしむ
白浜を走る一頭の白馬
とても遠くから歩いてきた星たちがそれを照らせば
青白い呼吸を止めた鳥たちが木の枝で翼を休める
花たちが闇を退ければ、気兼ねなく
波が自らを刺すように苦痛を越えていく
万里浦、あるいはさらに高い所から自分の調べを
　　力なく
受け入れる足跡、細い血管の中にしみていく
金盞花、生が長く長く育っていって
いつでも裏切り者になる時間の瞳孔たち
時に私たちは自分の中に多過ぎる自分を閉じこめて
そのごった返す自分たちのために眠りが歪められる
記憶のオルガンの音も、薄い色を思わせる渋い声も
暮れていくかすかに残る灯りに立ちこめる塩分に
　　顔を赤らめる、
たてがみを靡かせて白浜を走る一頭の白馬
花たちが腰から長い革のベルトを外して風の背を
　　打つ時

70

その息の音で目を覚ます午前０時の月
自分の家はどこかと探し続ける一匹の犬
遠くから歩いてきた星を吐き出して
ふらふらと渋い眠りの中に入っていく

카프카와 만나는 잠의 노래

그 무렵 잠에서 나 배웠네
기적이 일어나기에는 너무 게을렀고 복록을 찾기엔
너무 함부로 살았다는 것을, 잠의 해안에 배 한 척
슬그머니 풀려나 때때로 부두를 드나들 때에
쓸쓸한 노래들이 한적하게 귀를 적시기도 했었지만
내게 病은 높은 것 때문이 아니라 언제나 낮은 것 때
문이었다네
유리창에 나무 그림자가 물들고 노을이 쓰르라미 소
리로
삶을 열고자 할 때 물이 붙잡혀 있는 것을 보네
새들이 지저귀어 나무 전체가 소리를 내고
덮거나 씻어내려 하는 것들이 못 본 척 지나갈 때
어느 한 고개에 와 있다는 생각을 하네
나 다시 잠에 드네, 잠의 벌판에는 말이 있고
나는 말의 등에 올라타 쏜살같이 초원을 달리네
전율을 가르며 갈기털이 다 빠져나가도록
폐와 팔다리가 모두 떨어져나가
마침내 말도 없고 나도 없어져 정적만 남을 때까지

박주택(朴柱澤) 1959년 충남 서산 출생. 경희대 국문과 및 동대학원 석사, 박사 졸업. 1986년 경향신문 신춘문예로 등단했다. 시집 『꿈의 이동건축』(1991년) 『방랑은 얼마나 아픈 휴식인가』(1996년) 『사막의 별 아래에서』(1999년) 『카프카와 만나는 잠의 노래』(2004년) 『시간의 동공』(2009년) 『또 하나의 지구가 필요할 때』(2013년)가 있고, 2008년 일본어 시집 『시간의 동공』이 시초샤에서 '한국현대시인 시리즈 1'로서 번역 출간되었다. 제10회 편운문학상 평론부문(2000년), 제17회 경희문학상(2004년), 제5회 현대시작품상(2004년), 제20회 소월시문학상 대상(2005년), 제5회 이형기문학상(2010년), 제46회 한국시인협회상(2015년)을 수상했다. 현재 월간 『현대시』 주간으로 활동하면서 경희대학교 국어국문학과 교수로 재직하고 있다.

カフカと出会う眠りの歌

その頃、私は眠りから学んだ
奇蹟が起きるにはあまりに怠け者だったし、幸福
　を探すには
ずい分勝手に暮してきた　眠りの海岸に船が一隻
こっそりと放たれ、時々波止場を出入りする時
寂しい歌がもの静かに私の耳を濡らしたりしたが
私の病は私より高いもののせいではなく、いつも
　低いもののせいだった
ガラス窓を木影が色を染め　夕焼けがひぐらしの
　声で
その生を目覚めさせようとする時、水が捕えられ
　るのを見る
鳥たちがさえずり、森全体が声を出して
覆ったり洗い出そうとしたりするものたちが
見ないふりをして過ぎ去る時
私はどこかの峠に来ていると思う
そして私はまた眠りに入る、眠りの原野には馬が
　いて
私は馬の背に乗って矢のように草原を走る
戦慄を割いて　たてがみがすべて抜けるように

肺や手足がすべて落ちていき
ついに馬もいなくなり私も消えて静寂だけが残る
　時まで

朴柱澤(パク・ジュテク) 1959年、忠清南道瑞山生まれ。慶熙大学国文科及び同大学院修士、博士卒業。1986年、京郷新聞新春文芸で文壇デビュー。詩集には『夢の移動建築』(1991)、『放浪はどれほど苦痛な休息か』(1996)、『砂漠の星の下で』(1999)、『カフカと出会う眠りの歌』(2004)、『時間の瞳孔』(2009)、『またもう一つの地球が必要になる時』(2013)などがあり、2008年、日本語詩集『時間の瞳孔』が思潮社から「韓国現代詩人シリーズ1」として出版された。第10回片雲文学評論賞(評論部分、2004)、第17回慶熙文学賞(2004)、第5回現代詩作品賞(2004)、第20回素月詩文学賞大賞(2005)、第5回李炯基文学賞(2010)、第46回韓国詩人協会賞(2015)などを受賞した。現在、月刊詩雑誌『現代詩』の主幹及び慶熙大学国文学科教授。

꽃

안도현(安度眩)

바깥으로 뱉어 내지 않으면 고통스러운 것이
몸 속에 있기 때문에
꽃은, 핀다
솔직히 꽃나무는
꽃을 피워야 한다는 게 괴로운 것이다

내가 너를 그리워하는 것,
이것은 터뜨리지 않으면 곪아 썩는 못난 상처를
바로 너에게 보내는 일이다
꽃이 허공으로 꽃대를 밀어올리듯이

그렇다 꽃대는
꽃을 피우는 일이 너무 힘들어서
자기 몸을 세차게 흔든다
사랑이여, 나는 왜 이렇게 아프지도 않는 것이냐

몸 속의 아픔이 다 말라버리고 나면
내 그리움도 향기 나지 않을 것 같아 두렵다

살아 남으려고 밤새 발버둥을 치다가

입안에 가득 고인 피,
뱉을 수도 없고 뱉지 않을 수도 없을 때
꽃은, 핀다.

花

安度眩(アン・ドヒョン)

外に吐き出さないと苦しいものが
体の中にあるので
花は、咲く
正直、花木は
花を咲かせなければならないのが苦しい

私があなたを恋しがるのは、
つぶさなければ膿んで腐る醜い傷を
あなたに送ることと同じだからだ
花が虚空へ花軸を押し上げるように

そうだ、花軸は
花を咲かすのがひどく苦しくて
自分の体を力いっぱいに揺らす
愛よ、私にはどうしてこんな痛みがないのだろう

体の痛みがすべて枯れ果ててしまえば
私の恋しさから香りがなくなりそうで怖い

生き残ろうと一晩中もがいたあげく

口の中にいっぱいに溜まった血、
それを吐くことも吐かないこともできない時
花は、咲く。

북항

나는 항구라 하였는데 너는 이별이라 하였다
나는 물메기와 낙지와 전어를 좋아한다 하였는데
너는 폭설과 소주와 수평선을 좋아한다 하였다
나는 부캉, 이라 말했는데 너는 부강, 이라 발음했다
부캉이든 부강이든 그냥 좋아서 북항,
한자로 적어본다, 北港, 처음에 나는 왠지 北이라는
글자에 끌렸다 인생한테 패할 수 있을 것 같았다
어디로든지 쾌히 달아날 수 있을 것 같았다
모든 맹서를 저버릴 수 있을 것
같았다 배신하기 좋은 북항,
불 꺼진 삼십 촉 알전구처럼 어두운 북항,
포구에 어선과 여객선을 골고루 슬어놓은 북항,
탕아의 눈 밑의 그늘 같은 북항,
겨울이 파도에 입을 대면 칼날처럼 얼음이
해변의 허리에 백여 빛날 것 같아서
북항, 하면 아직 블라디보스토크로 가는 배편이
있을 것 같아서 나를 버린 것은 너였으나
내가 울기 전에 나를 위해 뱃고동이 대신 울어준
북항, 나는 서러워져서 그리운 곳을 북항이라
하였는데 너는 다시는 돌아오지 못한다 하였다

안도현(安度眩) 1961년 경상북도 예천 출생. 원광대학교 국문학과 및 단국대학교 대학원 문예창작학과 석사 졸업. 대학 재학 중이던 1981년 시 「낙동강」이 매일신문 신춘문예에, 1984년 시 「서울로 가는 전봉준」이 동아일보 신춘문예에 당선되어 등단. 시집으로 「모닥불」「그대에게 가고 싶다」「외롭고, 높고, 쓸쓸한」「그리운 여우」「바닷가 우체국」「북항」 등 10여 권이 있고, 동화 「관계」「짜장면」「연어」 등이 있으며, 「연어」는 100쇄 이상 출판된 베스트셀러이다. 그밖에 산문집 「외로울 때는 외로워하자」「사람」 등을 비롯하여 총 30여 권의 저서가 있다. 해외에서도 다수의 저서가 번역 출간되었으며, 일본에서는 쇼시 세이주샤(書肆青樹社)에서 시집 「얼음매미(氷蝉)」, 쇼시 칸칸보에서 동화 「연어」, 에세이 「작고 낮고 천천히」 등이 번역 출판되었다. 또한 한국 시인으로서는 최초로 일본의 주요 신문인 니시니혼(西日本)신문에 2002년 11월부터 2003년 1월까지 에세이를 매일 한 편씩, 총 50편을 연재하여 화제를 모았다. 윤동주문학상, 이수문학상, 노작문학상, 소월시문학상 등을 수상했다. 현재 우석대학교 문예창작학과 교수로 재직하고 있다.

北港
（ブカン）

私は港と言ったのにあなたは別れと言った
私はビクニンとタコとコノシロが好きだと言った
　　のに
君は大雪と焼酎と水平線が好きだと言った
私は「ブカン」と言ったのに君は「ブガン」と発
　　音した
「ブカン」だろうと「ブガン」だろうとただ好き
　　だから北港
漢字で書いてみる「北港」。はじめ私はなぜか
　　「北」という文字に惹かれた。
人生に敗北してもいいという気がした
どこにでも気楽に逃げられそうな気がした
すべての誓いを裏切ってもいいような
気がした　裏切りに持ってこいの北港
灯の消えた30の裸電球のように暗い北港
入り江に漁船や旅客船をまんべんなく産みつけた
　　ような北港、
放蕩息子の目の下のクマのような北港
冬が波に口を当てると刃のように氷が
海辺の腰に突き刺さって輝きそうで

北港、と言うと未だにウラジオストクに向かう船便が
あるような気がする。私を捨てたのはあなただったが
私が泣く前に私の代わりに船の汽笛が泣いてくれた
北港、私は恨めしく懐かしい所を北港と
言ったのにあなたは二度と戻れないと言った

安度眩(アン・ドヒョン) 1961年、慶尚北道醴泉生まれ。圓光大学国文学科卒業、
及び檀國大学大学院文芸創作学科で修士卒業。大学生在学中の1981年、毎日
新聞新春文芸に詩「洛東江」が、1984年、東亜日報新春文芸に詩「ソウルへ行く
全琫準*」が当選して文壇デビュー。詩集に、『焚き火』、『あなたの所に行きた
い』、『孤独で、高く、寂しく』、『恋しい狐さん』、『海辺の郵便局』、『北港』など10冊
余りがある。童話『関係』、『ジャージャーメン』、『鮭(日本語版：幸せのねむる川)』
などがあり、特に『鮭』は 100刷以上印刷出版されたベストセラーである。散文集
は『寂しい時は寂しさに浸り』、『人』など30冊余りがある。海外でも多数の著書が
出版され、日本で翻訳出版された著書としては、書肆青樹社から詩集『氷蝉』、書
肆侃侃房から童話集『幸せのねむる川』、エッセイ集『小さく、低く、ゆっくりと』な
どがあり、韓国詩人として初めて2002年11月から2003年1月までエッセイが毎日一
篇ずつ、計50回にわたって『西日本新聞』に連載された。尹東柱文学賞、利樹文
学賞、露雀文学賞、素月詩文学賞などをを受賞した。現在、又石大学文芸創作学
科教授。

〈訳者注〉
* 全琫準(ジョン・ボンジュン、1854～1895)：朝鮮後期の宗教家、農民運動の
　指導者。東学(現、天道教)という新興宗教の中堅指導者として、農民の武装
　蜂起などを指揮したが、官軍に敗戦したあげく逮捕され、処刑された。

그녀와 함께 中世로 가면
— 벽화 속 고양이 1

곽효환(郭孝桓)

그녀는 古典主義者이다
좀처럼 웃지 않는
절제된 근엄한 표정
육화되지 않은 몸짓
— 나는 그녀를 형식주의자라고 부르지 않는다

루브르,
루브르에서
그녀는
웃고 다시 웃고 때로는 웃으시고
하여 비로소 빛을 발한다
그녀와 함께 中世로 가면
토마스 아퀴나스, 아우구스티누스, 스콜라 철학, 교부
철학
모두가 낯설지 않다
회갈색 벽화 한 귀퉁이에 자리 잡은
碧眼의 고양이는 갈기를 세워 어슬렁거리고
그녀는 납옷을 입고 태양을 향해
날고 다시 날고 혹은 날고자 하시고

이곳에서는
시도 사랑도 미학도 의지와 노력의 지배를 받는다

彼女と一緒に中世へ行けば
― 壁画の中の猫 1

郭孝桓(クァク・ヒョファン)

彼女は古典主義者だ
めったに笑わない
節制された謹厳な表情
肉感を伴わない身振り
― 私は彼女を形式主義者とは呼ばない

ルーブル、
ルーブルで
彼女は
笑ってまた笑って、時には上品に微笑んで
そうして初めて光を放つ
彼女と一緒に中世へ行けば
トーマスアキナス、アウグスティヌス、スコラ哲
　　学、教父哲学
すべてが見慣れたものとなる
灰褐色の壁画の片隅に場所を取った
碧眼の猫は、体毛を逆立てて歩き
彼女は鉛の服を纏って太陽に向かって
飛んでまた飛んで、あるいは飛ぼうとしている

ここでは
詩も恋も美学も、意志と努力の支配を受ける

지도에 없는 집

지도에 없는 길 하나를 만났다
엉엉 울며 혹은 치미는 눈물을 삼키고 도시로 떠난
지나간 사람들의 그림자 가득해
이제는 하루 종일 오는 이도 가는 이도 드문
한때는 차부였을지도 모를 빈 버스 정류소

그곳에서 멀지 않은 비포장길
지금 어디에 있다고 너 어디로 가야 한다고
단호하게 지시하던 내비게이션 소리도 멈춘 지 오래
텅 빈 인적 없는 한적함이 두려움으로 찾아드는
길섶에 두려운 마음을 접고 차를 세웠다

오래전 서낭신이 살았을 법한 늙은 나무를 지나
교목들이 이룬 숲에 노루 울음 가득한 여름 산길
하늘엔 잿빛 날개를 편 수리 한 쌍 낮게 날고
투명하고 차가운 개울 몇을 건너
굽이굽이 난 길이 더는 없을 법한
모퉁이를 돌아서도 한참을 더 걸은 뒤
고즈넉한 밭고랑
황토 흙 짓이겨 벽 붙이고 슬레이트 지붕을 얹은 곡식

창고

　함석지붕을 머리에 인 처마가 깊은 집이 있다
　산나물이 들풀처럼 자라는
　담도 길도 경계도 인적도 없는 이곳은
　세상에 대한 기억마저도 비워낸 것 같다 그래서

　지도에 없는 길이 끝나는 그곳에
　누구도 허물 수 없는 집 한 채 온전히 짓고 돌아왔다

곽효환(郭孝桓) 1967년 전북 전주에서 나서 서울에서 자랐다. 건국대학교 국문과를 졸업하고, 고려대학교 대학원 국어국문과에서 석사, 박사학위 취득. 1996년 세계일보에 「벽화 속의 고양이 3」을, 2002년 『시평』에 「수락산」 외 5편을 발표하며 작품 활동을 시작하였다. 시집으로 『인디오 여인』『지도에 없는 집』『슬픔의 뼈대』가 있고, 2016년 일본어 시집 『지도에 없는 집』이 시초샤에서 '한국현대시인 시리즈 5'로서 출간될 예정이다. 저서 『한국 근대시의 북방의식』『丘甫 朴泰遠의 詩와 詩論』『너는 내게 너무 깊이 들어왔다』 등이 있고, 그 외에도 『이용악(李庸岳) 전집』을 비롯하여 다수의 공동시집, 공저, 편저, 논문이 있다. 2012년 제14회 고대신예작가상, 2013년 제11회 애지(愛知)문학상, 2015년 제25회 편운(片雲)문학상, 2016년 건국문학회 제1회 김건일(金鍵一)문학상을 수상했다. 『대산문화』 주간, 『문학나무』『우리문화』 편집위원으로 활동하고 있으며, 서울국제문학포럼, 동아시아문학포럼 등의 기획에 참여하고 있다. 현재 대산문화재단 상무로 재직하고 있다.

地図にない家

地図にないある道に出会った
わあわあと泣きながら、また込み上げてくる涙を
　　呑み込んで
都市へと旅だった過去の人々の影でいっぱいだ
今や一日中、来る人も行く人もない道
一時は車でいっぱいだったかも知れない空<ruby>空<rt>から</rt></ruby>のバス
　　停留所

そこから遠くない、舗装されていない道
今どこにいて、あなたはこれからどこへ向かうべ
　　きだと
断固として指示するナビゲーションの声もすでに
　　止んでいる
がらんとひと気のない静けさが恐怖となって迫っ
　　てくる
恐ろしい思いを振り切って、ある道端に車を止めた

ずいぶん昔に氏神の住んでいたような老いた大木
　　を経て
背の高い木々の森の中にノロ鹿の鳴き声が満ちた

夏の山道
空には灰色の翼を広げたワリミミズク一対が低く
　飛び
透明で冷たい小川をいくつか渡って
ある道の二つとないほどの急な曲がり角を
曲がり、さらに長い間歩いて
うら寂しい畝間
黄土を捏ねて壁を付け、スレート屋根を上げた穀
　物倉庫
トタン屋根を葺いた軒の深い家があった
山菜が野草のように育っている
垣根も道も境界も、ひと気もないここは
世の中に対する記憶までも空^{から}にしたようだ、それで

地図にない道が終わるそこに
誰にも壊せない完ぺきな家を一軒建てて戻ってきた

郭孝桓(クァク・ヒョファン) 1967年、全羅北道全州に生まれ、ソウルで育った。建國大学国文学科を卒業し、高麗大学大学院国文学科修士及び博士号取得。1996年、世界日報に「壁画の中の猫3」を発表。2002年、季刊詩誌『詩評』に「水楽山」外、5篇を発表し、執筆活動を始める。詩集『インディオの女たち』、『地図にない家』、『悲しみの骨組』などがあり、2016年、日本語詩集『地図にない家』が思潮社から「韓国現代詩人シリーズ5」として出版される予定である。著書『韓国近代詩の北方意識』、『丘甫朴泰遠の詩と詩論』、『君は僕にずい分深く入り込んだ』、『李庸岳全集』など多くの共同詩集・共編著・論文などがある。第14回高大新鋭文学賞、2013年、第11回愛知文学賞、2015年、第25回片雲文学賞、2016年、第1回 金鍵一文学賞を受賞した。『大山文化』主幹、『文学の木』、『我らの文化』などの編集委員として活動しており、ソウル国際文学フォーラム、東アジア文学フォーラムなどの企画に参加している。現在、大山文化財団の常務として勤務している。

오체투지(五體投地)

권정남(權貞男)

붉은 지렁이 한 마리가
제 몸을 오므렸다가 폈다가
낙산사 돌계단을 올라가고 있다.

포탈궁*을 향해 기어오르는
티벳의 승려모습이다

미끈거리는 살점으로
제 몸의 물기를 바싹바싹 말려가며
낙산사 저 높은 해수관음보살을 친견하려고
뜨거운 돌계단에 머리 박으며
꾸불텅, 몸부림치고 있다

'다음 生엔, 지렁이 몸 벗으려고'

몸에 붉은 가사장삼을 걸친
티벳의 승려 한 분이, 오체투지
불 땡볕 돌계단에서
고행을 하고 있다.

* 포탈궁 : 티벳의 도시 라싸에 있는 불교 성지.

五体投地

權貞男(クォン・ジョンナム)

赤いミミズが一匹
その身を縮めたり伸ばしたりしながら
洛山寺(ナクサンサ)*の石段を上っている。

ポタラ宮*に向かって這い上る
チベットの僧侶の姿だ

ぬるぬるした身で
その体の水気をカラカラに干しつつ
洛山寺の高所にある海水観音菩薩に親しく謁見す
　　るために
熱い石段に頭を打ちつけながら
くねくねと身悶えしている

「次の生では、ミミズの身から脱しようと」

体に赤い袈裟をまとった
チベットの僧侶一人が、五体投地
炎天下の石段で
苦行を行っている。

〈著者注〉

＊ ポタラ宮：チベットの都市ラサにある仏教の聖地。

〈訳者注〉

＊ 洛山寺(ナクサンサ)：韓国江原道襄陽にある1,300年以上の歴史のある仏教
　　寺院。史跡第495号に指定されている。

누수

평생을 벽속에 갇혀 있던 무리들이
야밤을 틈타 반란을 시작했다

은빛 실뱀 같은 군상들
길 없는 벽속에 길을 내며 천천히
자객이 되어 옹벽에 스며든다.

번득이는 재치와 바늘 같이 날렵한 몸짓으로
선전포고도 없이 속임수를 쓰며
욕실 타이루 틈을 기웃대며 염탐하다가
이윽고 거실 바닥을 뚫고 돌진하기 시작한다
참았던 얘기가 많은 모양이다.

죄명도 모른 채 평생을 갇혀 있던
눅눅한 어둠의 자식들이
옹벽에 제 머리를 찧어가며 결백을 주장하는
그 속사정을 누가 알까마는
이미, 베란다까지 하얀 맨발을 내려놓고 있다
투신할 모양이다

환한 빛 속으로

권정남(權貞男) 1954년 경북 영주 출생. 관동대학교 대학원 국어국문학과 석사 졸업. 1987년 『시와 의식』 신인상 수상으로 등단했다. 시집으로 『속초 바람』 『서랍속의 사진 한 장』 『물푸레나무 사랑법』 『연초록, 물음표』가 있다. 강원문학상, 강원 펜문학상, 강원여성 문학상을 수상했다. 한국문인협회, 한국시인협회 회원이며, 속초 문인협회 회장을 역임했다. 현재 설악문우회 회장으로 활동하고 있으며, 관동대학교 평생교육원 문예창작 과정과 경동대학교 평생교육원에 출강하고 있다.

漏水

一生壁の中に閉じこめられていたものたちが
夜に乗じて反乱を起こした

銀のキセスジヘビのような群像が
道のない壁の中に道を作りながらゆっくりと
刺客となって擁壁に染み入っていく。

閃く気配りと針のような素早い身振りで
宣戦布告もせずにトリックを巡らしながら
風呂場のタイルの隙間から覗き込んで偵察し
やがて居間の床を破って突進を始める
話せずにいたことが多いようだ。

罪名も知らぬまま一生閉じ込められていた
じめじめした暗闇の子供たちが
擁壁にその頭をぶつけながら潔白を主張する
その心の内を誰がわかってくれるか知らないが
すでに、ベランダにまで白い素足を降ろしている
身を投げてしまいそうだ

明るい光の中に

権貞男(クォン・ジョンナム) 1954年、慶尚北道栄州生まれ。関東大学大学院国語国文学科修士卒業。1987年『詩と意識』の新人賞を受賞して文壇デビュー。詩集に、『束草の風』、『引き出しの中の写真一枚』、『木犀の愛し方』、『薄緑、疑問符』などがある。江原文学賞、江原ペン文学賞、江原女性文学賞などを受賞した。韓国文人協会、韓国詩人協会会員。束草文人協会会長を歴任。現在、雪岳文友会会長であり、関東大学生涯教育院文芸創作課程と京東大学生涯教育院非常勤講師。

바람의 연대기는 누가 다 기록하나

김경주(金經株)

1
이를테면 빙하는 제 속에 바람을 얼리고 수세기를 도
도히 흐른다
극점에 도달한 등반가들이 설산의 눈을 주워 먹으며
할 말을 한다 몇백 년 동안 녹지 않았던 눈들을 우리는
지금 먹고 있는 거야 얼음의 세계에 갇힌 수세기 전 바
람을 먹는 것이지 이 바람에 도달하려고 사람들은 수세
기 동안 거룩한 인생에 지각을 하기 위해 산을 떠돌았어
그리고 이따금 거기서 메아리를 날렸지

　　삶이
　　　　닿지 않는 곳에만
　　　　　　　가서
　　　　　　　　메아리는
　　　　　　　　　　젖는다

메아리는 바람 앞에서 인간이 하는, 유일한 인간의 방
식이 아니랄까
어느 날 거울을 깨자 속에 있던 바람이 푸른 하늘을 향
해 만발한다

그리고 누군가 내 얼굴을 더듬으로 물었다 우선 노래부터 시작하자고.

2

바람은 살아 있는 화석이다 살아 있는 모든 것들이 사라진 뒤에도 스스로 살아남아서 떠돈다 사람들은 자신의 세계 속에서 운다 그러나 살아 있는 모든 것들은 바람의 세계 속에서 울다 간다

바람이 불자
        새들이
            자신의
                꿈속으로 날아간다

인간의 눈동자를 가진 새들을 바라보며 자신은 바로 오는 타인의 눈 속을 헤맨다
그것은 바람의 연대기 앞에서 살다 간 사람들의 희미한 웃음일 수도 있다

이를 테면 바람에게 함부로 반말하지 말라는 농담 정도

風の年代記は誰が記録するのか

金經株(キム・ギョンジュ)

一

例えば氷河は、自分の中に風を氷らせて数世紀を
　滔々と流れる
極点に到達した登山家たちが雪山の雪をすくって
　食べながら言いたいことを言う　数百年という
　長い間溶けなかった雪を私たちは今　食べてい
　る　氷の世界に閉じこめられた数世紀前の風を
　食べている　この風に到達しようと人々は数世
　紀の間　この崇高な人生に遅刻するために山を
　さまよった　そして　時にそこからこだまを発し
　たのだ

生が
　　届かない所にだけ
　　　　　　行って
　　　　　　　　こだまは
　　　　　　　　　　濡れる

こだまは風の前で人が行う、唯一の人間らしい方
　式ではないのか

ある日、鏡を壊したとたん中にいた風が青空に向
　かい大きく広がっていった
そして誰かが私の顔をなでながら言った　まず歌
　から始めようではないかと。

二
風は生きている化石だ　生きているすべてのもの
　が消えた後でも　自ら生き残って漂う　人々は
　自分の中で　世界の中で泣く　しかし生きてい
　るすべてのものは風の　世界の中で泣いてから
　去るのだ

風が吹けば
　　　　　鳥たちが
　　　　　　　自分の
　　　　　　　　夢の中に飛んでいく

人間の瞳を持った鳥たちを眺め　自分はまさに今
　迫ってくる他人の目の中でさ迷う
それは風の年代記の前で生きていった人々の微み

なのかも知れない

例えば風に対してむやみな言葉を使うなという冗
談程度の

못은 밤에 조금씩 깊어간다

어쩌면 벽에 박혀 있는 저 못은
아무도 모르게 조금씩 깊어지는 것인지 모른다

이쪽에서 보면 못은
그냥 벽에 박혀 있는 것이지만
벽 뒤 어둠의 한가운데서 보면
내가 몇 세기가 지나도
만질 수 없는 시간 속에서 못은
허공에 조용히 떠 있는 것이리라

바람이 벽에 스미면 못도 나무의 내연(內緣)을 간직한
빈 가지처럼 허공의 희미함을 흔들고 있는 것인가

내가 그것을 알아본 건
주머니 가득한 못을 내려놓고 간
어느 낡은 여관의 일이다
그리고 그 높은 여관방에서 나는 저은 몸을 벗어두고
빨간 거미 한 마리가
입 밖으로 스르르 기어나올 때까지
몸이 휘었다

못은 밤에 몰래 흰다는 것을 안다

사람은 울면서 비로소
자기가 기르는 짐승의 주인이 되는 것이다

김경주(金經株) 1976년 전남 광주 출생. 서강대 철학과를 졸업했고, 한국
예술종합학교 음악극창작과 대학원과정을 마쳤다. 2003년 서울신문 신춘
문예에 시가 당선되어 문단에 나왔다. 시집 『나는 이 세상에 없는 계절이
다』 『기담』 『시차의 눈을 달랜다』 『고래와 수증기』, 산문집 『PASSPORT』
『밀어』 『펄프팩션』, 희곡집 『숭어마스크레플리카』 등 다수가 있고, 2016년
일본어 희곡집 『늑대는 눈알부터 자란다』가 논쇼사(論創社)에서 출간될 예
정이다. 시작문학상, 오늘의 젊은 예술가상, 김수영문학상 등을 수상했다.
시 외에도 연극실험실 '혜화동1번지'에 극본 『늑대는 눈알부터 자란다』를
올리면서 극작가로도 활동하고 있으며, 자신의 스튜디오 'flying airport'에서
연극, 음악, 영화, 미술 등 입체적인 방식을 도입하여 시극실험운동을 하며,
다양한 독립 문화 작업을 기획 · 연출하고 있다. '2009. 세계 문화올림픽 델
픽대회' 국가대표로 선정되어 언어예술부문 경연대회 시극 부문 최종본심
에 진출했고, 미국, 프랑스, 멕시코 등 해외에서 꾸준히 작품이 무대에 오르
고 있다.

釘は夜に少しずつ深く入る

もしかしたら壁に打たれたあの釘は
誰にも知られずに少しずつ深く入っていくのかも
　　知れない

こちらから見れば釘は
ただ壁にめりこんでいるだけなのだが
壁の後ろの闇の真ん中から見れば
私が数世紀を経ても
触ることのできない時間の中で釘は
虚空に静かに浮かんでいるのだろう

風が壁に染みれば　釘も　木との縁を大切に思う
　　だろう
何もない枝のように　虚空を微かに揺らして

私がそれに気づいたのは
ポケットにあった多くの釘を置いていった
ある古い旅館でのことだ
その旅館の高い階の部屋で　私は身らの殻を脱い
　　だのだが

赤い一匹の蜘蛛が
私の口からすうっと這い出るまで
私の体は　九の字にしなった

それで釘は夜に密かにしなるということを知った

人は泣きながらはじめて
自分の育てる獣の主になるのだ

金經株(キム・ギョンジュ) 1976年、全羅南道光州生まれ。西江大学哲学科を卒業し、韓国芸術総合学校音楽劇創作科の大学院課程を修了した。2003年、ソウル新聞新春文芸に詩が当選して文壇デビュー。詩集に、『私はこの世界にない季節である』、『奇談』、『時差の目を宥める』、『鯨と水蒸気』があり、エッセイ集に『PASSPORT』、『密語』、『パルプ・ファクション』、戯曲集に『鯔マスクレプリカ』など多数の著書がある。2016年、日本語戯曲集『オオカミは目玉から育つ』が論創社から出版される予定である。詩作文学賞、「今日の若い芸術家」賞、金洙暎文学賞などを受賞した。詩だけでなく多様な分野に関わり、演劇実験室「恵化洞(ヘファドン)一番地」で劇曲作品「オオカミは目玉から育つ」を上演し、劇作家としても注目される。スタジオ「Flying Airport」で演劇・音楽・映画・美術などから立体的な方式を取り入れ、詩劇実験運動などを企画・演出している。「2009、世界文化オリンピック、テルピック大会」に国家代表として選出され、言語芸術詩劇部門最終審査まで進出した。金經株の作品は、アメリカ、フランス、メキシコなどでも翻訳・舞台化されている。

피어라, 석유!

김선우(金宣佑)

할 수만 있다면 어머니, 나를 꽃 피워주세요
당신의 몸 깊은 곳 오래도록 유전해온
검고 끈적한 이 핏방울
이 몸으로 인해 더러운 전쟁이 그치지 않아요
탐욕이 탐욕을 불러요 탐욕하는 자의 눈앞에
무용한 꽃이 되게 해주세요
무력한 꽃이 되게 해주세요
온몸으로 꽃이어서 꽃의 운하여서
힘이 아닌 아름다움을 탐할 수 있었으면
찢겨져 매혈의 치욕을 감당해야 하는
어머니, 당신의 혈관으로 화염이 번져요
차라리 나를 향해 저주의 말을 뱉으세요
포화 속 겁에 질린 어린아이들의 발 앞에
검은 유골단지를 내려놓을게요
목을 쳐주세요 흩뿌리는 꽃잎으로
벌거벗은 아이들의 상한 발을 덮을 수 있도록
꽃잎이 마르기 전 온몸의 기름을 짜
어머니, 낭자한 당신의 치욕을 씻길게요

咲け、石油！

金宣佑(キム・ソンウ)

できることなら母よ、私を咲かせてください
あなたの体の深い所から遺伝してきた
黒くて粘っこいこの私の血の滴
この血のせいで醜い戦争が止みません
貪欲が貪欲を呼びます　貪欲な者の目の前で
無用な花を咲かせてください
無力な花を咲かせてください
私は紛うことなく花であり花の運河なので
力ではなく美しさを貪ることができるのなら
引き裂かれたまま売血の恥辱にも耐えねばなりま
　　せん
母よ、あなたの血管に炎が広がります
いっそ私に向かって呪いの言葉を吐いてください
砲火の中で怖気づいた子供たちの足の前に
黒い遺骨の壺をおろします
首を打ってください、散る花びらで
子供たちの傷ついた素足を覆うために
花びらが乾く前に、全身の油を絞り
母よ、飛び散ったあなたの恥辱を洗います

무덤이 아기들을 기른다

버즘나무 이파리 서쪽으로 눕던 길, 그 길 끝에 놓여 있던 비둘기의 주검, 선명한 자동차 바퀴자국.

새의 내장도 무겁구나, 파리해진 잎사귀의 반쪽을 가리며 오래도록 주검을 맴돌던 슬픈 애인이 펄럭였다

술잔 속에서 끊임없이 피 묻는 깃털이 올라오던, 그날 애인을 안고 속삭였던가

갓 태어난 아기들의 뱃속을 생각해봐 작은 정원 같은, 붉은 다알리아 콩닥콩닥 김을 뿜고 삐비풀이 연초록 길을 만들지 노랑 주홍빛 채송화, 토란잎 위에서 장난치는 피톨들, 붉고 흰 물방울.

물방울은 동그란 무덤이야 우린 누구나 무덤의 집이라구 따스한, 내 가슴에 떡잎처럼 매달려 우는 어린 애인, 덜 여문 내 꽃자리로 사르륵 통증이 지나갔고 나는 무덤을 열어 젖꼭지를 물려주었지만

어떻게 울음을 그쳤는지 모른다 그날, 내 애인은

동구 밖에 비둘기를 묻어주고 내 등에 업혀 돌아오던 다섯 살배기 동생이 되어 내게 말했다 고마워 언젠가 나도 엄마가 되어줄게. 향긋한 냄새가 그애의 정원에서 풍

겨나와 핑그르르, 내 무덤에서 정말로 젖이 돈 것만 같
았다

김선우(金宣佑) 1970년 강원도 강릉 출생. 강원대 국어교육학과 졸업.
1996년 『창작과비평』에 「대관령 옛길」 등 10편의 시를 발표하며 문단활동
을 시작했다. 시집 『내 혀가 입 속에 갇혀 있길 거부한다면』(2000년) 『물 밑
에 달이 열릴 때』(2002년) 『도화 아래 잠들다』(2003년) 『내 몸속에 잠든 이
누구신가』(2007년) 『나의 무한한 혁명에게』(2012년). 소설 『나는 춤이다』
『캔들 플라워』 『물의 연인들』 『발원』. 동화 『바리공주』. 산문집 『물 밑에 달
이 열릴 때』 『김선우의 사물들』 『내 입에 들어온 설탕 같은 키스들』 『우리
말고 또 누가 이 밥그릇에 누웠을까』 『어디 아픈 데 없냐고 당신이 물었다』
등 다수의 저서가 있다. 2004년 제49회 현대문학상(2004년). 제9회 천상병
시문학상(2007년)을 수상했다.

墓が赤ん坊たちを育てる

鈴懸の木の葉が西に靡く道、その道の終わりに置かれた鳩の死骸、鮮やかな自動車のタイヤの跡。

鳥の内臓も重いね、と青白くなった葉の半分を覆い、長い間死骸の回りを回っていた恋人が悲しくはためいた

さかずきの中に絶えず血のついた羽の浮かんだその日、恋人を抱いてささやいた

生まれたばかりの赤ん坊たちのお腹のことを考えて。小さな庭のような、赤いダリア、こととこと湯気を上げながら幼い茅萱の芽が薄緑の道を作る。黄色くて朱色の松葉牡丹、里芋の葉の上でふざける血球たち、赤くて白い水玉。

水玉は丸い墓。私たちは誰もが皆、墓という家。温かい私の胸に二葉のようにすがりついて泣いた幼い恋人、まだ十分に熟していない私の花のある場所にそっと痛みが過ぎ、私は墓を開いて乳首を吸わせてあげたが

どうやって泣き止んだのかわからない、あの日、私の恋人は

村の入り口の外に鳩を埋めてやり、私が背中に負
ぶって来た5歳の子になって私に言った。ありが
とう、いつか私もお母さんになってあげる。香
ばしい香りがその子の庭に漂い始め、ぐるぐる
と私の墓に本当に乳の香りが漂うようだった。

金宣佑(キム・ソンウ) 1970年、江原道江陵生まれ。江原大学国語教育学科卒業。1996年《創作と批評》で「大関嶺旧道」など10篇の詩を発表して文壇デビュー。詩集に『私の舌が口の中に閉じこめられているのを拒否すれば』(2000年)、『水の下に月が開く時』(2002年)、『桃の花の下で眠る』(2003年)、『私の体の中で眠るのはだれなのかしら』(2007年)、『私の限りない革命へ』(2012年)などがある。小説に『私は踊りだ』、『キャンドルフラワー』、『水の恋人たち』、『発願』、童話に『バリ＊王女』、エッセイ集に『水の下に月が開く時』、『金宣佑の事物』、『私の口に入った砂糖のようなキス』、『私たち以外に誰がこの丼鉢に横になっただろう』、『どこか痛いところはないのか、とあなたが訊いた』など、多数の著書がある。第49回現代文学賞(2004年)、第9回千祥炳詩文学賞(2007年)などを受賞した。

〈訳者注〉
　＊バリ：死霊を極楽に導く巫女踊りの時に、巫女の唱える女神の名。

구름에 쫓기는 트럭

김성규(金聖珪)

구름이 낮게 가라앉아 도로를 덮는다 차를 세우고 운전사는 덮개를 꺼낸다 대기를 가늘게 쪼개며 비가 쏟아진다 일제히 속도를 늦추는 차량들, 덮개를 펴기도 전에 짐칸에 누워 있던 종이상자가 눈을 감는다 사방을 둘러본다 빗방울이 수직으로 튀어 오른다 도로를 점거하던 빗물이 배수구를 찾아다닌다 곳곳에서 사람들이 소리 지른다 방패같이 잘 짜여진 방음벽, 달아날 곳 없는 사람들이 바닥에 뒤엉킨다

모 두 안 전 하 게 살 수 있 어 군인들이 비명을 쓸어 담으며 대열을 맞춘다 모 두 안 전 하 게 살 수 있 어 골목길을 찾아 사람들이 뛰어간다

너풀거리는 덮개를 밧줄로 묶는다 머리카락에서 빗물이 떨어진다 이불을 덮은 듯 말없는 상자들, 운전석으로 돌아간 사내는 머리를 닦는다 물기의 일부분이 수건으로 옮겨갈 뿐 머리는 쉽게 마르지 않는다 유리창에 김이 서린다 라디오를 틀고 가속기를 밟는다 수건의 결이 넘어지듯 음악 소리가 여러 번 구부러지다 창밖으로 흘러내린다 갓길에서 벗어나며 백미러를 본다

모 두 안 전 하 게 살 수 있 어 빗방울이 공중에 호외
를 뿌린다 모 두 안 전 하 게 살 수 있 어 군복을 입은 사
내들이 무릎 꿇은 청년들의 어깨를 밟는다

불빛이 눈을 번뜩이며 사내를 노려본다 오래전 꾸었던
꿈을 따라가듯 사내는 무언가 떠오를 듯해 음량을 줄인
다 빗물을 쓸어내며 와이퍼가 유리창을 뛰어다닌다 아
스팔트에 넘어져 뒤엉킨 사람들 앞질러가는 차량의 바
퀴처럼 얼굴이 일그러진다 유리창 밖으로 빗물이 흘러
내린다 두툼한 구름이 음악 소리를 추적하며 도로 끝으
로 트럭을 몰고 간다

雲に追われるトラック

金聖珪(キム・ソンギュ)

雲が低く沈んで道路を覆う　車を止めて運転手はカバーを取り出す　大気を細かく割るように雨が降り注ぐ　一斉に速度を落とす車、まだカバーを広げてもいないのに荷物入れに横たわった段ボール箱が目を閉じる　四方を見回す　雨の滴が垂直に跳ね返る　道路を占拠した雨水が排水口を探し回っている
　あちこちで人々が声を上げる　盾のように丈夫な防音壁、逃げるところがない人々が地べたで絡まる

　「みんな安全に生き残れる」　兵士たちは悲鳴を掃き集めながら隊列を整える　「みんな安全に生き残れる」　路地の方に人々が走っていく

　ひらひらするカバーを綱で縛る　髪の毛から雨水が落ちる　布団を掛けたように無言の段ボール箱、運転席に戻った男は髪の毛を拭く　水滴の一部がタオルに移るだけで髪の毛はなかなか乾かない　窓ガラスが曇る　ラジオをつけてアクセルを踏む　タオルの継ぎ目が倒れるように音楽が幾度も曲がって窓の外に流れていく　路肩から離れながら、バックミ

ラーを見る

　「みんな安全に生き残れる」　雨粒は空中に号外
を撒く
　「みんな安全に生き残れる」　軍服を着た男たち
が跪いた青年たちの肩を踏む

　光が目を剝いて男を睨む　昔見た夢に従うよう
に、男は何かを思い出そうと音量を絞る　雨水をか
き分けながらワイパーは窓ガラスを駆けめぐる　アス
ファルト道路に倒れて絡み合った人たちは、駆け抜
ける車の車輪のように顔を歪める　窓ガラスの外に
雨水が流れて降りていく　分厚い雲が音楽の後を追
いながら、道路の端へトラックを追い込む

장롱을 부수고 배를

집집마다 아우성이다 장롱을 부수고
배를 만드는 사람들, 냉장고를 타고 떠내려가는 사람들
쓰레기들이 꾸역꾸역 밀려드는 길거리
떠내려가는 집에 실려 둥근달을 바라본다

물의 아가리가 전봇대를 씹어먹고
유리창으로 쏟아져 들어오는 물을 퍼내자
밀려오는 허기, 털벌레들이 몰려와
도로와 마을을 뒤덮듯
허기는 내 몸 어디에 숨어있다 밤마다 나타날까
육각형의 상자에서 튀어나온 토끼처럼
깔깔거리는 창녀들이 유리문 밖으로 손을 흔든다
죽어라, 차라리 죽어, 더 크게 울어도
사내들에게 머리채가 잡혀 끌려다녀도
새벽이면 다시 거지와 깡패들이 사라지는 한철
물 위를 떠다니는 쓰레기가 반짝인다
서로의 목을 감으며 사내들이 허우적거린다
어디쯤까지 떠내려가야 배가 멎을까
잠을 자다 빠져나와 보니
모두들 익사체로 인사하는 밤

두꺼비만한 달이 구름을 밟고 기어나와
물속에 잠긴 도시를 비춘다
과자봉지와 죽은 돼지가 진흙에 섞이고
들판의 곡식들이 죄지은 사람처럼 고개 숙이면
지상에 꺼진 가난의 등불은 다시 타오르리라

바람 빠진 풍선 같은 젖가슴을 만지며
사내들이 늙은 창녀들을 밀어내던 방
깔깔거리던 웃음소리가,
술집과 병원의 간판이,
홍수 속을 떠다닌다 창녀들을 태운 유리배가
보이지 않는 물결 너머로 떠내려갈 때
나도 장롱배를 만들어 타고 멀리서 손을 흔들어 주었다

김성규(金聖珪) 1977년 충북 옥천 출생. 명지대학교 문예창작학과와 동 대학원 석사 졸업 후 현재 박사과정 중이다. 2004년 동아일보 신춘문예로 등단했다. 시집으로 『너는 잘못 날아왔다』 『천국은 언제쯤 망가진 자들을 수거해가나』가 있다. 2014년 김구용문학상과 신동엽문학상을 수상했다.

箪笥を壊して舟を

家という家は大騒ぎだ　箪笥を壊して
舟を作る人たち、冷蔵庫に乗って流される人たち
ごみが次々に押し寄せる街
流される家に乗って丸い月を眺める

水のくちばしが電柱をかじって食い
窓ガラスから入り込む水を汲み出せば
押し寄せる空腹感、毛虫が集まってきて
道路や町を覆うように
空腹感は私の体の中のどこに隠れていて毎晩現れ
　　るのか
六角形の箱から飛び出したうさぎのように
からからと笑う売春婦たちがガラス戸の外で手を
　　振る
死ね、いっそ死ね、どんなに大きな声で泣いても
男たちに髪の毛をつかまれ、引き回されても
夜明けになると、また乞食やチンピラの消える一
　　時期
水に漂うゴミが輝く
互いの首に腕を回しながら男たちがもがき回る

どこまで流されれば舟は止まるのだろうか
目が覚めて外に出てみると
みんな水死体になって挨拶してくる
ヒキガエルのような月が雲を踏んで這い出し
水に浸かった都市を照らす
菓子袋や死んだ豚が泥に混じり
野原の穀物が罪人のように頭を垂れれば
地上で消えた貧困の灯火は再び燃え上がるだろう

空気の抜けた風船のような乳房を弄りながら
男たちが年寄りの売春婦を追い出した部屋
からから響く笑い声が、
居酒屋や病院の看板が、
洪水の中に漂う　売春婦を乗せたガラスの舟が
目に見えぬ波の向こうに流れていくとき
私もタンスの舟に乗って遠くから手を振ってやった

金聖珪(キム・ソンギュ) 1977年、忠清北道沃川生まれ。明知大学文芸創作学科及び同大学院修士卒業。現在、博士課程在学中。2004年、東亜日報新春文芸で文壇デビュー。詩集に『君は間違って飛んできた』、『天国はいつ壊れた者たちを回収していくのか』などがある。2014年、金丘庸文学賞、申東曄文学賞を受賞した。

詩魔
— 십우도*(하나)

김영산(金榮山)

지구의 장례가 치러지고 있다. 상여꾼은 운구 준비를
마쳤는가. 모든 별은 봉분 봉분의 별 그 환한 무덤 닳고
닳아 태기가 비쳤다. 아이는 자라기도 전에 방랑하는 목
동이 되었다. 우주 십우도가 그려지고 있었다. 지구의
마지막 장례식 날 십우도를 볼지 모른다 — 어릴 적 상
갓집 밝은 천막 안에 차려진 그 **시신** 음식 냄새 지금도
맡고 있는 것처럼 모든 풍경은 유전되는지 모른다.

우리가 제물인 것을 모른다고 그 시인은 말했다. 지구
의 제물이라 했다. 소년은 시신의 음식 냄새 배인 몸을
입고 자랐다. 여태 뱉어내지 못한 송장 냄새가 어른이 되
어 갈수록 진동했다. 어서 나의 관을 다오, **나의 관을 다
오** 외치지만 글쎄 지구는 너무 많은 장례 때문에 바쁘다.

그를 태어나게 한 상갓집 고향은 뱉을 수도 삼킬 수도
없는 음식이라 했다. 왜 고향이 상여로만 떠오르는가.
소년은 한 번도 상여를 따르지 않았다. 상여길은 동네
방천길 지나 산길로 접어들었다. 상여가 지난 자리 종이
꽃 피고 "며칠 후, 며칠 후!" 만나자던 장소 공동묘지.

그 공동묘지만 남긴 채 고향이 사라져 버렸다. 고향을 다녀온 후 그는 오래 앓았다. 음식을 떠밀어도 달다 쓰다 안 했다. 여태 음식에서 송장냄새가 나느냐 묻고 싶었지만 농담을 못했다. 그가 자리보전하다 일어나 처음 뱉은 말은 그의 생가가 상갓집이라는 것이었다.

내 시가 태어난 생가는 없다고 그 시인은 말했다. 모든 폐가마저 사라져 버렸다고 했다. 원래 폐가는 없는데 사람들이 집을 버렸다 했다. 상여는 죽은 자를 태우고 가는 차가 아니라 집이라 했다. 죽은 자들이 잠시 머무는 집, 우리 사는 집도 상여라 했다. 산 자들은 **상엿집**에 머문다, 죽음의 여행을 떠나기 전에 잠시!

모든 여행은 죽음이다. 산 자들은 여행을 떠난다. 산 넘고 물 건너 죽은 자를 만나러 간다. 우리가 죽은 자인지 모르고 죽은 자를 만나러 간다. 제 집에 돌아와 꽃상여를 보고 반가워한다. 상엿집 환한 거실 환한 관이다! 어두운 방에서 누군가 흐느낀다. 그 음악은 자신이 평생 듣던 제 장송곡 이 방 저 방 건넌방으로 여행 다닌 것이다. 여행은 **자폐**의 집을 떠돈다, 늙어 죽어 갈수록 자폐

아가 되는 것이다.

고향의 장례는 자신을 업고 키운 자신을 장례 치르는 것이라고 그가 말했다. 어린 아이가 애기 포에 늙은 아이를 업고 질끈 묶는다. 늙은 아이는 어린 아이인데 늙은 아이는 모른다. 어린 아이는 늙은 아이를 업고 선 채로 염해 버린다. 늙은 아이는 어린 아이가 되어 죽는다. 모든 애기보개*는 염장이 아이였는지 모른다.

고향의 장례는 소년이 고향을 떠난 날로부터 시작된다. 고향의 부음은 너무 일찍 바람에 실려 왔지만 소년은 청년이 되어서도 돌아가지 않았다. 그 청년 음악가는 고향의 부음을 곡으로 남기려 했다. 그러다 너무 일찍 늙어 버린 청년은 제 자신의 진혼곡을 작곡하며 죽었다. 청년의 시체를 죽음의 음악처럼 끌고 고향에 내려 간 것은 그가 살던 도시의 **부음**이었다.

고향의 장례는 도시의 장례와 함께 치러진다고 그 시인은 말했다. 도시 빌딩은 비석처럼 자라고 고향 마을은 무덤처럼 고요하다. 도시와 시골의 거리는 무덤에서 무

덤의 거리인지 모른다, 길을 가다 죽거든 귀향이라 생각
하라! 고향 무덤 어머니가 계신다.

고향의 장례는 시의 장례라고 그 시인은 말했다. 이미
여러 시인들이 시의 장례를 치렀지만 아직 장례는 끝나
지 않았다고 했다. 고향의 장례가 끝나지 않으면 시의
장례는 계속된다. 시인은 임종을 보지 못했다, 시의 임
종을 아무도 보지 못했다! 시인들의 방황은 계속될 것이
다, 고향이 없으니 고향의 장례식에 참석하지 못할 것이
다.

시인이 고개를 숙이며 시를 쓰는 까닭은 장례를 치르
기 때문이라고 했다. 저물고 저물도록 산역하는 일이 시
인지 모른다. 모든 상여꾼은 상여를 메고 따르고, 시인
은 시의 꽃상여를 메고 따른다. 빈 상여 놀이 함부로 상
여를 내리지 마라, 죽은 자와 산 자가 놀기 위해!

빈 상여 시체가 없다고 생각 마라, 상여는 관을 기다
리고 관은 시체를 기다린다. 세상에 빈 관은 없다. 시인
은 시를 기다리고 관은 시체를 기다린다. 이미 죽은 자

는 관에 담겨 있다. 관에 담겨 있지 않는 것이 어디 있으랴, 산 자는 산 자에 맞는 관을 맞추라. 죽은 자는 죽은 자에 맞는 관을 맞추라. 모든 시는 시의 관을 맞추라! 그 시인은 한껏 고조되어 상여를 높이 든다.

어허허 어허 허
어허허 어허 허

시의 장례는 **울음**이 없다. 고향의 장례는 울음이 없다, 고향은 울음을 퍼 나를 우물이 없다! 우물이 없는 마을은 죽은 것이다, 우물이 짐승처럼 울어도 아무도 못 듣는다. 우물은 울음의 바닥을 보이지 않는다. 우물은 울음을 퍼내지 않아 썩어 가며 고였다.

나는 우물처럼 죽어 본 적이 있다 — 그 시인은 허허 벌판처럼 중얼거렸다.

나는 고향처럼 죽어 본 적이 있다, 그는 우물을 들여다봤다. 아무리 덮어도 메워지지 않는 우물. 아직 마르지 않고 눈 감지 않는 자들! 완전한 염습은 없다, 고향의 염장이여. 고향 산천 매혈하듯 봄은 온다! 고향 마을 수의 입고 봄은 온다! 모든 암매장은 고향을 묻는 것인지 모른다.

그는 고향의 장례를 치르느라 손톱이 다 닳고 잇몸이 물러졌다. 그만 하관할 곳을 찾는다 했다. 아무리 관을 내려도 땅이 받아 주지 않는다. 우리는 관을 내린 적이 없다. 죽은 자를 상여에 태웠다 마라, 죽은 자는 죽은 자끼리 산 자는 산 자끼리 **우리는 상여를 타고 여행한다.**

* 십우도 : 깨달음에 이르는 열 가지 단계.
* 애기보개 : 아기를 보는 어린 아이.

詩魔
— 十牛図*、その—

金榮山(キム・ヨンサン)

　地球の葬式が行われている、棺を担ぐ者の準備は
できたのか。すべての星は墓。墓の星、その明るい
墓は減りに減って妊娠の兆しが見えた。その子は大
人になる前に彷徨う牧童になった。宇宙の十牛図が
描かれている。地球の最後の葬式の日、十牛図が見
られるかもしれない。── 子供の頃、喪の家の明る
い幕の下にあった屍と食べ物の匂い、いまもその匂
いを嗅いでいるかのように、すべての風景は遺伝す
るのかもしれない。

　我々が供え物であることに我らは気づいていない
と、その詩人は言った。地球の供え物だと言った。
少年は屍の食べ物の匂いのついた体を持って育っ
た。いまだに吐き出されていない屍の匂いが、大人
になるにつれてより強くなる。早く私の棺をくれ、
私の棺をくれと叫んでみるが、地球はあまりにも多
くの葬式で忙しい。

　彼の生まれた喪の家の故郷は、吐くことも呑みこ
むこともできない食べ物だと言った。なぜ、故郷が

棺の輿しか思い浮かばないのだろうか。少年は一度も輿に追いついたことがない。棺の輿の道は、町の土手の道を過ぎて、山道へと至る。輿の通った道には白い紙の花が咲き、「後日、後日に！」と会う約束をした共同墓地。

その共同墓地だけを残して、故郷が消えてしまった。故郷から戻ってから、彼は長い間病気にかかった。食べ物を口に入れても甘いとも苦いとも言わない。今も食べ物から屍の匂いがするのかと聞きたいが、冗談も言えない。病気から立ち直って私に最初に言った言葉は、自分の生家が喪の家だったことだけ。

自分の詩には生家がないと、その詩人は言った。すべての廃家まで消えてしまったそうだ。本来廃家はなかったが、人々が家を捨てたのだ。棺の輿は死人を乗せていく輿ではなく、家だと言った。死んだ者がしばらく留まる家、我らの住む家も棺の輿だと言った。生きている者は**喪の家**に住んでいる、死へ

の旅に出る前にしばらくの間だけ！

　すべての旅は死へと向かう。生きた者たちは旅に
たつ。山を越え、水を越え、死んだ者に会いにい
く。我ら自身が死んだ者だとは気づかずに、死んだ
者に会いに行く。自分の家に戻って花の棺の輿をみ
て喜ぶ。喪の家の明るい居間、明るい棺だ！　暗い部
屋の中で誰かがうめく。その音楽は自分が生まれた
時からずっと聴いてきた葬送曲、こちらの部屋から
あちらの部屋へ旅をしていた。旅は、自閉の家に漂
い、老けて死んでいくほど、**自閉**症になる。

　故郷の葬式は自分を育ててくれた自分の葬式だ、
と彼は言った。子供が老けた子供を背負って落ちな
いように包む。老けた子供は子供なのに、それに気
づかない。子供は、老けた子供を背負って立ったま
ま、死に装束を着せて衾で包んで縛る。老けた子供
は、子供になって死ぬ。すべての子守をする子供た
ちは、殯匠*の子供だったのかもしれない。

故郷の葬式は少年が故郷から離れた日から始まる。故郷からの訃音は早くも風の便りで届いたが、少年は青年になっても戻らない。その青年音楽家は、故郷の訃音を曲に残そうとした。あまりにも早く老けてしまった青年は、自分への鎮魂曲を作曲しながら死んだ。青年の死体を死の音楽のように引きずって故郷へ帰ったのは、彼の暮らした都市の**訃音**だった。

　故郷の葬式は都市の葬式と同様に行われると、その詩人は言った。都市のビルは碑石のように育ち、故郷の町は墓のように静かだ。都市と田舎の距離は、墓と墓の距離なのかもしれない。旅の途中、道端で死ぬのなら帰郷したのだと思え！故郷の墓には、母がいる。

　故郷の葬式は詩の葬式だと、その詩人は言った。すでに多くの詩人が、詩の葬式を行ったにもかかわらず、葬式はまだ終わっていない。故郷の葬式が終わるまでずっと、詩の葬式は続く。詩人は、最期を

看取れなかった、詩の最期を誰も看取れなかった！
　詩人たちの放浪は続くだろう、故郷がないため、故郷の葬式には出席できないだろう。

　詩人がうつむいて詩を書くのは、まだ葬式が行われているからだという。完璧に暮れるまで墓を造るのが詩作なのかもしれない。棺を担う者は棺の輿を担い、詩人は詩の花の棺の輿を担い、後を追う。空っぽの棺の輿でもあえて降ろしてはいけない。死者と生者が出会うためには！

　空っぽの棺の輿に死体がないと思うな、棺の輿は、棺を待ち、棺は死体を待つ。世の中に空っぽの棺はない。詩人は詩を待ち、棺は死体を待つ。すでに死んだ者が棺に入っている。棺に入ってない者が世の中にいるだろうか、生者は生者にふさわしい棺を作ろう。死者は死者に似合う棺を作ろう。すべての詩は詩の棺を作ろう！
　その詩人は思いっきり興奮して棺の輿を高く持ち上げた。

ヨホホ ヨホ ホ
ヨホホ ヨホ ホ

　詩の葬式では泣くことはない。故郷の葬式でも泣
くことはない、故郷には泣き声を汲める井戸がな
い！井戸のない町は死んだ町だ、井戸が獣のように
泣いても誰にも届かない。井戸の泣き声には底がな
い。井戸は泣き声を汲めずに、腐りつつ溜まったま
まだ。

　私は井戸のように死んだことがある。― その詩人
は慌しい野原のようにつぶやいた。

　私は故郷のように死んだことがある、その井戸の
底をのぞきみた。埋めようとしても埋められない井
戸。まだ枯れておらず、目のつぶれていない者た
ち！ 完璧に死に装束を着せることはできない、故郷
の殮匠よ。故郷の山川には血を売るように春が訪れ
る！ 故郷の死に装束を着て春が訪れる！ すべての埋

葬遺棄は故郷を埋めることなのかもしれない。

　彼は故郷の葬式で爪がなくなり、歯茎が弱った。今や棺を降ろす場所を探すのだと言った。棺を降ろそうとしても土が受け止めてくれない。我々は棺を降ろしたことがない。死んだ者を棺の輿に乗せたと思うな、死んだ者は死んだ者同士で、生きている者は生きている者同士で、**我々は棺の輿に乗って旅に出る。**

〈著者注〉
＊十牛図：仏教において、悟りに至る10の段階。

〈訳者注〉
＊殮匠：死体を清め、死に装束を着せて殮布で縛ることを仕事とする人。

전등사 裸女像같이

긴긴 만행의 끝 어디냐, 물었다
돌아가서 몸 편히 눕힐 집, 처마 끝 가리킨다

전등사 나녀상은
대웅보전 처마 네 귀퉁이 올라갔다
벌거벗은 채 웅크리고 견디며 살까, 싶었다

도편수 동량은
도망간 옛 여인 나신을 새겼다
법당 지붕 들고, 아침저녁 염불 들어보라

쓰러져 내리는 건 사내, 이미 여자는 돌아와 있었다
사각사각 나뭇결 발라내
원해서 거기 올라가면, 돌아오지 않겠다

김영산(金榮山) 1964년 전남 나주 출생. 중앙대학교 문예창작과와 동 대학원 석사 졸업 후 현재 박사과정 중이다. 1990년 『창작과 비평』 겨울호에 「동지(冬至)」 외 6편을 발표하면서 문단 활동을 시작했다. 시집으로 『동지』 『평일』 『벽화』 『게임광』 『시마(詩魔)』 『하얀별』 등이 있다.

伝燈寺*の裸女像のように

とても長い蛮行の終りはどこだ、と訊いた
帰って楽に身を横たえられる家がそうだと、軒先
　　を示す

伝燈寺の裸女像は
大仏菩殿の四隅の軒先に上がった
丸裸のまま身をすくめ、耐えつつ生きるか、と思った

大工の棟梁は
逃げた昔の女人の裸身を刻んだ
法堂の屋根を持ち上げて、朝夕に念仏を聞け、と

倒れて崩れるのは男、すでに女は帰っていた
さくさくと木目をむしり
望んで屋根に上がれば、帰ってこないであろう

<訳者注>
* 伝燈寺(ジョンドゥンサ)：京畿道仁川市江華にある古い寺。

金榮山(キム・ヨンサン) 1964年、全羅南道羅州生まれ。中央大学文芸創作科及
び同大学大学院修士卒業。現在、博士課程在学中。1990年、季刊《創作と批評》
冬号に「冬至」他6篇を発表し、文壇デビュー。詩集に『冬至』、『平日』、『壁絵』、
『ゲーム狂』、『詩魔』、『白い星』などがある。

푸른 잎 하나가

김영탁(金永卓)

푸른 잎 하나 눈 시릴 때가 있다
푸른 잎은 햇살을 타고 날아가
유리창 하나 푸르게 하길 바란다
멀면서 가까워지는 바람 소리가 유리에게
들어와 스스로 갇힌다 갇혀서 자유로운 소리는
푸르게 살아 움직이며 눈을 뜬다
잎으로부터 뻗어 있는 길들을 믿을 수 없구나
그 길 위엔 바퀴가 굴러가고 바퀴 위에 내가
누워 있지만 바퀴는 바퀴의 의지로만 굴러간다
그러나 전혀 바퀴에서 내릴 기미가 없는 나

푸른 잎 하나가 내 이마를 스쳐갈 때
푸른 잎 하나 눈이 시릴 때
잎의 始原을 그려본다

지나온 모든 길 위에 내가 있었다

青葉一つが

金永卓(キム・ヨンタク)

青葉一つが眩しい時がある
青葉は日差しに乗って飛んでいき
窓ガラスを一つ青くしたいと望む
遠くから近づいてくる風の音がガラスに
入ってきては自分で閉じ込められる　閉じ込めら
　　れても自由な音は
青く生き生きと動きながら目を覚ます
葉から伸びた道が信じられないのだ
その道の上に車輪が転がっていき、車輪の上に私が
横になっているのだが、車輪は車輪の意志で転が
　　っていく
しかし、まったく私は車輪から降りる気配などな
　　いのだが

青葉一つが私の額を掠める時
青葉一つが眩しく見える時
葉の成長点を描いてみる

過ぎて来たすべての道の上に私がいた

생활의 발견
― 구름

　구름을 바라보며 세상만상과 그림 맞추기를 한 적이
있네
　그럴 때면 구름은 언제나 내가 생각한
　처지와 내 몸에 딱 맞아떨어지네
　완전히 제 논에 물대기 식이지만 그렇다고 구름은
　뭐라고 맞다 안 맞다 그런 적도 없지만
　그림을 맞추다가 구름이 제멋대로
　흩어져도 구름을 잡고 뭐라 할 수도 없네

　아득한 그때부터 지금도 늙지 않고
　흘러가는 구름이여
　물렁물렁한 구름이여
　내가 그린 욕망과 지상의 사랑이
　온전히 그림틀 속에 있지 않고
　조금씩 느슨하게 흩어지는 이별이여
　다시는 못 볼 이별이여
　그대의 부드러운 몸과 옷자락을 부여잡는
　내 剛愎한 완강함에도
　여지없이 뿌리치는 헐거움이여

가끔, 천진한 어린 사랑을 떠올리며
솜사탕을 입에 물고 뭉게구름 웃음만큼 웃다가
천근만근 무게로 내 머리 위에 떠 있는
구름이 갑자기 우레와 천둥에 소낙비로
내 몸을 흠뻑 적시네
한낱 헛된 꿈밖에 모르는
내 그림판에 벼락을 쳐도 어이 할 수 없네

김영탁(金永卓) 1959년 경북 예천 출생. 1998년 계간시문학지 『시안』으로 등단했다. 고려대학교 국어국문학과 석사과정을 수료했다. 시집으로 『새소리에 몸이 절로 먼 산보고 인사하네』가 있다. 현재 ISO출판위원으로 법무부 산하 법제기관, 천재교육 등 출판 관련 심사를 맡고 있으며, 도서출판 황금알, 황금필, 기획사 칼라박스의 발행인과 시문학종합지 『문학청춘』의 발행인 겸 주간이다.

生活の発見
― 雲

雲を眺めながら、世の万象とジグソーパズルをし
　　たことがある
そんな時、雲はいつも私の考えた
立場と私の体にぴったり一致した
完全に我田引水のようだが、かといって雲は
何がいいとか悪いとか言ったこともない
ただジグソーパズルをする時に雲が勝手に
散らばっても、捕まえて何を言うこともできない

遥か大昔から今も老いることなく
流れゆく雲よ
ふわふわした雲よ
私の書き綴った欲望と地上の愛が
すべて絵の枠の中にあるのではない
少しずつゆっくりと去っていく離別よ
二度と会うことのできない離別よ
あなたの柔らかな体と裾を握りしめる
私の頑固さや強情さも
きっぱりと振り切る緩慢さよ

時々、無邪気な幼い愛を思い浮かべ

綿菓子を口にくわえて入道雲のように笑い

凄い重さで私の頭の上に浮いている

雲は突然雷と稲妻、そしてにわか雨になって

私の体をびしょ濡れにする

取るに足りない空しい夢しか知らない

私の絵のキャンバスに雷が落ちても仕方ない

金永卓(キム・ヨンタク) 1959年、慶尚北道醴泉生まれ。1998年、季刊詩誌『詩眼』で文壇デビュー。高麗大学国語国文学科修士課程修了。詩集に『鳥の声に自ずと体が遠山へ礼をする』などがある。現在、ISO出版委員として韓国法務省傘下の法制機関「天才教育」などの出版関連審査を担当し、図書出版「黄金卵」、「黄金の筆」、企画会社「カラーボックス」発行人、詩文学総合紙『文学青春』発行人兼主幹でもある。

시골 창녀

김이듬(Kim Yideum)

진주에 기생이 많았다고 해도
우리 집안에는 그런 여자 없었다 한다
지리산 자락 아래 진주 기생이 이 나라 가장 오랜 기생
역사를 갖고 있다지만
우리 집안에 열녀는 있어도 기생은 없었단다
백정이나 노비, 상인 출신도 없는 사대부 선비 집안이
었다며 아버지는 족보를 외우신다
낮에 우리는 촉석루 앞마당에서 진주교방굿거리춤을
보고 있었다
색한삼 양손에 끼고 버선발로 검무를 추는 여자와 눈
이 맞았다

집안 조상 중에 기생 하나 없었다는 게 이상하다
창가에 달 오르면 부푼 가슴으로 가야금을 뜯던 관비
고모도 없고
술자리 시중이 싫어 자결한 할미도 없다는 거
인물 좋았던 계집종 어미도 없었고
색색비단을 팔러 강을 건너던 삼촌도 없었다는 거
온갖 멸시와 천대에 칼을 뽑아들었던 백정 할아비도
없었다는 말은

너무나 서운하다

국란 때마다 나라 구한 조상은 있어도 기생으로 팔려간 딸 하나 없었다는 말은 진짜 쓸쓸하다

내 마음의 기생은 어디서 왔는가

오늘밤 강가에 머물며 영감(靈感)을 뫼실까 하는 이 심정은

영혼이라도 팔아 시 한 줄 얻고 싶은 이 퇴폐를 어찌할까

밤마다 칼춤을 추는 나의 유흥은 어느 별에 박힌 유전자인가

나는 사채이자에 묶인 육체과 창녀하고 다를 바 없다

나는 기생이다 위독한 어머니를 위해 팔려간 소녀가 아니다 자발적으로 음란하고 방탕한 감정 창녀다 자다 일어나 하는 기분으로 토하고 마시고 다시 하는 기분으로 헝클어진 머리칼을 흔들며 엉망진창 여럿이 분위기를 살리는 기분으로 뭔가를 쓴다

다시 나는 진주 남강가를 걷는다 유등축제가 열리는 밤이다 취객이 말을 거는 야시장 강변이다 다국적의 등불이 강물 위를 떠가고 떠내려가다 엉망진창 걸려있고

쏟아져 나온 사람들의 더러운 입김으로 시골 장터는 불
야성이다

　부스스 펜을 꺼낸다 졸린다 펜을 물고 입술을 넘쳐 잉
크가 번지는 줄 모르고 코를 훌쩍이며 강가에 앉아 뭔가
를 쓴다 나는 내가 쓴 시 몇 줄에 묶였다 드디어 시에 결
박되었다고 믿는 미치광이가 되었다

　눈앞에서 마귀가 바지를 내리고
　빨면 시 한 줄을 주지
　악마라도 빨고 또 빨고, 계속해서 빨 심정이 된다
　자다가 일어나 밖으로 나와 절박하지 않게 치욕적인
감정도 없이
　커다란 펜을 문 채 나는 빤다 시가 쏟아질 때까지
　나는 감정 갈보, 시인이라고 소개할 때면 창녀라고 자
백하는 기분이다 조상 중에 자신을 파는 사람은 없었다
'너처럼 나쁜 피가 없었다'고 아버지는 말씀하셨다
　펜을 불끈 쥔 채 부르르 떨었다
　나는 지금 지방축제가 한창인 달밤에 늙은 천기(賤技)
가 되어 양손에 칼을 들고 춤추는 것 같다

田舎の娼婦

Kim Yideum(キム・イドゥム)

いかに晉州*に芸妓が多かったといっても
わが家にはそんな女はいなかったという
智異山*の下の晉州芸妓の歴史がこの国で一番長か
　　ったといっても
わが家に烈女はいたが、芸妓はいなかったという
賎民や奴婢、商人さえいない由緒ある家柄だと父
　　は族譜を詠んだ
昼間に私たちは矗石樓*の庭先で晉州教坊グッドゴ
　　リ舞*を観ていた
色とりどりの汗衫*を両手につけ、足袋を履いて剣
　　舞を見せる女性と視線が合った
先祖に芸妓が一人もいないなんて可笑しい
窓辺に満月の影が差せば伽倻琴を弾いていた官婢
　　の伯母もいなかった
お座敷を勤めるのが辛くて自刃して果てた祖母も
　　いなかった
美人だった従婢の母もいなかった、
さまざまな絹を売りに川を渡った伯父もいなかった
多くの蔑視と冷遇に耐えられず、刃を抜いて振り
　　かざした賎民の先祖もいなかったというのは

余りにも口惜しい

国乱のたびに国を救った先祖はいたが、金のため
　に芸妓になった女は一人もいなかったなんてほ
　んとうに寂しい

それでは私の心の芸妓はどこから来たのか

今夜、川辺に留まって霊感*を得ようかと思うこの
　心は

魂を売ってでも、詩一篇を求める退廃したこの気
　持ちはどうしたらいいのか

毎晩、剣舞を舞う私の遊興は、どの星から来た遺
　伝子なのか

私は高利貸しに縛られた肉体派の娼婦と違うとこ
　ろがない

私は芸妓だ　病気の母を助けるために売られた少女
　ではない　自発的に淫乱で放蕩な感情を持った娼
　婦なのだ　覚めた気持ちで、吐いて飲んでもう一
　度という気持ちで、絡んだ髪を振りかざしなが
　ら、無理にみんなの雰囲気を盛り上げようとい

う気持ちになって何かを書く

再び、私は晉州の南の川辺を歩く 流燈祭りの夜だ 酒に酔った客が話しかける川辺の夜市だ 色々な国の流燈が川に浮かび、押し流されて無茶苦茶に絡み合っていた どっと出てくる人たちのむさい息、田舎の市場は不夜城になった

むくむくとペンを取り出す まぶたが重い ペンを銜えた唇からインクが零れて滲むのも知らず、洟をすすりながら川辺に座って何かを書く 私は自分の書いた幾つかの詩句に縛られた ついに、詩に縛られたと信じ込む気違いになった

目の前で悪魔がズボンをおろし
なめてくれれば詩を一行あげるからといったら
悪魔でも、なめて、なめて、なめ続けたい気持ちになる
目が覚めてから外に出掛け、恥も知らずに
大きなペンを銜えて私はただなめる 私に詩が降り

注ぐまで

私は感情の売女　詩人として紹介されれば自分が娼
　　婦だと告白するような気持ちになる　先祖に自ら
　　を売った者は誰もいなかった、「お前みたいな
　　悪い血はなかった」と父が言ったとき、ペンを
　　握ったままぶるぶると震えた
今、地元の祭りが真っ盛りの月夜に、私は老いぼれた
　　賤妓になり、両手に剣を取って舞うようになった

〈訳者注〉

* 晋州(ジンジュ)：韓国慶尚南道の西南部にある都市で、詩人の故郷である。
* 智異山(ジリサン)：韓国南部の全羅南道・全羅北道・慶尚南道にまたがる広
　　くて高い山。韓国本土の最高峰である天王峯(1916.77m)を主峰として東西に
　　山岳群を形成している。「愚かな人が留まれば智恵のある人になる」という意
　　味を持つ。
* 矗石樓(チョッソンヌ)：晋州にある楼閣。慶尚南道文化財第8号であり、「文禄
　　の役」で義妓の論介が殉国した場所として有名である。
* 晋州教坊グッドゴリ舞：晋州の教坊で舞う踊り。宮中の宴会で重要なレパートリ
　　ーとして最多く行われた。現在まで伝わり、慶尚南道無形文化財第21号である。
* 汗衫(ハンサム)：手を隠すために女性のチョゴリ等の袖口に長い白布を付け
　　たもの。
* 霊感：韓国語の発音は「ヨンガム」で、「宿六」を意味する「令監」と同音語
　　である。この詩では言葉の遊戯として使われた。

히스테리아

이 인간을 물어뜯고 싶다 달리는 지하철 안에서 널 물어뜯어 죽일 수 있다면 야 어딜 만져 야야 손 저리 치워 곧 나는 찢어진다 찢어질 것 같다 발작하며 울부짖으려다 손으로 아랫배를 꽉 누른다 심호흡한다 만지지 마 제발 기대지 말라고 신경질 나게 왜 이래 팽팽해진 가죽을 찢고 여우든 늑대든 튀어나오려고 한다 피가 흐르는데 핏자국이 달무리처럼 푸른 시트로 번져 가는데 본능이라니 보름달 때문이라니 조용히 해라 진리를 말하는 자여 진리를 알거든 너만 알고 있어라 더러운 인간들의 복음 주기적인 출혈과 복통 나는 멈추지 않는데 복잡해죽겠는데 안으로 안으로 들어오려는 인간들 나는 말이야 인사이더잖아 아웃사이더가 아냐 넌 자면서도 중얼거리네 갑작스런 출혈인데 피 흐르는데 반복적으로 열렸다 닫혔다 하는 큰 문이 달린 세계 이동하다 반복적으로 멈추는 바퀴 바뀌지 않는 노선 벗어나야 하는데 나가야 하는데 대형 생리대가 필요해요 곯아떨어진 이 인간을 어떻게 하나 내 외투 안으로 손을 넣고 갈겨 쓴 편지를 읽듯 잠꼬대까지 하는 이 죽일 놈을 한방 갈기고 싶은데 이놈의 애인을 어떻게 하나 덥석 목덜미를 물고 뛰어내릴 수 있다면 갈기를 휘날리며 한밤의 철도 위를 내달릴

수 있다면 달이 뜬 붉은 해안으로 그 흐르는 모래사장
시원한 우물 옆으로 가서 너를 내려놓을 수 있다면

김이듬(Kim Yideum) 1969년 경남 진주 출생. 부산대 독문과 졸업. 경상대
국문과에서 박사학위 취득. 2001년 계간 『포에지』로 등단했다. 시집으로
『별 모양의 얼룩』『명랑하라 팜 파탈』『말할 수 없는 애인』『베를린, 달렘의
노래』 등이 있고, 2011년 장편소설 『블러드 시스터즈』를 출간했다. 2013년
아이오와대학 국제창작 프로그램에 참가했다. 시와세계작품상(2010년), 김
달진창원문학상(2011년), 월간웹진시인광장 '올해의 좋은 시' 상(2014년), 22
세기시인작품상(2015년)을 수상했다. 현재 진주KBS라디오 '김이듬의 월요
시선'을 진행하고 있으며, 경상대에 출강하고 있다.

ヒステリア

　この人間を食いちぎりたい。飛ぶように走る地下鉄の中でお前を食い殺せば、おい、どこを触っている、おいおい、その手を放せ。やがて私は頭が切れそうになる。発作をおこして泣き叫ぼうとしては、手で下腹を押さえる。深呼吸をする。触るな。頼むから体を寄せるな。疳の虫が怒るから止めて。張りのある皮を裂いてキツネか狼が飛び出そうとする。血が流れているのに、血の痕が月笠のようにブルーシートに滲んでいるのに本能だなんて、フル・ムーンのせいだなんて言うな。真理を述べる者よ、真理を知っているならお前一人に秘めておけ。汚い人間たちの福音、周期的な出血と腹痛、私は止められないのに、頭が複雑で死にそうなのに、もっと奥へ奥へと入ってくる者たち。私はインサイダーなんだ。アウトサイダーじゃない。お前は居眠りしながらもつぶやいている。いきなりの出血なのに、血が流れているのに、開いたり閉じたりを繰り返す大きなドアの付いた世界。動き出したり停まったりを繰り返す車輪。変わらぬ路線から外れなければ、脱しなければならないのに。大型の生理ナプキンが欲しい。

寝込んでいるこいつをどうするか。私のコートの中に手を入れて、走り書きの手紙を読むように寝言まで言うこの罰当たりを、一発ぶん殴りたいのに、この愛人をどうすればいいのか。がぶりと首筋に噛み付いたまま飛び降りられたら、たてがみを翻しながら夜中の鉄路を突っ走れたら、月の出た赤い海岸へ行ってその流れるような砂浜の涼しげな井戸の横に行って、お前を下ろすことができるのなら。

Kim Yideum(キム・イドゥム) 1967年、慶尚南道晋州生まれ。釜山大学独文科を卒業、慶尚大学国語国文科大学院で博士学位取得。2001年、季刊誌『ポエジー』で文壇デビュー。詩集に『星模様の染み』、『明朗であれ、ファームパタル』、『言葉にできない恋人』、『ベルリン、慰めの詩』などがある。2011年には、長篇小説『ブラッド・シスターズ』を出版した。2013年、アイオワ大学国際創作プログラムに参加。詩と世界作品賞(2010年)、金達鎭昌原文学賞(2011年)、「ウェブジン詩人広場」の「今年の優れた詩」賞(2014年)、22世紀詩人作品賞(2015年)を受賞した。現在、晋州KBSラジオ放送局の「Kim-Yideumの月曜詩選」の司会を務め、慶尚大学の非常勤講師として詩を教えている。

오각(五角)의 방

김종태(金鍾泰)

　겨울나무들의 신발은 어떤 모습일까, 쓰러진 나무는 맨발이고 흙 잃은 뿌리들의 마음은 서서히 막혀간다 차마고도를 온 무릎으로 기어넘은 듯 가죽등산화가 황달을 앓는 뇌졸중 집중치료실, 수직의 남루와 사선의 슬픔 사이로 스미는 잔광에 빗살무늬 손금이 꼬물거린다

　바른쪽 이마로 서녘 하늘을 보려는 글썽임이다
　마음의 파편으로 서늘한 가슴을 잡는 암벽등반의 안간힘이다

　기억은 끝끝내 한 점일까, 그곳에 느리게 닿아가는 사투들, 그 점을 먼저 안으려는 투신들, 어디로 향할 수 없는 주저함에 몸을 닳는 밤이다 피와 살의 경계로 한 가닥 비행운이 흐릿하다 지상의 방들은 언젠가 병실일 터이지만 스멀거리는 약냄새는 낯익도록 말이 없다 모든 비유는 환멸을 향한다고

　이토록 고요한 읊조림이 있었던가
　기역자 양방향 창에 퇴실한 부음처럼 눈발이 부딪힌다

첨탑으로 치솟는, 입간판에 주저앉는 맨몸의 무너짐 허나 감각이 사라진, 고통은 있으나 느끼지 않는 언어도 단이다 두세 마디 허공 사이 헐벗은 역설은 굳건한 방정식으로 내려앉을까 눈물 속으로 들어간 시간이 와디처럼 흘러가면 사구 위 푸른 꽃잎을 회색 속옷으로 덮어주고 싶다

침대 밖으로 나와 있는 무릎은 여전히 고도를 넘고 있다

五角の部屋

　冬の樹木たちの靴はどんな形をしているのだろ
う、倒れた木は素足で、土を失った根の心は次第に
塞いでいく　茶馬古道*をかろうじて膝で這って越え
たように、革の登山靴が黄疸を病んだ脳卒中集中治
療室、垂直のみすぼらしさと斜線の悲しみとの間に
染み込んだ残光に、櫛の歯模様に皺の多い手相がも
じもじしている

　右の額で西の空を眺めようとする涙ぐましい行為だ
　心のかけらで冷たい胸をつかむ岩登りの必死の力だ

　記憶は結局一点なのだろうか、そこに緩やかに届
いていく死闘の数々、その点を先ず抱こうとする投
身の数々、躊躇いでどこにも向かえず夜に身を閉じ
る　血と肉の境で一筋の飛行雲がかすんで見える
地上の部屋はいつか病室になるだろうが、漂う薬の
臭いに慣れるにつれて言葉をなくす　全ての比喩は
幻滅に向かうのだと

　これほど静かな呟きがあっただろうか

両側がキヨク字(ㄱ)*状の窓へと退室した訃報のよ
うにぶつかる雪

　尖塔に聳え立つ立て看板にへたり込んで倒れる裸
体　言語道断だが、感覚は消え失せ苦痛はあるのに感
じない　二言三言、虚空の間に襤褸をまとった逆説
は、堅固な方程式に落ち着くだろうか　涙の奥に入
った時間が涸れた河のように流れていけば、砂丘の
上の青い花びらに灰色の下着を被せてやりたい

　ベッドの外に突き出た膝は、相変わらず古道を越
えている

<訳者注>
＊茶馬古道：雲南省で取れた茶をチベットの馬と交換したことから名付けられ
　た交易路。
＊キヨク字(ㄱ)：ハングルを構成する子音のひとつ。最初の子音。

158

사막의 출입구

여기까지가 운명의 몫인가 열면 막막하고 잠그면 허허롭다 이국종 여치처럼 징징거리는 모래바다위에 따분한 듯 해안선이 털썩 무릎을 꿇고 분분한 초록을 핥는 모래바람은 금세 검푸르러진다 갓 태어난 쌍봉낙타의 연한 울음이 신기루를 맞이하는가 달빛 아래 파묻힌 고도(古都)의 사금파리, 망중한의 금독수리는 시간의 갈증에 말라 부스러지리 열사(熱砂)의 재 되리 소리가 몸짓이 되고 몸짓이 강한 향기를 휘저으며 움찔대는 찰나의 유동(流動), 한데 얹어 다시 바다로 나갈 나의 배는 어디에 묶어 두었는가 흑폭풍(黑暴風)의 그늘진 배후를 기꺼이 맞이해야 한단 말인가 어찌 보면 외통길이다 중음신(中陰身)을 기다리는 듯한 포즈에 익숙해지련다 행불행의 자전축이 맞이할 좌표가 좀 더 분명해질 것이다 다만 어디까지가 운명의 몫인지 이제 낙타풀을 즐내어 어떤 사연의 비망록을 옮겨야 할 듯도 하다 한없이 사라지고 또 순식간에 자라나는 모래산이 또다시 눈앞에 떠오른다 출입구가 한 몸으로 똬리를 튼 불혹(不惑)의 지도, 그 그림자로 등고선을 드리우느니

김종태(金鍾泰) 1971년 경북 김천 출생. 고려대학교 국어교육과 및 동 대학원 국어국문학과 석사, 박사 졸업(문학박사). 1998년 『현대시학』으로 등단했다. 시집 『떠나온 것들의 밤길』 『오각의 방』 평론집 및 연구서 『문학의 미로』 『한국현대시와 서정성』 등 다수의 저서와 논문이 있다. 청마문학연구상, 시와표현작품상을 수상했다. 현재 호서대학교 문화콘텐츠창작전공 교수로 재직하고 있다.

砂漠の出入り口

　ここまでが運命なのか　開ければ寂しく閉じれば空しい　外来種のキリギリスのように鳴き立てる砂の海の上に退屈したのか海岸線がべったりと跪き、多彩な緑をなめる砂煙はすぐ青黒くなっていく　生まれたての二こぶ駱駝の弱い鳴き声が蜃気楼を迎えるのか　月明かりの下に埋まった古都の陶器のかけら、忙中閑の金の鷲は時間に乾涸びて砕け、熱砂の灰になる　音が行為となり、行為が濃い香りをかき混ぜながら身をすくめる刹那の流動、ひと所に置いてはまた海に出る私の船はどこに縛っておいたのか
　黒い嵐の陰になった背後を喜んで迎えなければならないのか　見方によっては袋小路だ　中陰身*を待つようなポーズに慣れることにしよう　幸不幸の自転軸の迎える座標はさらに明確になるはずだ　ただどこまでが運命なのか　今やカメル・ヘイ*の汁を使って、ある事情の備忘録を書き写すべきなのか　限りなく消え、またたく間に広がる砂山がまた思い出される　出入り口が一つになってとぐろを巻いた不惑の地図、その陰によって水平曲線を懸ける

〈訳者注〉

＊ 中陰身：人が死んでから次に生まれ変わる間の存在。仏教用語。

＊ カメル・ヘイ(Came Hay)：南アジア及び北アフリカに分布。葉から濃い香りが
漂う。

金鍾泰(キム・ジョンテ) 1971年、慶尚北道金泉生まれ。高麗大学国語教育科及
び同大学院修士、博士卒業(文学博士)。1998年『現代詩学』で文壇デビュー。詩
集『離れてきたものたちの夜道』、『五角の部屋』、評論集・研究書『文学の迷路』、
『韓国現代詩と叙情性』など、多数の著書と論文がある。青馬文学研究賞、詩と表
現作品賞などを受賞。現在、湖西大学文化コンテンツ創作専攻教授。

盗みたい六月

　　　　　疑いという蛇が
　　　　　神聖な森に入る季節

蛇を描く七つの秘密は泥棒に伝授された
とても密かに私的な書斎で
絵の中は平和で静かだった

〈訳者注〉
＊ 千鏡子(チョン・ギョンジャ、1924〜2015)：女流画家、随筆家、大学教授。蛇を素材にした絵で名を成した。主に、花と女性を主題とした絵画を描いてきた。〈大韓美術協会展大統領賞〉、〈銀冠文化勲章〉などを受賞した。

뱀을 그리는 일곱 가지 비밀

김혜영(金惠英)

반지를 도둑맞았다 범인을 알지만 "범인에게 당신이지요?"
묻지 않았다 의심이라는 뱀을 키우는 유월 오솔길로 언니들이 먼저 걸어갔다 "앗, 뱀이다!" 소스라치게 놀라 숲을 뛰쳐나왔다 아마 초록 뱀이 더 놀랐으리라

문장을 도둑맞았다 의심의 꼬리가 또아리를 틀고 침실에 스며든다 책상 언저리에 자리를 튼다 비슷한 우연도 상을 받았지 자동차 눈매는 표범을 닮았지 눈동자가 비슷비슷해

애인을 도둑맞았다 징그러운 나비를 만날까 허공에 날려 보낼까 당신에게 보낸 편지는 타인의 입 안에 있었다 저주받은 편지! 꿈틀거리는 초록뱀을 그린 천경자는 초록뱀이 되었을까 그림을 도둑맞고 그녀는 붓을 꺾었다 벽에 걸린 천경자 머리에 등꽃이 환하다

　발자국이 닿지 않은 사막
　태양의 분화구처럼 타 버린 심장을
　훔치고 싶은 유월

의심이라는 뱀이
신성한 숲으로 들어가는 계절

뱀을 그리는 일곱 가지 비밀은 도둑에게 전수되었다
아주 은밀하게 사적인 서재에서
그림 속은 평화롭고 고요했다

蛇を描く七つの秘密

金惠英(キム・ヘヨン)

　指輪を盗まれた　犯人は分かっているが　犯人に
「あなたでしょ？」とは問わなかった　疑いという
蛇を育てる六月の小道へ姉たちが先に歩いていった
「あっ、蛇だ！」　びっくりして森から飛び出した
恐らく緑の蛇はもっと驚いただろう

　文章を盗まれた　疑いの尾がとぐろを巻いて寝室
に染み込み机の辺りに場所を取る　偶然に似た物も
賞を受けた　車の目つきはヒョウに似ている　瞳が似
たり寄ったりだ

　恋人を盗まれた　気味の悪い蝶に会おうか　虚空
に飛ばそうか　あなたに送った手紙は他人の口の中
にあった　呪われた手紙！　のたくる緑の蛇を描い
た千鏡子はその蛇になったのだろうか　絵を盗まれ
て彼女は筆を折った　壁に掛かった千鏡子の頭は藤
の花で華やかだ

　足跡のついていない砂浜
　太陽の噴火口のように焼けてしまった心臓を

꽃들의 복음

A

(불가능한 혁명은 꿈꾸지 않는다)
                              그렇게 말하면 안 돼
(불가능한 혁명도 이룰 수 있어)
                              그렇게 말해야 돼

        나무들이 비웃는 소리가 들렸다
        엄마의 소망을 충족시키는 기계가 아니야
                    (나는 순종하는 기계가 아니야)

그리고 아름다운 거절

(이상한 부탁을 하는 전화, 검은 복면의 무사처럼)

        (욕망이 저울의 추를 쥐고 있어)
        (절망도 꽃이 되는가)
        (눈 내리는 들판에 발자국을 남긴다)

        천사의 날개도 꺾이는 순간이 있지

천사가 질투한 것은
변덕스러운 연인의 눈빛이었지

(투명한 까마귀가 병 속에 있다)

기원

(아내의 잔소리에 강박적으로 도망가는 남자)
(이제는 붉은 노을이 되었지)

(쭉 늘어진 입술과 귓불이 씰룩씰룩)

얼마나 먼 곳에서 온 얼굴인가
남자의 기원을 알 수 없다
벌레였는지 노예였는지 왕이었는지

(불멸의 문장도 망각되리라, 죽음이 입맞춤하는 순간
에)

문자에 의지하지 않는 종족에게 복음이 전수되었지

고요한 침묵이며 곧, 폭력이었지

無心

꽃들은 편안하다

(포기하지 마)

꽃들은 언제나 등 뒤
절벽 끝에서 초원으로……

김혜영(金惠英) 1966년 경남 고성 출생. 부산대학교 영어영문학과 및 동
대학원 석·박사 졸업(영문학박사). 1997년 『현대시』로 등단했다. 시집 『거
울은 천 개의 귀를 연다』(2004년) 『프로이트를 읽는 오전』(2011년), 평론집
『메두사의 거울』 『분열된 주체와 무의식』 등이 있다. 2012년 일본어 시집
『당신이라는 기호』가 쇼시 칸칸보에서 번역 출간되었다. 제6회 부산대 대
학원 학술상(1999년), 제8회 애지문학상(2010년)을 수상했다. 현재 계간지
『시와 사상』 편집위원, 웹진 『젊은 시인들』 발행인으로 활동하고 있으며, 부
산대학교 영어영문학과에서 영미시를 가르치고 있다.

花々の福音

A

(不可能な革命を夢みない)

　　　　　　　　　　　　　　　そう言ったらいけない
(不可能な革命だとしても成すことができる)

　　　　　　　　　　　　　　　　そう言わなくては

　　　木々がせせら笑う声が聞こえた
　　　私は母さんの望みを満たしてあげる機械じゃ
ない

　　　　　　　　(私は従順な機械なんかじゃない)

そして、美しい拒絶

(おかしな頼みごとをする電話、黒い覆面の武士の
ように)
　　　(欲望が秤の錘を握っている)
　　　(絶望も花になるのか)
　　　(雪降る野原に足跡を残す)

170

天使の翼も折れる瞬間がある
天使が嫉妬したのは
気まぐれな恋人の目つきだった

(透明なカラスが瓶の中にいる)

起源

(妻の小言で異常なまでに逃げる男)
(今は赤い夕焼けになった)

(垂れ下がった唇と耳たぶがピクピクしている)

どれほど遠くからやって来たのか
男のルーツがわからない
虫だったのか 奴隷だったのか 王だったのか

(不滅の文章も忘れられるだろう、死が口づけをす
る瞬間に)

文字に頼らない種族に福音が授けられた

静かな沈黙であり、即ち暴力だった

無心

花たちは安らかだ

(諦めるな)

花たちはいつも背後の
崖っぷちから草原へ…

金惠英(キム・ヘヨン) 1966年、慶尚南道古城生まれ。釜山大学英語英文学科及び同大学院修士・博士卒業(英文学博士)。1997年『現代詩』で文壇デビュー。詩集に『鏡は千の耳を開く』(2004年)、『フロイトを読む午前』、評論集『メドーサの鏡』、『分裂した主体と無意識』などがある。2012年、日本語詩集『あなたという記号』が 書肆侃侃房から翻訳出版された。釜山大学第6回大学院学術賞(1999年)、第8回愛知文学賞(2010年)を受賞した。現在、季刊詩誌『詩と思想』編集委員、ウェブ・マガジン『若い詩人たち』発行人として活動し、釜山大学英語英文学科非常勤講師として英米詩を教えている。

탄생

박현수(朴賢洙)

먼 길을 걸어
아이가 하나, 우리 집에 왔습니다
건네줄 게 있다는 듯
두 손을 꼭 쥐고 왔습니다
배꼽에는
우주에서 갓 떨어져 나온
탯줄이
참외 꼭지처럼 달려 있습니다
저 먼 별보다 작은
생명이었다가
충만한 물을 건너
이제 막 뭍에 내렸습니다
하루 종일 잔다는 건
그 길이 아주
고단했다는 뜻이겠지요
인류가 지나온
그 아득한 길을 걸어
배냇저고리를 차려 입은
귀한 손님이 한 분, 우리 집에 왔습니다

誕生

朴賢洙(パク・ヒョンス)

遥かな道のりを歩み
赤ん坊が一人、我が家にやってきました
渡すものがあるとでもいうように
両手をかたく握り締めてきました
へそには
宇宙から落ちたばかりの
へその緒が
マクワウリの帯のようについています
あの遥かな星よりも小さな
命だったものが
充満した水を渡って
今、陸に上がりました
日が暮れるまで眠るのは
その道のりがとても
きつかったからでしょう
人類がたどってきた
その果てしない道のりを歩んで
産着で着飾った
尊い客が一人、我が家にやってきました。

참새에 대하여

이제 참새에 대하여 이야기할 시간이다
떼를 지어 어수선하게 날아다니던 참새들이
둥근향나무 속으로
스며들었다가 우르르 솟아오른다
안개가 숲을 지나듯
저녁연기가 탱자울타리를 빠져나가듯
초록 바늘잎에 깃 하나 닿지 않는다
어느 하늘을 다녀온 것일까
참새의 깃털엔 낯선 향기가 묻어 있다
떼를 지어 어느 먼 별자리를
옮겨놓고 돌아오는 길일지도 모른다
사람의 집들 처마에
새로운 별이 보이는 때도 이 무렵이다
허공에 쌓인 겹겹의 벽을 뚫어
새로운 길을 내고 다니는 참새들이
갈색 옷을 입은 영혼이 아니면 무엇인가
부드러운 안개 입자들,
전자의 궤도를 빠져나가는 휘파람,
뼈를 지닌 에너지가 아니라면 무엇인가
둥근향나무에 스며드는 참새가 있어

그림자 지닌 것이
모두 슬픈 건 아니라 말할 수 있으니
이제 초월에 대하여 이야기할 시간이다

박현수(朴賢洙) 1966년 경북 봉화 출생. 세종대 국문과 및 서울대 대학원 국문과 석·박사 졸업. 1992년 한국일보 신춘문예에 시 「세한도」가 당선되어 등단했다. 시집 『우울한 시대의 사랑에게』 『위험한 독서』 『겨울 강가에서 예언서를 태우다』, 시론집 『서정성과 정치적 상상력』, 평론집 『황금책갈피』, 문학이론서 『모더니즘과 포스트모더니즘의 수사학─이상(李箱) 문학 연구』 『현대시와 전통주의의 수사학』 『한국 모더니즘 시학』 『원전주해(原典註解) 이육사(李陸史)시전집』 『시론(詩論)』 『전통시학의 새로운 탄생』 등 다수의 저서가 있다. 한국시인협회 젊은시인상, 유심(唯心)작품상(학술 부문) 등을 수상했다. 현재 경북(慶北)대학교 국어국문학과 교수로 재직하고 있다.

雀について

これからは雀について語る時間だ
群れをなして慌ただしく飛び回る雀たちが
丸いカイヅカイブキの奥に
入り込んではわあっと飛び翔る
霞が森を渡るように
夕べの煙がからたちの垣根を通り抜けるよう
草緑の松葉に羽毛が一つも触れない
どこの空を周遊してきたのか
雀の羽毛にはぎこちない香りが染みている
群れをなしてどこか遥かな星座に
移って戻るところなのかも知れない
人々の家の軒先に
新しい星が見えるのもこの頃だ
虚空に重なった幾重もの壁をつらぬき
新しい道を示してくれる雀たちは
褐色の衣を着た魂以外の何ものであろう
和やかな霞の粒子、
電子の軌道を通り抜ける口笛、
骨を持ったエネルギー以外の何だというのだろう
丸いカイヅカイブキに入り込む雀がいると

影にこもったものが
すべて悲しいわけではないだろう
さあ、これから超越について語る時間だ

朴賢洙(パク・ヒョンス) 1966年、慶尚北道奉化生まれ。世宗大学国語国文学科卒業。ソウル大学大学院国語国文科修士及び博士課程卒業。1992年、韓国日報の新春文芸に詩「歳寒圖」を発表して文壇デビュー。詩集に『憂鬱な時代の恋へ』、『危険な読書』、『冬の川端で予言書を燃やす』、詩論集に『叙情性と政治的な想像力』、評論集に『黄金のしおり』、文学理論書に『モダニズムとポストモダニズムの修辞学−李箱文学研究』、『現代詩と伝統主義の修辞学』、『韓国のモダニズム詩学』、『原典註解李陸史詩全集』、『詩論』、『傳統詩学の新たな誕生』など多数の著書がある。韓国詩人協会の若い詩人賞、唯心作品賞(学術部門)を受賞した。現在、慶北大学国語国文学科教授。

무지개, 날마다 떨어지는

변종태(邊鍾泰)

1
내 마음의 문이 열리는 그대는 나갈(들어올) 것이다

2
도시의 언어는 수직으로만 자란다
아파트 외벽을 타고 넌출을 뻗으며 올라가다 말라죽는 말들,
　거리에서 발길에 채이고 죽어 가는 말들,
　횡단보도에서 횡사하는 말들,
　이따금 구름이 얼비치는 쇼윈도에 부딪쳐 떨어지는 말들,
　진열장 안의 마네킹이 뱉어내는 말들,
　꽃을 피우거나 열매를 맺지 못하는 말들,

　사람들은 하루에도 수십 개의 죽은 언어를 누르다 엘리베이터를 타고 집으로 간다.

3
　문이 열리면서 바람 빠진 풍선처럼 빠져나가는 말들,
그녀 혹은

그대가 서 있던 자리에서 이슬 맺힌 강아지풀이 고개를 떨구고,

바람이 건듯 불면 쉽사리 떨어져 버리는 이슬방울, 하루에 수도 없이 타고 내리는, 하늘에 이르지 못하는 말들, 엘리베이터 안을

맴돌다 스러지는, 저들끼리 말 꼬리잡기를 하는 엘리베이터.

4

지상에 말들은 바벨탑에 갇힌 채

오르다, 오르다 다시 아래로 추락하는

말(語)들은 날개가 없다, 눈물이 없다

그 속에서 떠오르던 약속의 무지개,

엘리베이터 안에서만 일곱 색깔 무지개가 떠오르고 있다.

虹、日々落ちる

邊鍾泰(ビョン・ジョンテ)

一

私の心のドアが開いて　あなたは出ていく(入って
　くる)だろう

二

都市の言語は垂直にのみ育つ

アパートの外壁に沿って蔓を伸ばしながら上がり
　萎れて死ぬ言葉

街で、足で蹴られて死んでいく言葉

横断歩道で惨めに死んでいく言葉

時々雲が微かに映るショーウインドーにぶつかっ
　て落ちる言葉

ショーケースの中のマネキンが吐き出す言葉

花を咲かせたり実を結んだりできない言葉

人々は一日に数十個の死んだ言語を押してエレベ
　ーターに乗り家に帰る。

三

ドアが開くと、空気の抜けた風船のように萎んで

いく言葉、彼女あるいは
あなたが立っていた場所で露のついた猫じゃらし
　が頭を下げる
風がさらさら吹けばたやすく落ちてしまう水玉、一
　日に数え切れないほど上がっては降りる、空に
　至ることのできない言葉、エレベーターの中を
くるくる回って散り失せる、自分たちだけで尻取
　りをするエレベーター。

四
地上の言葉はバベルの塔に閉じこめられたまま

上がる、上がってはまた墜落する

言葉たちには翼がない、涙がない

その中で浮び上がった約束の虹

エレベーターの中にのみ七色の虹が浮んでいる。

초록섬

우도엘 다녀왔습니다. 오는 길에 나도 모르게 얼른 우도를 주머니에 넣고 와버렸습니다. 지도에서 사라진 우도, 집으로 오는 길은 축축했습니다. 바닷물을 뚝뚝 흘리는 섬, 우도를 잃어버린 바다가 꿈까지 찾아와 철썩거립니다. 우도를 내놓으라고 호통을 칩니다. 헌데 아무리 주머니를 뒤져도 온데간데없습니다. 바다는 더 세게 으르렁거리고, 꿈자리가 사납습니다. 주머니를 뒤집어보니 작은 구멍 하나 나 있습니다. 집으로 오는 길에 어디선가 빠뜨린 모양입니다. 그래도 바다는 물러가지 않고 밤새도록 으르렁거립니다. 옆구리를 철썩철썩 후려칩니다. 지도에, 파랗게 출렁이는 바다에 초록의 사인펜으로 가만히 섬을 그려 넣습니다. 금세 파도가 잔잔해집니다.

변종태(邊鍾泰) 1963년 제주도 출생. 제주대학교 국문과 졸업 및 동대학원 국어국문학과 박사과정을 수료했다. 1990년부터 계간문예지 『다층』으로 작품 활동을 시작했다. 시집으로 『멕시코 행 열차는 어디서 타지』 『니체와 함께 간 선술집에서』 『안티를 위하여』 『미친 닭을 위한 변명』 등이 있다. 제주문인협회, 한국문인협회, 제주문인협회 귤림문학동인. 현재 신성여자중학교 교사로 재직하면서, 제주도에서 출간되는 유일한 문학지 『다층』의 주간이다.

緑の島

　牛島*に行ってきました。帰り道に自分も知らぬ間に、素早く牛島をポケットに入れて帰ってきてしまいました。地図から消えた牛島、帰り道は湿っていました。海の水をぽとぽと落とす島、牛島を失った海が夢にまでやってきて波を打ち寄せます。牛島を返せと怒鳴りつけます。ところがいくらポケットを探っても、影も形もありません。海はさらに激しく吠えて、夢見が悪いです。ポケットを裏返してみると、小さな穴が一つ開いています。帰り道にどこかで落としてしまったようです。それでも海は引き下がらず、夜もすがら吠え続けます。脇腹をがんがん殴りつけます。地図に、青くうねる海に緑色のサインペンで静かに島を描きこんだら、たちまち波が静まりました。

〈訳者注〉
　* 牛島(ウド)：韓国の済州島(チェジュド)の東側に位置する島。島の形が、牛が
　　横たわっている姿に似ているために名付けられた。

邊鍾泰(ビョン・ジョンテ) 1963年、済州道生まれ。済州大学国語国文学科を卒業。同大学院国語国文学科博士課程修了。1990年、季刊文芸誌『多層』で文壇デビュー。詩集に『メキシコ行列車はどこで乗る』、『ニーチェと一緒に行った居酒屋で』、『アンチのために』、『狂った鶏のための弁解』などがある。済州文人協会、韓国文人協会、橘林文学同人。現在、済州晨星女子中学校の教師として勤務しながら、済州道で出版される唯一の文学誌《多層》主幹である。

늙은 누룩뱀의 눈물

손세실리아(孫 Cecilia)

그거 알아? 전 세계 3천여 종의 뱀 가운데
누룩뱀을 포함한 0.3%만이 모성애를 가졌다는 거
산란 즉시 줄행랑인 대부분의 뱀과는 달리
친친감고 빙빙 돌면서 따뜻하게 품어준다는 거
그러다가 체온이 떨어지면 잠시 외출해
나뭇가지에 납작 엎드려 햇볕을 쬐기도 하지만
몸이 덥혀지면 먹이사냥도 마다한 채
새끼들 곁으로 서둘러 돌아온다는 거
저 없는 사이 적의 표적이 될지 몰라 그런다는 거
부화된 새끼가 스르르 길 떠날 때까지 보호한다는 거
그러다 쇠잔해져 맹금류에게 잡아먹히기도 한다는 거

50년 전 인삼장수에게 핏덩이 떠맡긴 여자
밥은 굶어도 사람 찾기 방송은 챙겨보는 여자
죽기 전에 아들에게 용서를 구하고 싶다는 여자
왜버렸어 울부짖는 자식과
미안하다 잘못했다 어쩔 수 없었다
고갤 못 드는 출연진을 지켜보며
동병상련이 되고 마는 여자
다음 주 예고가 끝나고 엔딩자막이 사라질 때까지

자릴 뜨지 못하는 여자 오늘도
차디찬 마룻바닥에 우그려 눈물바람이었을 그 여자
누룩뱀만도 못한 시절을 살다가
늘그막에야 누룩뱀으로 돌아온 바로 그 여자

나를 낳은… 곡절 많은

老いたサラサナメラの涙

孫 Cecilia(ソン・セシリア)

知っていますか？　全世界の三千種余りの蛇の中で
サラサナメラを含めて0.3％だけが母性愛があるとい
　　う
産卵して直ぐにどこかに行ってしまう大部分の蛇
　　とは違って
卵をくるくる巻いてぐるぐる回りながら温かく抱
　　くという
そうして体温が低くなれば、しばらく外出して
木の枝に平べったく伏せて日差しを浴びたりするが
からだが温まれば、餌を取ることも後回しにして
子供たちのそばに急いで帰ってくるという
自分のいない間に敵の標的になるかも知れないか
　　らだ
孵化した子たちが自ら旅立つまで保護し、
そうしながら衰えて猛獣に食われたりするのだと
　　いう

50年前に高麗人参売りに代価だと血の塊を押し付
　　けた女
食べ物には飢えても、人探しの番組は忘れずに見

る女
死ぬ前に息子に赦しを乞いたいという女
どうして捨てたのかと泣き叫ぶ子と
すまない、悪かった、仕方がなかったと
頭を上げることのできない出演陣を見て
同族相憐む気持ちになってしまう女
来週の予告が終わって、終わりの字幕が消えるまで
その場を離れることのできない女、今日も
とても冷たい床を凹まして涙々だったその女
サラサナメラよりひどい時代を生きて
老いてサラサナメラに戻ったまさにその女

私を生んだ…曲折の果ての

풍장

실젖 한 올 길게 뽑아 허공에 수십 칸 방을 들이고 반듯한 길 사방에 닦는 거미의 지극한 마음을 본다 한 그리움이 천공에 거꾸로 매달려 또 한 그리움을 향해 외줄 타고 건너는 엄정한 의식을 본다 밤 이슥토록 금간 외벽을 짚고 도시가스 금속관을 기어오르다 결국 실낱같은 허벅지 뭉툭 잘려나가고 완두콩만한 등 짓물러 터져버린 저토록 느릿한 슬픈 생애

귀퉁이 반듯한 방 한 칸 훔쳐 가늘고 질긴 미완의 그물 집에 나 잠시 몸 눕히려 하니 절간처럼 고요한 거미의 흘눈아 혹여 낯모를 뭉툭한 사지가 눈에 가시로 박히더라도 아파하지 말아라 빼내려들지 말아라 사람 안에서 길 잃고 전신의 촉수 마모된 내 뼈이거늘 닮은 그리움이거늘 날 위해 그대가 해줄 일은 날 것조차 비상하지 않는 밀도 높은 신도시 절벽으로 물기 밴 바람 간간이 실어 나르는 일 다만, 이 쓸쓸한 장례에 대해 함구하는 일

손세실리아(孫 CECILIA) 1963년 전북 정읍 출생. 2001년 계간 『사람의 문학』으로 작품 활동을 시작했다. 시집 『기차를 놓치다』 『꿈결에 시를 베다』 산문집 『그대라는 문장』가 있으며, 중학교 3학년 국어교과서에 시 「곰국 끓이던 날」이 수록되었다. 현재 제주도 조천읍의 바닷가 마을에서 북카페 〈시인의 집〉을 운영하고 있다.

風葬

　糸のような乳を一筋長く出し、虚空に数十間の部屋を作って真っ直ぐな道を四方に磨く蜘蛛の至極の心を見る　ある懐かしさが天空に逆さにぶら下がってもう一つの懐かしさに向かい、一筋の糸に乗って渡る厳正な儀式を見る　夜更けにひびわれた外壁をついて都市ガスの金属管をはい上がり、結局糸筋のような太ももが短く切られ、えんどう豆ほどの背が挟まれて裂けてしまったあののろくて悲しい生涯

　隅のきちんとした部屋を一間盗んで、細くて丈夫な未完の網の家で私はしばらく横になろうと思ったが、寺のように静かな蜘蛛の片目よ、もし見知らぬ短い手足が目に棘となって刺さっても痛がるな　抜き取ろうとするな　人の中で道を失い全身の触手が磨り減った私の骨だから、磨り減った懐かしさだから、私のためにお前ができることは、飛ぶものさえ飛翔しない密度の高い新都市の絶壁に水気を含んだ風を時々運んでくれること、ただこの寂しい葬儀については口にしないこと

孫 CECILIA(ソン・セシリア) 1963年、全羅北道井邑生まれ。2001年、季刊詩誌『人の文学』を通じて作品活動を始めた。詩集に『汽車に乗り遅れる』、『夢の間に詩を刈る』、散文集に『君という文章』などがあり、中学校3年生の国語の教科書に詩「コムタンスープ*を煮込んだ日」が収録されている。現在、済州道朝天邑の海辺の町でブックカフェ〈詩人の家〉を運営している。

〈訳者注〉
＊コムタン：牛の肉や骨、内臓などをよく煮込んだスープ。

191

칸나

송찬호(宋燦鎬)

드럼통 반 잘라 엎어놓고 칸나는 여기서 노래를 하였소
초록 기타 하나 들고 동전통 앞에 놓고
가다 멈춰 듣는 이 없어도 항상
빨갛게 목이 부은 칸나
그의 로드 매니저 낡은 여행용 가방은
처마 아래에서 저렇게 비에 젖어 울고 있는데

그리고 칸나는 해질녘이면 이곳 창가에 앉아
가끔씩 몽롱 한 잔씩만 마셨소
몸이 이미 저리 붉어
저녁노을로 타닥타닥 타고 있는데

박차가 달린 무거운 쇠구두를 신고 칸나는
세월의 말잔등을 때렸소
삼나무숲이 휙휙 지나가버렸소
초록 기타가 히히힝, 하고 울었소
청춘도 진작에 담을 넘어 달아나버렸소
삼류 인생들은 저렇게 처마 밑에 쭈그리고 앉아 초로
(初老)를 맞는 법이오

여기 잠시 칸나가 있었소

이 드럼통 화분에 잠시 칸나가 있다 떠났소

아무도 모르게 하룻밤 노루의 피가 자고 간, 칸나의
붉은 아침이 있었소

カンナ

宋燦鎬(ソン・チャンホ)

ドラム缶を半分に切って伏せて、カンナはここで
　　歌を歌いました
緑のギターを一つ持って、お金入れを前において
行ったり来たり聴き手がいなくてもいつも
薄赤く首の腫れたカンナ
彼女のロードマネージャーの古い旅行用カバンは
軒下であんなに雨に濡れて泣いているのに

カンナは日暮れになればこの窓辺に座り
時折、朦朧を一杯だけ飲む
体がもうあんなに赤く
夕焼けでちりちり焼けているのだけれど

拍車の付いた重い鉄の靴をはいてカンナは
歳月の走馬灯を殴りつけ
麻の木の森がビュービューと過ぎ去ってしまった
　　のです
緑のギターがヒヒ〜ン、と鳴きました
青春もとうに垣根を越えて逃げてしまいました
三流人生はそうして軒下にうずくまって座り、初

194

老を迎えるのです

ここにしばらくカンナがいました
このドラム缶の植木鉢にしばらくカンナは座り、
　　去っていったのです
誰にも知られず一晩、ノロ鹿が血を流して休んで
　　から去った、カンナの赤い朝がありました

가방

가방이 가방 안에 죄수를 숨겨
탈옥에 성공했다는 뉴스가
시내에 쫘악 깔렸다

교도 경비들은, 그게 그냥 단순한
무소가죽 가방인 줄 알았다고 했다
한때 가방 안이 풀밭이었고
강물로 그득 배를 채웠으며
뜨거운 콧김으로 되새김했을 줄
누가 알았겠냐고 했다

끔찍한 일이다 탈옥한 죄수가 온 시내를 휘젓고 다닌
다면
숲으로 달아난다면
구름 속으로 숨어든다면
뿔이 있던 자리가 근지러워
뜨거운 번개로 이마를 지진다면,
한동안 자기 가방을 꼼꼼히 살펴보는 사람이 많을 것
이다
열쇠와 지갑과 소지품은 잘 들어 있는지

혹, 거친 숨소리가 희미하게나마 들리지는 않는지

그 때묻은 주둥이로 꽃을 만나면 달려가 부벼대지는

않는지

송찬호(宋燦鎬) 1959년 충청북도 보은 출생. 경북대학교 독문과 졸업. 1987년 『우리 시대의 문학』에 시를 발표하면서 작품 활동을 시작했다. 시집으로 『10년 동안의 빈 의자』 『붉은 눈, 동백』 『흙은 사각형의 기억을 갖고 있다』 『고양이가 돌아오는 저녁』, 동시집 『저녁별』 『날아라, 교실』 등이 있다. 2000년 김수영 문학상과 동서문학상을 수상했으며, 제8회 미당문학상 (2008년), 제17회 대산문학상(2009년), 제3회 이상시문학상(2010년) 등을 수상했다.

カバン

カバンの中に囚人を隠したカバンが
脱獄に成功したというニュースが
市内に広く伝播された

教導所の警備員たちは、そのカバンがただの単純な
サイの皮のカバンだと思ったという
ひと時、カバンの中が草畑であり
川の水でいっぱいに腹を満たし
熱い鼻息で反芻していたなどと
誰が知っていようかと

ぞっとする話だ　脱獄した囚人が市内中を引っ掻
　　き回して歩いたりしたら
森に逃げたりしたら
雲の中に隠れたりしたら
ツノのあったところがむず痒くて
熱い稲妻で額を焦がしたりしたら
しばらくは自分のカバンを用心深く見る人が増え
　　るだろう
鍵と財布と身の回りの物はきちんと入っているか

もしかして、荒い息の音が微かに聞こえたりしな
　いか
その垢の付いたクチバシを、花に出会えば駆け寄
　って擦り付けたりしないかと

宋燦鎬(ソン・チャンホ)　1959年、忠清北道報恩生まれ。慶北大学独文科卒業。
1987年、『我らの時代の文学』に詩を発表して文壇デビュー。詩集に『10年間の
空の椅子』、『赤い雪、椿』、『土は四角形の記憶を持っている』、『猫の帰ってくる夕
方』などがあり、児童用の詩集に『夕方の星』、『飛べよ!教室』などがある。金洙暎
文学賞(2000年)、東西文学賞(2000年)、第8回未堂文学賞(2008年)、第17回大山
文学賞(2009年)、第3回李箱詩文学賞(2010年) などを受賞した。

세기말 블루스 1
— 곧 잊을 수 없는 저녁이 올 거야

신현림(申鉉林)

1

곧 잊을 수 없는 저녁이 올 거야
죄와 악이란 말을 잊었듯이 그 저녁도 잊을 거야
잊혀진 사람과 사라진 동물을 적어봐
오늘은 컴퓨터 냄새가 싫으니까
손으로 쓴 편지로 나를 울게 해봐

지금 나무를 심지 않으면
내일은 해가 뜨지 않을지도 몰라
유럽이 물바다고 한반도는 가뭄중이고
떡 파는 노점상의 얼굴이 싸이렌처럼 우는 걸 보며
광화문을 비닐처럼 썩지 않는 여기
작부의 가랑이처럼 슬픈 여기
30년 후엔 어떻게 될까 70년 후 해수면이
4센티 높아지면 조상님 무덤은?
너와 나의 자식은?
머릿속에 독수리가 날고 자동차가 달린다
자동차의 스피드, 광고의 스피드, 농구의 스피드
스피드의 황홀만이 두려움을 마비시킬까

지옥에 살면서 뭐하러 종말을 두려워하니?
20년 후에 나는 폐경기야
막 낳은 달걀처럼 매일이 따뜻할 수 있다면
성서나 베케트가 마약일 수 있다면
쓰러져가는 혼에 불을 지필 사람이 필요해
함께 죽어갈 사람이

    2
                보다 혹독한 날들이 다가오고 있다
                          — 바하만

모두 2000년대로 끌려가고 있다

너도 느끼니?
얼마나 무섭게 우리가 멸망에 봉사하는지
페리미 핵탑에선 검은 연기가 치솟고
시베리아는 기름 유출로 죽은 땅이 되는지를
차들은 도시 한복판에 갇혀 표범같이 울부짖고
하릴없는 손들은 마약과 섹스 쪽으로 흘러간다

내세를 못 믿는 세상이라
운명론의 안개가 깊게 번지고

34세 독신녀인 나는
지친 소같이 쓰러져 있다가
더 이상 읽지 않는 시집처럼
인기척없는 서울의 새벽을 봤다

멸망을 상상하면
현실은 저녁 성찬처럼
근사하고 드라마틱하잖아요
어차피 인생은 허무의 시네마 천국 아니겠어요

신음하는 지구촌의 사진보다
죽음보다 더 무서운 건 허무주의다
구부러진 못 같은 시든 좆 같은 너의 체념이다

3

오느냐 오거라 저승의 숨결을 내뿜으며

쓰레기와 눈물로 고통의 오대양을 넓히고
식은 잠과 밥으로 희망을 부르고
그놈의 정 그놈의 돈 때문에 아픈 가슴 짓밟으며
오느냐 오거라 세기말이여 서기2000년이여

世紀末ブルース1
― すぐ忘れられない夕方が来るだろう

申鉉林(シン・ヒョンリム)

1

すぐ忘れられない夕方が来るだろう
でも罪と悪という言葉を忘れたように、その夕方
　　も忘れるだろう
忘れられた人と消えた動物を書いてみて
今日はコンピューターの臭いが嫌だから
手書きの手紙で私を泣かせてほしい

今、木を植えなければ
明日は日が昇らないかも知れない
ヨーロッパが洪水で、韓半島は日照りで
餅を売る露天商がサイレンのように泣くのを見て
光化門をビニールのように腐らせてはならないここ
酌婦の股のように悲しいここ
30年後にはどうなるか、70年後に海水面が
4センチ高くなれば先祖の墓は？
あなたと私の子は？
頭の中に鷲が飛び、自動車が走る
自動車のスピード、広告のスピード、バスケット

ボールのスピード
スピードの恍惚だけが恐怖を麻痺させるのか
地獄に住んでいながらどうして終末を恐れるの
　　か？
20年後に私は閉経期を迎えるの
たった今生んだ卵のように毎日が温かかったら
聖書やベケットが麻薬であったなら
倒れていく魂に火をつける人が必要だ
一緒に死んでいく人が

　　　　　　　2
　　　　　　　　　　より残酷な日々が近付いている
　　　　　　　　　　　　　　　　　　― バッハマン

皆、2000年代に引かれていっている

君も感じるのか
どれほど恐ろしく私たちが滅亡に向って奉仕して
　　いるか
ファミリー核塔からは黒い煙が聳え立ち

シベリアは油の流出で死んだ地になるのか
車は都市の真ん中に閉じこめられて豹のように泣
　　き叫び
なす術のない手は麻薬とセックスの方に流れていく

来世を信じられない世の中だから
運命論の霧が深く広がり

34歳の独身女である私は
くたびれた牛のように倒れていて
これ以上読まれない詩集のように
ひと気のないソウルの夜明けをみつめている

滅亡を想像すれば
現実は夕方の聖餐のように
すてきでドラマチックな気がするわ
どうせ人生は虚無のシネマ天国ですもの

呻く地球村の写真より
死よりもっと恐ろしいのはニヒリズムだ

206

曲がった釘のように萎んだペニスのようなあなた
　　の諦めだ

　　　　　　　　3

来るのかい、お出でよ。あの世の息を吐き出して
ごみと涙で苦痛の5大洋を広げて
冷えた眠りとご飯で希望を呼んで
情やお金というやつのために苦痛の胸を踏み付けて
来るのかい、お出でよ。世紀末よ西暦2000年よ

우울한 스타킹

진흙눈이라도 퍼부을 듯이 하늘이 우울하다
유언장처럼 십이월은 우울하다
매년, 일년은 사서 금방 올이 나가는 스타킹이다
스타킹 끝을 잡은 당신은 쓸쓸해서
살바도르 달리의 시계처럼 흐물흐물해질 것 같다

우울증에 걸린 사람들이
탄광의 석탄처럼 쏟아져나온다
뭐 하나라도 움켜쥔 자의 저쪽,
으스대는 망년회 촛불들은 몽둥이만 같구나
하늘에게 빈 손을 내저으며 구원을 부르짖지만
여태 난 뭘했나? 대체 당신은 그렇게 살아도 되나?
무력감을 잊도록 위로하는 건 제대로 없다
흑맥주를 마시며 떠들어봤자, 전화질을 해봤자
공허감의 톱날은 가슴을 자르며 지나갈 것이다

잘 열리지도 않는 문을 계속 두드리는 사람들
소멸로 운반하는 전지전능한 절망감을 넘어
나의 당신, 돌고래처럼 튀어올라라
나의 당신, 사월 만발한 동백꽃처럼 용수철처럼…

당신을 위로하는 내 눈이 글썽거리는구나
연말이 위독하구나

신현림(申鉉林) 1961년 경기도 의왕 출생. 아주대학교에서 국문학을, 상명대학교 디자인대학원에서 사진을 전공했다. 1990년 『현대시학』으로 등단했다. 1994년 『지루한 세상에 불타는 구두를 던져라』를 시작으로 『세기말 블루스』 『당신이라는 시』 『해질녘에 아픈 사람』 등의 시집이 있고, 사진전에 맞춰 출간한 산문집 『아我! 인생찬란 유구무언』과 에세이그라피 『내 서른 살은 어디로 갔나』, 자전적 에세이 『싱글맘 스토리』, 사진에세이집 『나의 아름다운 창』 『희망의 누드』 『슬픔도 오리지널이 있다』, 미술에세이집 『신현림의 너무 매혹적인 현대미술』, 박물관기행 산문집 『시간창고로 가는 길』, 잠언에세이집 『희망 블루스』 『천 개의 바람이 되어』 등 다수의 다양한 저서가 있다. 현재 시인과 사진작가로서 활발하게 활동하고 있다.

憂鬱なストッキング

泥の雪でも降り注ぐかのように空模様が憂鬱だ
遺言状のように12月は憂鬱だ
毎年一年は、買ってすぐに糸の出るストッキングだ
ストッキングの端を摑んだあなたは寂しくて
サルバドル・ダリの時計のようにどろどろになる

鬱病にかかった人たちが
炭鉱の石炭のように零れ落ちる
何か一つでもしっかり握りしめた者の向こう側
肩をいからす忘年会の蝋燭は棒だけが同じだ
虚空に空の手を振り回して救援を叫ぶが
今まで私は何をしてきたのか　一体あなたはそのよ
　　うに生きてもいいのか
無力感を忘れさせ慰めてくれるまっとうなものは
　　ない
黒ビールを飲みながら騒いだところで、電話なん
　　かしてみたところで
空虚感の鋸の刃が胸を切って過ぎ去るだけだろう

開きもしないドアをたたき続ける人々

消滅につながる全知全能の絶望感を越えて
愛する人よ、イルカのように跳ね上がれ
愛する人よ、4月に満開した椿の花のように、バネ
　のように…
あなたを慰める私の目が涙で潤んでいる
年末はすでに危篤状態だ

申鉉林(シン・ヒョンリム) 1961年、京畿道儀旺生まれ。亜州大学で国文学を、祥明大学デザイン大学院で写真を専攻。1990年『現代詩学』で文壇デビュー。詩集に『退屈な世界に、燃える靴を投げよ』(1994年) をはじめとして、『世紀末ブルース』、『あなたという詩』、『日暮れに病気になった人』などがあり、最初の写真展とともに出版した散文集に『ああ！人生燦爛有口無言』、エッセイグラフィーに『私の三十歳はどこに行ったのか』、自伝的エッセイ集に『シングルマム・ストーリー』、写真エッセイ集に『私の美しい窓』、『希望のヌード』、『悲しみにもオリジナルがある』、美術エッセイ集に『シン・ヒョンリムのとても魅惑的な現代美術』、博物館紀行散文集に『時間の倉庫に行く道』、箴言エッセイ集に『希望ブルース』、『千の風になって』など、多様な著書がある。現在、詩人及び写真作家として活発に活動している。

달맞이
— 데몬스트레이션

오남구(吳南救)

1
공이 뛴다
점점 높이 뛴다
점점 더 높이 뛴다
빌딩 콘크리트를 뚫고 공은 온전하고 깨끗이 뛴다
파란 하늘이 젖어 내리고 젖어 내리고 별이 된다

2
공이 뛰어간다
집 밖으로 뛰어간다
퐁 퐁 퐁 가로수를 심고 간다
대낮 어린이 놀이터에서 심심하다
햇빛이 폭포수로 쏟아내리고 퐁퐁퐁퐁 계단을 올라갔다
퐁퐁퐁퐁 내려온다

3
공이 자유롭다
횡단보도에 매끄럽게 섰다가 파란불을 보고 지나간다
하나하나 가로등에 황혼의 공을 놓는다
잘 익은 공이 가슴마다 박힌다
길이 향기롭다

月見

― デモンストレーション

呉南球(オ・ナムグ)

一

球が跳ねる

次第に高く跳ねる

次第にさらに高く跳ねる

ビルのコンクリートに穴を開け

球は欠けたところも無くきれいに跳ねる

青空が濡れて下がり濡れて下がって星になる

二

球が跳ねていく

家の外に跳ねていく

ポン　ポン　ポン　と、並木を植えていく

昼間の子供の遊び場は退屈だ

日の光が瀧の水になって零れ落ち、ポン　ポン　ポ
　　ン　ポン

階段を上がって

ポン　ポン　ポン　ポン　と、下る

三

球は自由だ

横断歩道にするっと立ち、青い光を見て過ぎ去る
一つ一つ街燈に黄昏の球をおく
よく熟れた球が人々の胸に入り込む
道が香る

봄이 차 한 잔을 놓는다

봄이 부~드~럽~다 눈을 쏟아 내리고 골목이 투명하다 살얼음 진 공기 팽팽한 막을 만들어 울타리의 장미덩굴이 꼼짝 않는다 새벽녘의 고양이가 스릉~ 팽팽한 막을 건드리고 간다 부~드~럽~다 내가 만진다 스릉~ 한꺼번에 사물들이 깨어 일어난다 길이 열리고 골목으로 어둠이 콸콸 흘러내리고 숨소리가 흘러내린다 그때 삭풍에 장미덩굴이 한번 뒤척이는 듯싶다 꿈틀꿈틀 움직이며 내 귀에 가까이 대고 "배아줄기세포의 이야긴데 아 글쎄……" 속말을 하여 내가 장미덩굴을 들추어 본다 이미 와 있는 뭉게구름 파란 잠이 있다 부~드~럽~다 내가 만진다 스릉~ 요걸 좀 흔들어 깨워? 말아? 검은 고양이 스릉~ 부드럽게 지나가고 봄이 차 한 잔을 놓는다

春が茶を一杯おく

　春がやわらか〜な　雪を溢れるほど降らして路地
が透明になった　薄氷の張った空気が張り切った膜
を作り　垣根のバラの蔓が身動きできない　明け方
の猫がスウ〜と張り切った膜に触れていく　やわら
か〜い　私が触る　スウ〜　いっぺんに事物たちが
目を覚まして起き上がる　道が開かれ　路地に闇が
どくどくと流れ　息をする音が流れる　その時　北
風にバラの蔓が一度反り返るようだった　にょろに
ょろと動きながら　私の耳元で　「胚芽幹細胞の話
なんだが　ああ　そうだ……」本音を言って　私が
バラの蔓を持ち上げてみる　すでに来ている綿雲
青い眠りがある　やわらか〜い　私が触る　スウ〜
これをちょっと振って起こそうか　やめておこうか
黒い猫　スウ〜　やわらかく過ぎ去り　春が茶を一
杯おく

푸른 가시 짐승
— 빈자리 x. 3

간밤, 회색 담장 '회색'을 헐고 푸른 울타리 '푸른'을 세
웠다 반짝이는 인동의 사금파리 '반짝'을 빼고 가시장미
'가시'를 올렸다 갑자기 '푸른가시' 짐승이 나와서 달빛을
갈가리 찢고 온밤을 으르렁댔다 다시 '푸른'을 밀고 가시
장미 '가시'를 내리고 비워 둔 빈자리 X, 아침, 울타리에
구름 한 쪼각 앉아서 쫑긋 꼬리를 들었다가 사라진다

오남구(吳南球) 1946년 전북 부안군 출생. 본명 오진현(吳鎭賢). 1973년 미
당 서정주 선생 추천으로 『시문학』으로 등단. 첫 시집 『동진강 월령』(1975
년)을 시작으로 『초민』(1981년) 『탈관념(脫觀念)』(1988년) 등의 시집과 1999
년 시론집 『꽃의 문답법』을 출간한 후, '탈관념' 문학선언을 한다. 2000년
『자유문학』 봄 호에 시론 『시의 수학적 존재증명』이 당선되어 평론가로도
등단하였으며, 이 시기부터 많은 변화를 해서, 시집 『딸아 시를 말하자』
(2000년) 『첫 나비, 아름다운 의미의 비행』(2001년) 『빈자리x』(2008년) 등에
초현실적(쉬르리얼리즘)인 작품들을 발표한다. 2005년 시론집 『이상의 디
지털리즘』 출간. 실험시론 『오남구의 디지털리즘의 시』를 『시문학』지에 발
표. 2010년 시 전집 『노자의 벌레』를 출간했다. 제3회 '시와 의식상'(1990
년), 제26회 시문학상(2001년), 제11회 자유문학상(2011)을 수상했다. 한국시
문학문인회 회장을 역임했고, 계간 『시향(詩向)』발행인이었다. 선대로부터
이어온 한민족 전통 사상의 종교인 천도교(동학)에 입도하여 천도교의 종
학(宗學)대학원을 수료(1993년)하였고, 이 후 선도사(先道師)로도 활동했다.
2010년 세상을 떠났다.

青い刺の獣
― 空席× 3

　昨夜、灰色の垣根「灰色」を壊し、青い垣根「青」を立てた　きらめく忍冬の陶器の欠片「きらめき」をのけて刺のバラ「刺」を置いた　突然「青い刺」の獣が出て月明りをずたずたにひき裂き　一晩中うなり続けた　再び「青」を押して刺のバラ「刺」をよけ、空にした空席のX、朝、垣根に雲一片が止まりピンと尻尾を上げて消える

呉南球(オ·ナムグ) 1946年、全羅北道扶安郡出まれ。本名　呉鐘賢(オ·ジンヒョン)。1973年、月刊『詩文学』で文壇デビュー。詩集に、第1詩集『東津江月令』(1975年)をはじめとして『草民』(1981年)、『脱観念』(1988年)などがあり、詩論集に『花の問答法』(1999年)がある。1999年に「脱観念」文学宣言を行なう。2000年『自由文学』春の号に、詩論「詩の数学的存在証明」が当選し、評論家としてもデビュー。この時期を基点として詩作に大きな変化があり、詩集『娘よ、詩を話そう』(2000年)、『初めの蝶、美しい意味の飛行』(2001年)、『空席X』(2008年)などに超現実的な作品を多く発表する。2005年に詩論集『理想のデジタリズム』を出版し、実験詩論として「呉南球のデジタリズムの詩」を『詩文学』に発表した。2010年に詩全集『老子の虫』が出版された。韓国詩文学文人会の会長、季刊『詩向』発行人などを歴任。第3回詩と意識賞(1990年)、第26回詩文学賞(2001年)、第11回自由文学賞(2011年)を受賞した。先代に続いて韓民族伝統思想の宗教である天道教(東学)を信仰して天道教の宗学大院を修了(1993年)し、後に先道師としても活動した。2010年、死去。

그런데도 새는 슬프다

유용선(俞龍善)

새는 허공을 찌르며 난다.
손도끼를 닮거나
창끝을 닮은
꼭 다문 부리를 앞세워 허공을 뚫는 새는
침묵의 끝이 얼마나 날카로운지
저는 알지 못한다.

쌍칼을 휘두르며 새가 난다.
썽둥썽둥 허공을 베어나가면서도 새는
이따금 칼날 조각을 떨어뜨릴 뿐
벤 자국은 남기지 않는다.

움켜쥔 것을 놓은 뒤에도 새는
등 뒤의 것들을 위협하고 할퀴며
난다. 나는 새는
뒷모습조차 호전적이다.

그런데도,
지금 날고 있는 저 새는 슬프다.

온몸을 무기 삼아
허공을 헤쳐 나가는 저 새는
뭍에 머무는 동안
이미 한껏 슬펐을 게다.

それでも鳥は悲しい

俞龍善(ユ・ヨンソン)

鳥は虚空を突き刺すように飛ぶ。
手斧に似た、
あるいは槍先に似た
ぐっと閉じたくちばしを鋭く尖らせて虚空を貫く
　　鳥の
沈黙の先端がどれほど鋭いか
私は知らない。

二つの刀を振るいながら鳥が飛ぶ。
ばっさりと虚空を切って進みながらも鳥は
しばしば刃の欠片を落とすだけで
切り口は残さない。

摑んだ物を放した後でも鳥は
背後のものたちを脅かして引っかきながら
飛ぶ。飛んでいる鳥は
後ろ姿さえ好戦的だ。

それでも
今飛んでいるあの鳥は悲しい。

全身を武器にして
虚空を切って泳ぐあの鳥は
陸に留まっているとき
すでに限りなく悲しかったことだろう。

모든 벽에는 뿌리가 있다

1.

허물고 싶은 벽이 많다.
흙, 벽돌, 시멘트, 쇠, 유리로 만든 벽,
오해, 편견, 질투, 증오, 환상으로 이루어진 벽,
넘고 허물려 하는 뿌리 깊은 습성을
독재자의 군대처럼 막아선 벽,
— 에이, 씹할, 나는 벽 싫어!
큰 소리로 외치지 못하는
시인의 습성도 벽이라면 큰 벽이다.

2.

비 온 뒤 얼룩진 벽에 등을 기대고
행인의 눈길마저 아랑곳없이 우는 사람을 본다면
슬픈 사연 모른대도 공감할 수 있겠다.

생존권 사수! 붉게 뿌려진 구호 앞에
무너진 위장이려니,
하나가 되었다네! 낙서 옆에 그려진 음화 아래

지워진 가슴이려니,
그렇게 짐작하는 것만으로도
속 쓰리고 가슴 아플 수 있겠다.

3.

모든 벽에는 뿌리가 있다.

넘었노라 믿었던 벽에 걸려 넘어지고
허물었노라 믿었던 벽에 다시 깔리는 까닭은
미처 뽑아내지 못한 뿌리 때문이다.

유용선(俞龍善) 1967년 서울 출생. 한국외국어대학교 불어과 졸업. 1993년 시집 『잊는 연습 걷는 연습』을 출간한 후로 문예창작, 독서교육에 힘을 기울여왔으며, 2000년부터 '독서학교'를 운영하며 시, 소설 등 글쓰기를 전문적으로 지도하고 있다. 그 외의 시집으로 『개한테 물린 적이 있다』가 있고, 저서 『낙서부터 퇴고까지』 『글쓰기는 스포츠다』 『7일간의 독서여행』 등이 있다. 2005년 제1회 '시와 창작 문학상'을 수상했다.

全ての壁には根がある

一

崩してしまいたい壁がいっぱい。
土、煉瓦、セメント、鉄、ガラスで出来た壁、
誤解、偏見、嫉妬、憎悪、幻想で作られた壁、
越えたり崩したりしようとする根強い習性に
独裁者の軍隊のように立ち塞がる壁、
— こいつ、チクショウ、俺は壁なんて嫌いだ！
と大声で叫べない
詩人の習性も壁といえば大きな壁だ。

二

雨の後、染みの付いた壁に寄りかかって
行く人の眼差しなど構わずに泣く人を見ていると
悲しいその事情はわからなくても共感できる。

生存権死守！赤く撒かれた八巻と掛け声の前に
胃腸が壊れたのだろう、
一つになった！という落書きの横の淫猥な絵の下で

消された人の思いなのだろう
そう察するだけでも
胃が焼けて胸が苦しくなるようだ。

三

全ての壁には根がある。

越えたと信じた壁に引っかかって倒れ
崩したと信じた壁に再び下敷きにされるのは
うっかりして抜き取らなかった根のためだ。

俞龍善(ユ・ヨンソン) 1967年、ソウル生まれ。韓国外国語大学フランス語科卒業。1993年に詩集『忘れる練習、歩く練習』を出版し、読書及び文芸創作に力を注ぐ。2000年から読書学校を運営しながら、詩・小説など作文を専門的に教えている。その他の詩集に『犬に噛まれたことがある』などがあり、著書として『落書きから推敲まで』、『作文はスポーツだ』、『7日間の読書旅行』などがある。2005年に詩と創作文学賞(第1回)を受賞した。

우편함 속의 꽃씨

류인서(柳仁舒)

휴일의 우편함은 새들의 사금고(私金庫)였나
오늘 훔친 편지에는 맛있는 애벌레 대신 일곱 개 발톱
이 들어있었다

행운을 숨겨 둔 주사위 조각이든가
불 꺼진 초원에서 흘러나온 탄피인가 했다

겨울 쪽으로 망명한 까치밥나무 것일지도 몰라
내 눈동자 긋고 간 검지 발톱달 것일지도 몰라

손톱이 가진 손가락들처럼
백지의 공터로 갈림길 벋는 난감한 발톱들

창문에 징 박힌 별처럼 암막커튼의 미간에 달아놓을까
했다
고양이의 발톱집에 감춰둘까 했다

잠결에 맨발차림 웬 새가 발톱을 찾으러 왔네
발톱 같은 부리에 갈고리눈 하고서

ポストの中の花の種

柳仁舒(リュ・インソ)

休日のポストは、鳥たちの私的金庫だったのか
今日盗んだ手紙にはおいしい幼虫の代わりに7つの
足の爪が入っていた

幸運を隠しておいたサイコロの欠片か
火の消えた草原から流れてきた薬莢か

冬の方角に亡命したカラントのものかも知れない
私の瞳を掻いていった足の人差し指の爪のような
三日月のものかも知れない

爪のある手指のように
白紙の空き地へ枝道を伸ばす困った足の爪

窓に鋲のようにめり込んだ星のように、暗幕カー
テンの眉間に下げておこうか
猫の足の爪の家に隠しておこうか

ある鳥が寝惚けて素足で足の爪を探しにきた
足の爪のような嘴と鉤のような目をして

느티나무 하숙집

저 늙은 느티나무는 하숙생 구함이라는 팻말을 걸고
있다
한때 저 느티나무에는 수십 개의 방이 있었다
온갖 바람빨래 잔가지, 많은 반찬으로 사람들이 넘쳐
났다
수많은 길들이 흘러와 저곳에서 줄기와 가지로 뻗어나
갔다
그런데 발빠른 늑대의 시간들이 유행을 낚아채 달아나고
길 건너 유리로 된 새 빌딩이 노을도 데려가고
곁의 전봇대마저 허공의 근저당을 요구하는 요즘
하숙집 문 닫을 날 얼마 남지 않았다 그래 지금은
느티나무 아래 평상을 놓고 틱틱 끌리는 슬리퍼, 런닝
구,
까딱거리는 부채, 이런 가까운 것들의 그늘하숙이나
칠 뿐

류인서(柳仁舒) 1960년 경북 영천 출생. 대구한의대학 국문학과를 졸업했
고, 부산대 대학원 국문학과를 수료했다. 2001년 계간 『시와 시학』으로 등
단했다. 시집으로 『그는 늘 왼쪽에 앉는다』 『여우』 『신호대기』가 있다. 2009
년 '육사시문학상 젊은시인상', 2010년 '청마문학상 신인상'을 수상했다.

欅の下宿屋

あの老いた欅には下宿生募集という札がかかっている

かつてあの欅には、数十の部屋があった

あらゆる風の洗濯物の小枝、多くのおかずのせい
　　で人々があふれていた

たくさんの道が流れてきて、そこから幹や枝とな
　　って伸びていった

しかし、足の速いオオカミの時間が流行をかっさ
　　らって逃げてしまい

向かい側のガラス張りの新築ビルが夕焼けも連れ
　　ていき

傍の電柱さえ虚空の根抵当を要求するこの頃

下宿屋を閉める日も間近い、そう、今は

欅の下に縁台を置いて、ぱたぱたと引きずられる
　　スリッパ、ランニング

しきりに動く扇、このような身近なものによって
　　さえ陰になる下宿屋にすぎない

柳仁舒(リュ・インソ) 1960年、慶尚北道永川生まれ。大邱韓医大学国文学科卒
業、釜山大学大学院国文学科修了。2001年に季刊詩誌『詩と詩学』で文壇デビュー。詩集に『彼はいつも左側に座る』、『きつね』、『信号待ち』などがある。2009
年に陸史詩文学賞若い詩人賞、2010年に青馬文学賞新人賞を受賞した。

마을버스 정류장의 우주율

이진명(李珍明)

마을버스 정류장
일요일이어서인지 배차 간격이 멀다
오겠지
정류장 팻말기둥에 붙어 섰다가
문 닫은 뒤 가게들 쪽으로 떨어져 선다

정류장 팻말기둥 바닥으로 무심히 눈이 떨어진다
작은 흩뿌려진 것들이 있다
버린 껍데기, 쓰레기들이다
기둥뿌리를 중심으로 모여 있다
잔잔한 별자리 같다
진공 속 침묵의 소란이 밀집해온다
원환처럼 별자리가 돈다
한 바퀴 돌아온 껍데기들에서 계속 빛이 나온다
조용히 우주세상이 부풀고 있다

찢기고 구겨지고 발로 비벼진 당신의 것들
씹히고 뭉개지고 뜯어진 당신의 것들
당신의 입술에 마주 대었던 적 있고
당신의 혀에서 녹았던 적 있고

당신의 손안에 꼭 쥐어졌던 적 있고
연한 노랑배추흰나비처럼
당신의 호주머니에서 당신의 가슴 둔덕에서
그리고 언제나 당신의 눈, 검은 동자에서
뛰놀았고 출렁였고 물구나무서며
반디가 되고 해미르가 되고 다알리아가 되고

눈떴고 즐거웠고 사랑했던
우리를 통과해 나간 매일매일의 아침
설레는 담장의 찔레장미와 족두리꽃
채소쿠리처럼 도는 무릎 때를 안고
양 팔꿈치와 발뒤꿈치는 어디다 숨겼나

지구별에 와서 당신과
피우고 핥고 비비며 목숨을 나눈 껍데기들은
쓰레기가 되지 않고 다시 고운 알맹이가 되었다
정오의 빛 확대되는 마을버스 정류장 하늘바닥에
따로 또 같이 은하를 간다
제각각의 일용 속에 뿌려진 투명한 여수(旅愁)
당신과 소꿉 논 흔적조차 없는 광활보다는

잘디잔 쓰레기 별자리로 우리 연약함을 위로하는
버스 늦어도 정다운
목숨의 무변한 반짝이 마을버스 정류장

循環バス停留所の宇宙率

李珍明(ィ・ジンミョン)

循環バスの停留所
日曜日のせいか配車間隔が長い
やがて来るだろう
停留所の標識柱にくっついて立ってから
ドアの閉まった後ろの店のかたわらに離れて立つ

停留所の標識柱の下に何気なく目がいく
散らかった小さい物がある
捨てられた殻、ゴミなどだ
柱の根元を中心に集まっている
穏やかな星座のようだ
真空の中に沈黙の騒乱が密集してくる
円環のように星座が回る
一回りして戻った殻の中からしきりに光が出る
静かに宇宙の世界が膨らんでいる

破られ、くちゃくちゃになり、踏み潰されたあな
　たの物、物
噛まれて、つぶされて、むしり取られたあなたの
　物、物

あなたと唇を合わせたことがあり
あなたの舌で溶けたことがあり
あなたの手にぎゅっと握られたことがあり
軟らかくて黄色の紋白蝶のように
あなたのポケットであなたの胸のあたりで
そしていつもあなたの眼、黒い瞳の中で
走り回り、揺らめいて、逆立ちしながら
蛍になり、太陽の龍になり、ダリアになり

目を覚まして楽しく愛し合った
我々を通り抜けて行った何日もの朝
ときめく垣根の小さなバラと風蝶草
畚（ホン）のように回る膝の汚れを抱いて
両肘と踵はどこに隠したのか

地球という星に来てあなたと一緒に
吸って舐めてこすって命を分け合った殻は
ゴミにならずに滑らかな粒になった
正午の光　拡大する循環バス停留所　空の底に
各自、また共に銀河を粉砕する

それぞれの日常の中に撒かれた透明な旅愁
あなたとママゴト遊びをした跡もない広さより
とても小さなゴミの星座で私たちのか弱さを慰める
バス　遅くなってもなつかしい
命の果てしないきらめき　循環バス停留所

바위와 구름의 '듯'

암벽등반에 빠져
바위에 올라 흰 구름 잡았던 얘기를 천하를 얻은 양 떠
들었는데
경청해주던 열다섯이나 아래인 젊고 예쁜 후배가
잠잠히 전화기 무선에다 부어주는 선지덩이

— 떠가는 저 구름이
바위가 아니라고 누가 말할 수 있겠습니까

물컹 넘어온 선지덩이
바위에 올라 잡았던 흰 구름이
지랄같이 지랄 같은 붉덩이로 엉겨
무선의 고무다라 속에서 한바탕 요동을 친다
요동 속 동시에 냉각의 빙화가 피고

후배는 최근 사랑하는 사람을 잃었고
사실 나도 얼마 전 바위를 잃었다
후배는 죽음이라는 파토였고
나는 팀이 깨지는 인간관계 파토였다

천하를 얻었던 사랑도
천하를 얻었던 바위타기도
다 '듯' '듯'이 되고 말았다
물거품 같고 그림자 같고 아침이슬 같고
꿈같다는 '듯' '듯'
옷을 다시 입어도 옷이 벗겨졌다

전화기에 붙은 귀를
바위가 아니라고 누가 말할 수 있겠습니까
귀에 붙은 선지를
구름이 아니라고 누가 말할 수 있겠습니까
사실 더러운 인간관계 슬픈 죽음이란 없습니다
더러움이라는 흉내 슬픔이라는 시늉이
바위와 구름의 '듯'으로 '듯'으로

잠잠한 파토의 세계
삼라를 태초부터 접수한
잠잠한 파토의 세계는 언제나 선지덩이를 흘리고 있었
던 것

이진명(李珍明) 1955년 서울 출생. 서울예술대학 문예창작과 졸업. 1990년 계간 『작가세계』 제1회 신인문학상 수상으로 문단에 데뷔했다. 민음사에 근무하였으며 계간종합문학지 『세계의 문학』 편집 업무를 맡기도 했다. 시집에 『밤에 용서라는 말을 들었다』 『집에 돌아갈 날짜를 세어보다』 『단 한 사람』 『세워진 사람』 등이 있다. 제4회 일연문학상, 제2회 서정시학작품상 등을 수상했으며, 대산문화재단창작기금, 한국문학예술위원회창작기금 등의 기금을 받았다.

岩と雲の「〜のよう」

クライミングに夢中になり
岩に登って白い雲を摑んだ話を、まるで天下を得
　　たように話したのだが
傾聴してくれた15歳も歳下の若くてきれいな後輩が
静かに無線電話機に注ぐ　生き血

「流れて行くあの雲が
岩でないと誰が言えるでしょう」

ぐにゃりと移ってくる生き血
岩に登って摑んだ白い雲が
暴れまくって赤い塊になり
無線のゴムのたらいの中で思いきり騒ぎ回る
騒ぎの中で　同時に冷たい氷の花が咲き

後輩は最近愛する人を失い
実は私もこの間、岩を失った
後輩は死という最期を迎え
私はチームの崩れる人間関係の最期に出遭った

天下を得た愛も
天下を得たクライミングも
すべて「〜のよう」「〜のよう」になってしまった
水泡のよう、影のよう、朝露のよう、
夢のようだという「〜のよう」「〜のよう」
再び服を着ても服は脱がされた

電話機についた耳が
岩でないと誰が言えるだろう
耳についた生き血が
雲でないと誰が言えるだろう
実は汚い人間関係　悲しい死というものはない
汚さというまねごと　悲しさというまねごとが
岩と雲の「〜のよう」で「〜のよう」で

静かな最期の世界
三羅を太初から受け付けた
静かな最期の世界はいつも生き血を流していたのだ

李珍明(イ・ジンミョン) 1955年、ソウル生まれ。ソウル芸術大学文芸創作科卒業。1990年、季刊『作家世界』第1回新人文学賞を受賞して文壇デビュー。民音社(出版社)に勤務し、季刊総合文学誌『世界の文学』の編集などを担当した。詩集に『夜、赦せという言葉を聞いた』、『家に帰る日を数えてみる』、『たった一人』、『立ち直った人』などがある。一然文学賞、抒情詩学作品賞などを受賞し、大山文化財団創作基金、韓国文化芸術委員会創作基金などを受恵した。

수락산 노인요양원

이혜선(李惠仙)

고둥껍질을 보았다

무논에 엎어져 둥둥 떠다니는 빈 고둥껍질이다
바스라져 거름이 되는 어미고둥껍질이다

속살 파먹고 자라난 새끼 고둥들
제 살 곳 찾아
뿔뿔이 기어나간 뒤
텅 빈 껍질 속엔 기다림의 귀만 자라난다, 부풀어 오
른다

아기고둥들 고물거리던 젖내음
아장아장 걸으며 웃던 발가락
손뼉 치며 춤추던 혀 짧은 노래소리
주소와 전화번호 다 없애고 흔적 없이 떠난 아들의 마
지막 눈빛
죽어서도 잊지 못할 그 눈빛까지
나선형 주름 갈피갈피에서 수시로 걸어나온다

'수락산 노인요양원' 1호 병실에 누워 있는 그녀는

심장과 내장까지 새끼 먹여 기르느라
뼈도 살도 삭아내려
무논에 둥둥 떠다니다 기꺼이 바스라지는
빈 고둥껍질이다 어미고둥껍질이다

水落山老人ホーム

李惠仙(イ・ヘソン)

巻貝の殻を見た

水田に引っくり返ってぷかぷか漂う空っぽの巻貝
　　の殻
砕けて肥やしになる親巻貝の殻だ

中身を食い尽くして育った子の巻貝たち
自分の住まいを探しに
ばらばらになって這い出た後に
空になった殻の中には待ちぼうけの耳だけが育っ
　　て膨れる

赤ん坊の巻貝たち、しきりに動く乳の匂い
よちよち歩きながら笑った足の指
手をたたきながら踊った舌足らずの歌声
住所と電話番号、すべてを消して跡形もなく去っ
　　ていった息子の最後の目つき
死んでも忘れられないその目つきまでもが
螺旋形のしわの間からいつでも歩き出してくる

「水落山*老人ホーム」の第1号病室に横になった彼
　　女は
心臓と内臓まで子に食べさせながら育てようとして
骨も、身も朽ちて
水田にぷかぷか漂いながら喜んで崩れる
空っぽになった巻貝の殻、親巻貝の殻だ

〈訳者注〉
＊ 水落山(スラクサン)：韓国ソウルの上渓洞と京畿道議政府市、そして南楊州
　市の境界線にある山。海抜638mでほぼ岩峯と岩壁で成り立っており、景観
　が優れているためソウル近郊4大名山の一つと呼ばれている。

246

흘린 술이 반이다

인사동 포장마차에서 그날 술자리의 화두는
'흘린 술이 반이다'

연속극 보며 훌쩍이는 내 눈 들여다보며
'우리 애기 또 우네' 일삼아 놀리던 그이
요즘 들어 누가 슬픈 애기만 해도
그이가 먼저 눈물 그렁그렁

오늘도 퇴근길에 라디오 들으며
한참 울다가 서둘러 왔다는 그이
새끼제비 날아간 저녁밥상에 마주 앉은 희끗한 머리칼
둘이 서로 측은히 건네다 본다

흘린 술이 반이기 때문일까
아직 함께 마셔야 할 술이
술병에 반나마 남았다고 믿는,

이혜선(李惠仙) 1950년 경남 함안 출생. 동국대학교 국문학과 졸업. 세종
대학교 국어국문학 석사, 박사 졸업(문학박사). 1981년 월간 『시문학』으로
등단했다. 시집으로 『신(神) 한 마리』 『나보다 더 나를 잘 아시는 이』 『바람
한 분 만나시거든』 『새소리 택배』가 있고, 전자책 『이혜선의 명시산책』, 평
론집 『문학과 꿈의 변용』 등이 있다. 제29회 한국현대시인상, 제24회 동국
문학상, 제1회 자유문학상, 제7회 선사문학상, 2012문학비평가협회상(평론
부문)을 수상했다. 한국문인협회 이사, 한국현대시인협회 부이사장, 국제펜
클럽 한국본부 여성분과위원장을 역임했다. 동국대학교, 세종대학교 외래
교수. 현재 세계일보에 '이혜선의 한 주의 시'를 연재하고 있다.

零れた酒は半分

仁寺洞(インサドン)*の屋台で、その日の酒の肴は
「零した酒は半分」

連続ドラマを見て泣いたりする私の目を覗きながら
「この子、また泣いてる」と何かにつけてからかっ
　　　た彼
この頃は誰かが悲しい話をしただけでも
彼が先に涙ぐむ

今日も会社からの帰り道でラジオを聴きながら
ひとしきり泣いてから急いで帰ってきたという彼
燕の子が飛び去った後の夕食の膳に
向き合って座った白髪頭
二人で互いを憐憫の目でみつめあう

零した酒が半分だから
まだ一緒に飲むべき酒が
酒瓶に半分も残っていると信じて、

〈訳者注〉

* 仁寺洞(インサドン)： 韓国の首都ソウルの鍾路区にある町。「仁寺洞キル」という通り沿いに多数の骨董品店・古美術店・陶磁器店・ギャラリー・喫茶店・伝統食堂などが並ぶ、ソウルの文化の町として知られている。

李惠仙(イ・ヘソン) 1950年、慶尚南道咸安生まれ。東国大学文学部国文学科卒業。世宗大学大学院国語国文学科で修士・博士卒業(文学博士)。1981年に月刊『詩文学』で文壇デビュー。詩集に『神一匹』、『私より私をよく知る人』、『風、一人、会ってくださって』、『鳥の声の宅配便』などがあり、電子書籍として『イ・ヘソンの名詩散策』、評論集『文学と夢の変容』などの著書がある。韓国現代詩人賞(第29回)、東国文学賞(第24回)、自由文学賞(第1回)、先史文学賞(第7回)、文学批評家協会賞(評論部門)(2012年) などを受賞した。韓国文人協会理事、韓国現代詩人協会副理事長、国際ペンクラブ韓国本部女性分科委員長などを歴任。東国大学、世宗大学非常勤講師。現在、世界日報に「イ・ヘソンの一週間の詩」を連載している。

250

꿈꾸는 낙타

전서은(全萴闇)

문간방에 살던
쌍가마 아줌마
그 남편은 소문난 주정뱅이였네
철규, 동규 두 아들 남부럽지 않게 키운다고
유난히 억척을 떨었었네
미군부대 담벼락 개구멍으로 보였던
미국, 캘리포니아 애리조나 그 황무지를
밤낮없이 헤매었네
수군대던 눈초리가 낙타풀처럼 따가워도
양색시들 등에 업고 앞만 보고 걸었네
무시로 불어대던 모래바람 앞을 막아도
눈물로 뱉지 못한 세월이었네
전기세 대신 가져다 준 깡통 버터가
꽁보리밥 속에서 매끄럽게 녹을 때면
철규엄마는 우리 육남매의 오아시스였네
미제는 정말 부드러웠네
법대 간 아들 따라 상경한 후론
휘어진 등 위로 고무다라이 이고 오던
고단한 그림자를 끝내 보지 못했네
이따금 쥐어주던 츄잉껌처럼

질기고 끈끈한 추억이었네
테헤란로를 유유히 걸어가는
저 단봉낙타 한 마리

夢みるラクダ

全葜闇(チョン・ソウン)

うちの家の玄関わきの部屋に間借りしていた
つむじの二つあったおばさん
彼女の旦那は悪名高い飲んだくれだった
チョルギュとドンギュ、二人の息子を立派に育て
　　ようと
やけに勝気だった
アメリカ軍基地の壁にぽかっと開いた犬くぐりか
　　ら見えた
アメリカ、カリフォニアのアリゾナ、その荒れ地を
夜昼なしにさ迷っていた
取沙汰する白目がラクダの草のようにひりついても
パンパンガールを背負って前だけを見て歩いた
たびたび吹きまくる砂嵐が遮っても
涙も吐けない日々だった
電気代の代わりにもらった缶バターが
麦ご飯の中で柔らかく溶ける時は
チョルギュの母親は我ら6人兄弟のオアシスだった
アメリカ製は本当に柔らかい
法科大学に入った息子について上京した後は
曲がった腰の上にゴムダライを載せていた

疲れたその姿を結局見ることはできなかった
時々持たせてくれたチューインガムのように
固くて粘っこい思い出だった
テヘラン路*をのんびりと歩いていく
あのヒトコブラクダ一頭

〈訳者注〉
＊ テヘラン路 ： ソウルの江南区にある道路の名前。江南駅から三成駅までお
　よそ4㎞の区間。

주법

아직 물은 저 멀리 있다
방파제에 가로 누워
내 몸의 가지를 친다
높은음자리 끝에 매달린
성난 말의 끝을 자른다
절정의 음역에 닿으려는 말들이
떠밀려온 수초 더미에 묻혀
내 등 뒤에서 켜켜이
목이 잘린다

조용한 신음소리
머리에서 뻗어내린
네 현마다
붉은 반점이 돋는다
겨우내 발끝부터 근질대더니
봄비 한바탕 지나간 뒤
삐죽이 솟아난 화농의 몸 벗고
수술대에 오른다
사나흘 혼절하리라
사리의 바다 딛고

신생의 연주를 위하여

전서은(全薁誾) 1963년 경북 대구 출생. 2003년 『정신과표현』 신인상 수상으로 등단했다. 시집으로 『버스는 눈물로 굴러간다』등이 있다.

奏法

まだ水は遠くにある
波よけに横になり
自らの身に枝をおろす
高音部の端にぶら下がった
怒りの言葉の端を切る
絶頂の音域に触れようとする言葉が
流れてきた水草の山に埋められて
私の背後で徐々に
首を切られる

静かなうめき声
頭からさがっている
四つの糸すべてに
赤い斑点ができる
冬の間、ずっと足先がむずむずし、
春雨がひとしきり降った後で
突き出し化膿した体を脱いで
手術台に上がる
三日間は昏倒状態だろう
舎利の海を踏み

新生の演奏のために

全蓂閧(チョン・ソウン) 1963年、慶尚北道大邱生まれ。2003年『精神と表現』新人賞を受賞して文壇デビュー。詩集に『バスは涙で転がっていく』などがある。

달빛에 휘다

정병숙(鄭炳淑)

스산한 가을부두에 서 있었네
세찬 바람이 삼길포에 닿기 전
거친 물살로 뱃머리에서 출렁였네
보는 이 없어 철퍼덕, 선창가에 앉아
내게 달려드는 파도를 밀쳐내고 있었네
드문드문 떠 있는 새우잡이 배들에게
내 눈물을 고루 적재시켰네
마른 생선 대가리처럼
부석부석 물기 없는 눈언저리가
조금씩 따스해지기 시작했었네
서편 해는 빠르게 지고
포구에 한참을 그렇게 쪼그려 앉아
노을에 잠겨 가는 생을 보았네
흘러 흘러 어느 곳에 닿을지
묻지 않고 해를 보냈네
어느새 내 등은 휘고
먼 불빛, 어선의 그물에 걸린 새우도
등이 굽고 저 멀리 초생달도
얼레빗처럼 휘었네

月明りに曲がる

鄭炳淑(チョン・ビョンスク)

うら寂しい秋の波止場に立っていた
激しい風がサムギル浦*に届く前
荒い水勢がざぶざぶと船首を揺らした
見る人もなくへたりと、船の窓辺に座り
私に飛びかかる波を押しのけていた
ぽつりぽつりと浮かんでいる海老漁の船に
私の涙を満遍なく積んだ
痩せた魚の頭のように
かさかさと水気のない目元が
少しずつ温かくなり始めた
西の陽は早く沈み
潟に長い間、そうしてうずくまるように座り
夕焼けに浸って行く生を見た
流れ流れてどこに辿り着くのか
問わずに年を送った
いつのまにか私の背中は曲がり
遠い灯り、漁船の網にかかった海老も
背中が曲がり、あの遠くの新月も
解き櫛のように撓っている

〈訳者注〉
＊サムギル浦─忠清南道ソサン市にある港

누지앙*

　파란 눈을 가진 댕기머리여자 깊은 우물에 찰랑이는 봄을 길어 올린다 기린 목처럼 긴 슬픔의 봄을 길어 다랑이 다랑이 천수답에 붓는다 태양은 진한 눈물을 켜켜이 토해낸다 햇살 머금은 붉은 소금 알알이 맺힌 그녀의 슬픔이다

　객지로 떠난 사내 두어 달 만에 차마고도로 돌아왔다 하룻밤을 아내와 보낸 큰형은 소금을 싣고 도시로 떠나고 둘째 형은 차를 팔러 뒷날 또 뒷날 인도로 떠난다 여자를 독차지한 막내는 뒷날, 뒷날 또 그 뒷날 야크를 몰고 더 높이 차마고도로 떠난다

　떠나는 사내의 뒷모습을 우두커니 지켜보던 차마고도의 여자, 세 남자의 아내이며 두 남자의 형수다 태양 가까이 죽을 자리를 펴는 야크는 태곳적부터 그래왔듯 붉은 소금만 먹고 산다 영원히 길들지 않는다 영원히

* 누지앙(怒江) : 중국 서남부 탕구라산에서 시작하여 미얀마로 이어지는 강. 성난 물길이라는 뜻.

정병숙(鄭炳淑) 1959년 전남 순천 출생. 단국대학교 국문학과 졸업. 호서대학교 문화콘텐츠창작 대학원 석사 졸업 후 현재 박사과정 중이다. 2003년 『정신과 표현』 신인상으로 등단했다. 시집으로 『통화권 이탈지역』 등이 있다.

ヌジアン*

　青い目の髪を編んだ女が深い井戸からぱちゃぱちゃ揺れる春を汲み上げる　キリンの首のように長い悲しみの春を汲んで、段々畑の天水田に注ぐ　太陽は濃い涙を幾度も重ねて吐き出す　日差しを帯びた赤い塩、粒々になって結ばれた彼女の哀れみなのだ

　他郷に向かった男が、二カ月ぶりに茶馬古道*に戻ってきた　一晩を妻と過ごした長兄は塩を持って都市に発ち、次兄は茶を売りに、あさってインドへ発つ　女を一人占めした末っ子は、あさってのまた次の日、ヤク*を追い込んでさらに高く、茶馬古道へ立ち去る

　去ってゆく男の後ろ姿をぼんやり見つめていた茶馬古道の女、三人の男の妻であり二人の男の兄嫁である　太陽の近くに死ぬ場所を整えるヤクは、太古の時代からそうしてきたように、赤い塩だけを食べながら生きていく　永遠に直らない、永遠に

262

〈著者注〉

* ヌジアン(怒江) : 中国西南部タングラ山からミャンマーに繋がる川。怒る水路
  という意味。

〈訳者注〉

* 茶馬古道 : 雲南省で取れた茶をチベットの馬と交換したことから名付けられ
  た交易路。
* ヤク : インド北西部、中国(甘粛省、チベット自治区)、パキスタン北東部に自
  然分布する。ウシ科ウシ属に分類される偶蹄類。

鄭炳淑(チョン・ビョンスク) 1959年、全羅南道順天生まれ。檀国大学国文学科卒業。湖西大学校文学コンテンツ創作大学院修士号取得後、現在、博士課程在学中。2003年『精神と表現』新人賞を受賞して文壇デビュー。詩集に『通話圏離脱地域』などがある。

여왕 코끼리의 힘

조명(趙明)

보아라, 나는 선출된 여왕이므로 곧 법이다
가장 강한 그대는 우리들의 길잡이, 나의 남편이 되어라
선두에 서서 몸 바치는 백척간두의 생
최고의 건초와 여왕의 믿음을 받으라
행여, 그대가 독불장군의 힘을 믿게 된다면
나는 뭉쳐진 무리의 힘을 사용할 것이다
짓밟힌 만신창이로 추방될 것임을 미리 알라
두 번째 강하고 매력적인 당신, 그대는 여왕의 경호원
애인
나의 배후에서 우리들의 길잡이를 견제하라
달콤한 건초와 은밀한 사랑을 받을 것이다
그대 또한 징벌의 본보기가 될 수 있음을 잊지는 말라
부드러운 경고는 두어 번뿐이다
우리는, 씨방을 말리는 건기의 샘을 찾아가는 여정
나의 무리들은 모두 기억하라
한 마리 코끼리의 목숨을 위해서라면
나는 너희들과 함께, 젖줄과 숨줄과 힘줄로 한 덩어리
되어
한 마을을 초토화할 것이다
천둥과 폭풍과 해일을 넘어서는 힘으로

그리하여 우리는, 한 조각 정신의 이탈도 없이
생이 버거운 너무 커다란 몸뚱이를 뚜벅이면서
종족보존, 그 운명적 목표를 위한 젖샘에 도달할 것이다
그날의 노을은 유독 붉은 핏빛이 아니겠느냐
공룡은 죽고 코끼리는 살아남았느니라

한 무리 사자가 한 마리 코끼리를 어려워한다
온갖 초식동물들이 코끼리와 더불어 한가롭다

女王象の力

趙明(チョ・ミョン)

見るのだ、私は選ばれた女王だから、そのまま法
　　である
最も強いあなたは私たちの道案内、私の夫になる
　　のだ
先頭に立って身を捧げる風前の灯の生
最高の干し草と女王の信頼を受けよ
もし、あなたがワンマン将軍の力を信じるように
　　なれば
私は団結した群れの力を使うだろう
踏みにじられ満身創痍になって追放されると初め
　　から心得るがいい
次に強くて魅力的なあなた、あなたは女王の用心
　　棒で恋人
私の背後から私たちの道案内を牽制するのだ
甘い干し草と密かな愛を受けるだろう
あなたも懲罰の見本になり得ることを忘れてはい
　　けない
柔らかな警告は二、三回だけだ
私たちは、子房を乾かす乾期の泉を探し出す旅の
　　最中

私の群れたちは皆、記憶せよ

一頭の象の命のためなら

私はあなたたちと共に、乳腺と息と筋で一つにな
　　って

ある村を焦土化するだろう

雷と嵐と津波を超えた力で

そうして私たちは、精神の一片の離脱もなく

生に耐えられないような大きな体で歩きながら

種族保存、その運命的目標のための乳線に到達す
　　るだろう

その日の夕焼けは格別赤い血の色になるのではな
　　いだろうか

恐竜は死んで象は生き残ったのだから

一群れのライオンが一頭の象に気兼ねする

あらゆる草食動物たちが象と共にのんびり暮らす

모계의 꿈

할머니는 털실로 숲을 짜고 계신다. 지난밤 호랑이 꿈을 꾸신 것이다. 순모 실타래는 아주 느리게 풀리고 있다. 한 올의 내력이 손금의 골짜기와 혈관의 등성이를 넘나들며 울창해진다. 굵은 대바늘로 느슨하게, 숲에 깃들 모든 것들을 섬기면서. 함박눈이 초침 소리를 덮는 한밤, 나는 금황색 양수 속에서 은발의 할머니를 받아먹는다. 고적한 사원의 파릇한 이끼 냄새! 저 숲을 입고 싶다. 오늘 밤에는 어머니 꿈속으로 들어가 한 마리 나비로 현몽할까? 어머니는 오월 화원이거나 사월 들판으로 강보를 만드실지도 모른다. 그러면, 이백여섯 개의 뼈가 뒤틀린다는 진통의 터널, 나는 통과할 수 있을 것이다.

조명(趙明) 1955년 충남 대전 출생. 중앙대학교 사범대학 유아교육학과를 졸업하고 연세대학교 대학원에서 사회복지학을 전공했다. 2003년 계간 『시평』으로 등단했다. 시집으로 『여왕코끼리의 힘』(2008년), 합동시집 『젊은 시』(2005년) 등이 있다. 2006년 한국문화예술위원회 개인창작지원 시인으로 선정되어 지원금을 수혜했다. 현재 중앙대학교 위탁 어린이집 원장으로 재직하고 있다.

母系の夢

　祖母は毛糸で森を編んでいる。昨晩、虎の夢を見たのだ。純毛の糸巻きはとてもゆっくりと解けていく。一撚りの来歴が、手相の谷間と血管の峰すじを出入りして鬱蒼としている。太くて大きな針で緩く、森に宿るすべてのものに仕えながら。ぼたん雪が秒針の音を覆うある夜、私は黄金の羊水の中で銀髪の祖母を食べる。うら寂しい寺院の青い苔の匂い！あの森を身に纏いたい。今夜は母の夢の中に入って、一羽の蝶となって現われようか。母は5月の花園や4月の野原でねんねこを作るかも知れない。それなら、206の骨が捩れるという陣痛のトンネルを、私は通過できるだろう。

趙明(チョ・ミョン) 1955年、忠清南道大田生まれ。中央大学校師範大学幼児教育学科及び延世大学行政大学院社会福祉学科を卒業。2003年に季刊『詩評』で文壇デビュー。詩集に『女王象の力』(2008年)、合同詩集に『若い詩』(2005年)などがある。2006年に文化芸術委員会個人創作支援詩人として選定され、支援金を受けた。現在、中央大学委託保育園園長として勤務している。

돼지들에게

최영미(崔泳美)

언젠가 몹시 피곤한 오후,
돼지에게 진주를 준 적이 있다.

좋아라 날뛰며 그는 다른 돼지들에게 뛰어가
진주가 내 것이 되었다고 자랑했다.
허나 그건 금이 간 진주.
그는 모른다.
내 서랍 속엔 더 맑고 흠 없는 진주가 잠자고 있으니

외딴 섬, 한적한 해변에 세워진 우리 집,
아무에게도 보여주지 않은 내 방의 장롱 깊은 곳에는
내가 태어난 바다의 신비를 닮은,
날씨에 따라 빛과 색깔이 변하는 크고 작은 구슬이
천 개쯤 꿰어지기를 기다리고 있음을……
사람들은 모른다.

그가 가진 건
시장에 내다 팔지도 못할 못난이 진주.
철없는 아이들의 장난감으로나 쓰이라지.
떠들기 좋아하는 돼지들의 술안주로나 씹히라지.

언제 어디서였는지 나는 잊었다.
언젠가 몹시 흐리고 피곤한 오후,
비를 피하려 들어간 오두막에서
우연히 만난 돼지에게
(그의 이름은 중요하지 않다)
나도 몰래 진주를 주었다.
앞이 안 보일 만큼 어두웠기에
나는 그가 돼지인지도 몰랐다.
그가 누구인지 알고 싶지도 않았다.
내 주머니가 털렸다는 것만 희미하게 알아챘을 뿐.

그날 이후 열 마리의 배고픈 돼지들이 달려들어
내게 진주를 달라고 외쳐댔다.
내가 못 들은 척 외면하면
그들은 내가 가는 길목을 지키고 있다가
아무도 보는 사람이 없는지 확인한 뒤
우리 집의 대문을 두드렸다.
"진주를 줘. 내게도 진주를 줘. 진주를 내놔."
정중하게 간청하다 뻔뻔스레 요구했다.

나는 또 마지못해, 지겨워서,
그들의 고함소리에 이웃의 잠이 깰까 두려워
어느 낯선 돼지에게 진주를 주었다.
(예전보다 더 못생긴 진주였다)

다음날 아침, 해가 뜨기도 전에
스무 마리의 살찐 돼지들이 대문 앞에 나타났다.
늑대와 여우를 데리고 사나운 짐승의 무리들이 담을
넘어
마당의 꽃밭을 짓밟고 화분을 업고,
내가 아끼는 봉선화의 여린 가지를 꺾었다.
어떤 놈은 부끄러운 줄도 모르고
주인 없는 꽃밭에서 춤추고 노래했다.
그리고 힘센 돼지들이 앞장서서 부엌문을 부수고 들어와
비 오는 날을 대비해 내가 비축해놓은 빵을 뜯고 포도
주를 비웠다
달콤한 마지막 한 방울까지 쥐어짜며, 파티는 계속되
었다.
어린 늑대들은 잔인했고,
세상사에 통달한 늙은 여우들은 교활했다.

나의 소중한 보물을 지키기 위해 나는 피 흘리며 싸웠다.
때로 싸우고 때로 타협했다.
두 개를 달라면 하나만 주고,
속이 빈 가짜 진주목걸이로 그를 속였다.
그래도 그들은 돌아가지 않았다.

나는 도망쳤다.
나는 멀리, 그들이 보이지 않는 곳으로 도망쳤다.
친구에게 빌린 돈으로 기차를 타고 배에 올랐다.
그들이 보낸 편지를 찢고 전화를 끊었다.
그래도 그 탐욕스런 돼지들은 포기하지 않는다.
긴 여행에게 돌아온
나는 늙고 병들어, 자리에서 일어날 힘도 없는데
그들은 내게 진주를 달라고
마지막으로 제발 한 번만 달라고……

豚たちに

崔泳美(チェ・ヨンミ)

いつだったかずい分疲れた午後、
豚に真珠をやったことがある。

すごいって飛び上がり彼は他の豚たちのところに
　　　走っていき
真珠が自分のものになったと誇らしげに語った。
でもそれはひびの入った真珠。
彼は知らない。
私の引き出しの中にはもっと明るく完璧な真珠が
　　　眠っていることを

人里離れた島、閑散とした浜辺に立てられた我が
　　　家、
誰にも見せない私の部屋の箪笥の深い所には
私が生まれた海の神秘に似た、
天気によって光と色の変わる大小の玉が
千個ほど糸を通されるのを待っている……
人々は知らない。

彼の持っているものは

市場で売れもしないできそこないの真珠。
頑是無い子供たちのおもちゃにでも使えばいい。
騒ぐのが好きな豚たちのつまみにでもなればいい。

いつ、どこでだったか私は忘れた。
いつかとても曇って疲れた午後
雨を避けようと入った小屋で
偶然出会った豚に
(彼の名前は重要ではない)
考えもなく真珠を与えた。
前が見えないほど暗かったから
私は彼が豚であるのも知らなかった。
彼が誰なのか知りたくもなかった。
私のポケットが空になったことにだけ、微かに気
　　づいた。

その日以来、10匹の腹の空いた豚たちが飛びつい
　　てきて
私に真珠をくれと叫びたてた。
私が聞こえないふりをして無視すると

彼らは私が通る町角で待ち伏せした後
誰も見ている者がいないのを確認しては
我が家の門をたたいた。
「真珠をくれ。俺にも真珠をくれ。真珠を出
　せ。」
丁寧に懇願した後は、ずうずうしく要求した。
私はまたやむを得ず、うんざりして、
彼らのどなり声で隣人が眠りから覚めるかと思う
　と恐ろしくて
ある見慣れぬ豚に真珠をやった。
(この前よりもっと醜い真珠だった)

翌朝、日が昇る前に
20匹の太った豚たちが門の前に現われた。
オオカミと狐を連れて獰猛な獣の輩らが塀を乗り
　越えて
庭先の花園を踏み付け、植木鉢をひっくり返して、
私の大切にしている鳳仙花の軟らかくて弱い枝を
　折った。
ある豚は恥ずかし気もなく

主人のいない花畑で踊ったり歌ったりした。

そして力の強い豚たちが先頭に立って勝手口を壊して入り

雨の日に備えて私が備蓄しておいたパンを千切って葡萄酒を飲み干した

甘い最後の一滴まで絞り取って、パーティーは続いた。

幼いオオカミたちは残忍で

世の常に通じた老いた狐たちは狡猾だった。

私の大切な宝物を守るために私は血を流して戦った。

戦ったり妥協したりした。

二つくれといえば一つだけやり、

中が空の偽物真珠ネックレスで彼らを欺いた。

それでも彼らは帰らなかった。

私は逃げた。

私は遠く、彼らからは見えない所に逃げた。

友達に借りたお金で汽車に乗り船に乗った。

彼らの送ってきた手紙を引き裂き、電話も止め
　た。
それでもその貪欲な豚たちはあきらめない。
長い旅行から帰ってきた私は
老けて病み、起き上がる力もないのに
彼らは私に真珠をくれと
最後に是非一度だけくれと……

서울의 방

남자는 신문을 읽는다
여자는 피아노를 친다

남자는 두 손을 바쳐 신문을 보지만
여자는 손가락 하나로 건반을 튕기며
그를, 그의 세계를 훔쳐본다
(한순간이라도 그가 온전히 나의 것인 적이 있던가?)

그들 사이에 커다란 문이 있다
그 문으로 연인들이 드나들고
생명이 태어나
아이가 울고 어른들은 웃고
한때 그들도 행복했겠지만
행복을 연출했지만,

돌이킬 수 없는 세월의 벽이
입을 벌려 그들을 가로막는다

남자가 여자에게 싫증이 났나?
여자가 피아노에 싫증이 났나?

벽에 걸린 그림은 알고 있을까
누가 먼저 일어나
문을 열고 나갈 것인가

망설이는 여자의 얼굴엔 빛이 닿지 않는다

* 에드워드 호퍼의 그림 '뉴욕의 방'을 보고 쓴 시.

최영미(崔泳美) 1961년 서울 출생. 서울대학교 서양사학과와 홍익대학교 미술사학과 석사 졸업. 1992년 『창작과 비평』 겨울호에 시를 발표하며 작품 활동을 시작했다. 시집으로 『서른, 잔치는 끝났다』(1994년) 『꿈의 페달을 밟고』(1998년) 『돼지들에게』(2005년) 『도착하지 않은 삶』(2009년) 등이 있고, 산문집 『시대의 우울』(1997년) 『우연히 내 일기를 엿보게 될 사람에게』(2000년), 미술에세이 『화가의 우연한 시선』(2002년), 장편소설 『흉터와 무늬』(2005년) 등이 있다. 2005년 일본어 시집 『서른, 잔치는 끝났다』가 쇼시 세이쥬샤(書肆靑樹社)에서 출간되어 일본에서 크게 화제를 모았다. 첫 시집 『서른, 잔치는 끝났다』는 밀리언셀러 판매 기록을 수립하며 당시 최영미 신드롬이 일으키기도 했다. 2006년 『돼지들에게』로 제13회 이수문학상을 수상했다.

ソウルの部屋

男は新聞を読む
女はピアノを弾く

男は両手をそろえて新聞を読むが
女は指一本で鍵盤を叩きながら
彼を、彼の世界を盗み見る
(一瞬でも彼が完全に私の物であったことがあるだ
　　ろうか)

彼らの間に大きなドアがある
そのドアから恋人たちが出入りして
生命が生まれ
子供が泣き、大人たちは笑い
ひととき彼らも幸せだっただろうに
幸せを演出したが、

取り戻すことのできない歳月の壁が
口を開けて彼らをさえぎる

男が女に嫌気が差したのか

女がピアノに嫌気が差したのか

壁にかかった絵は知っているのか
誰が先に起きて
ドアを開いて出ていくのかを

ためらう女の顔には光が届かない

〈著者注〉
＊エドワードホッパーの絵画「ニューヨークの部屋」を見て書いた詩。

崔泳美(チェ・ヨンミ) 1961年、ソウル生まれ。ソウル大学西洋史学科及び弘益大学美術史学科卒業。1992年『創作と批評』冬の号に詩を発表して作品活動開始。詩集に『三十、宴は終わった』(1994年)、『夢のペダルを踏んで』(1998年)、『豚どもに』(2005年)、『到着しない生』(2009年)、散文集に『時代の憂鬱』(1997年)、『偶然、私の日記帳を覗き見る人に』(2000年)、美術エッセイに『画家の偶然な視線』(2002年)、長編小説に『傷痕と柄』(2005年)などの著書がある。2005年、日本語詩集『三十、宴は終わった』が書肆青樹社から翻訳出版されて日本で大きな話題を集めた。第1詩集『三十、宴は終わった』は、韓国で100万部販売という超ベストセラーとなり、「チェ・ヨンミ」シンドロームが起こった。2006年『豚どもに』で梨樹文学賞を受賞した。

주간신문

허혜정(許惠貞)

위선의 공기를 오래도록 숨쉬어온 자들에겐
기억이란 게 없다. 생각도 없이 저질러버린 일엔
신성불가침의'사생활'이라는 말만 있을 뿐이다
살아갈수록 나락으로 빠져드는 허방의 도시에서
조잡한 기억을 내다버릴 곳은 언제나 필요한 법
낡은 골목 뒷컨 자동차가 길을 잃어버릴 때
폐석이 널려있는 곳에 방탕한 오줌을 눠도
커튼 뒤에서 벌인 한판의 승부에도
도무지 그럴 수는 없는 품평꾼의 독설에도
우리가 창조한 이 위대한 말을 쓸 필요가 있다
감정의 온도계가 변덕스러운 인간은 그래야 한다
피로한 전철에서 대중지의 카니발을 엿보며
심각한 문제 따윈 개그로 뭉개버린 만화를 훑고
어디든지 흘러갈 순 있지만 끝내 얌전히 돌아오는 거실
굴러도 정신 차리고 굴러야지 잠꼬대가 들리면 끝장난
거다
　손바닥이 더듬던 바닥, 갑자기 숨결을 끌어당긴 특별
한 느낌도
　침묵할 필요가 있다, 침묵할 수 없다면
　잊어버려야 한다, 망각할 수 없다면

무던히 연습해야 한다, 부인할 수 없는 건
기억나지 않는다는 현명한 정치인도 침묵하고 있다
춤추고 노래하는 야릇한 집들도 침묵하고 있다
없었던 소리로 돌아가야 할 탈이 날 소리
끝내는 프라이버시로 땜빵이 될 기억상실증
누가 뭐래도 식기 위해 타오르는 없었던 숨결
모든 것에 오케이를 날려야만 하는 날들을 위해
고요히 살아가는 것이 좋은 것이다
언어란 침묵을 장식하는 테크닉일 뿐
환경에 적응하는 인간이 우수한 종족이다
그렇게 전망 없는 세상을 살아가기 위해서
자서전인지 역사인지 전설일지 모를 시를 쓰고
위선의 언어를 팔아먹고 살아야 할 인간들은 특히나
그렇다

週間新聞

許惠貞(ホ・ヘジョン)

偽善の空気を長い間呼吸してきた者たちには
記憶というものがない。考えもなくやらかしてし
　　まったことには
神聖不可侵の「私生活」という言葉があるだけだ
生きていくほど奈落に落ちこむ窪地の都市で
粗雑な記憶を吐き出して捨てる場所はどんなとき
　　でも必要なもの
古ぼけた路地の片隅で自動車が道に迷う時
廃石の散らばった所に放蕩の小便をしても
カーテンの後でやった一本勝負にも
まったく予測できない品定め師の毒舌にも
私たちが創造したこの偉大な言葉を使う必要がある
感情の温度計が気まぐれな人間はそうすべきだ
疲労した電車の中で大衆紙のカーニバルを盗み見て
深刻な問題などギャグで崩してしまったマンガを
　　読んで
どこへでも流れていけたとしても、結局慎ましく
　　戻ってくる居間
転がるにも気を付けて転がらなくては、寝言が聞
　　こえたら終わりだ

手の平が辿った床、急に息を引き寄せた特別な感
　じも
沈黙する必要がある、沈黙できなければ
忘れなければならない、忘却できなければ
よほど練習しなければならない、否認できないこ
　とは
思い出せないという賢明な政治家も沈黙している
踊って歌う不思議な家も沈黙している
なかった言葉としなければならない良くない言葉
すごいプライバシーで埋められた記憶喪失症
誰が何と言っても冷えるために燃え上がったなか
　ったはずの息づかい
すべてにオーケーを出さなければならない日々の
　ために
静かに生きていく方が良いのだ
言語とは沈黙を飾るテクニックであるだけ
環境に適応する人間が優秀な種族だ
そのように見込みのない世を生きていくため
自叙伝なのか歴史なのか伝説なのかわからない詩
　を書いて

偽善の言語を売り込んで生きなければならない人
　間たちは特にそうだ

만약 나의 삶이 나쁜 스토리라면

어느날 사내는 은행으로 간다
경비원은 말한다, 내일 다시 오시죠
내일은 없어, 사내는 경비원의 귀에 칼을 들이댔다
이 얌전한 도시에 도대체 무슨 일이 일어나는가 보라

모니터 속에서 사내는 달린다
모니터 속에서 돈자루를 챙긴다
모든 시간을 명령하는 시간의 스토리는
범죄의 시간을 정확히 기록한다

경찰은 타이프를 두드렸을 것이다
얼굴 똑바로 들어! 진실만 말해 진실!
리포터의 수첩은 그대로 기록했을 것이다
범인은 복면을 눌러쓴 청년장교다
이것은 섣불리 부인할 수 없는 뉴스가 아닌가

그것은 너무나 간단하게 끝나버린 한여름밤의 뉴스
그러나 욕망이란 언제나 자물쇠를 뜯어낼 순간을 노
린다
시라는 게 세상을 날려버리고픈 내 욕망의 흐름이라면

사내는 나다, 나의 삶이 더러운 스토리라면

나같은 족속은 틀림없이 은행 안에 있었다
싸이렌을 울리며 경찰차가 튕겨나갈 때
복도 뒤로 숨어드는 얇고 푸른 그림자

밤마다 끔찍한 악몽에 시달리며
나는 쓴다. 검은 잉크의 가죽장갑을 끼고
섣불리 쓰여지진 않으면서 모든 것을 쓰는 세계
거짓의 자물쇠를 채우며 세계를 세우는 자들

경비원은 말한다, 넌 못해 임마
사내는 간단히 했다, 비밀 테이프를 경비원의 입 속에
처넣고
자물쇠를 뜯어냈다

도둑은 말한다, 이 돈은 내 거야
하지만 돈 이야기도 잊어버린 뉴스가
어떻게 완벽한 이야기란 말인가
진짜 경찰인진 몰라도 경찰이라던 수상쩍은 입술들

도대체 나의 시 속으로 끌려오는 순간을 두려워하지 않는 녀석들

허혜정(許惠貞) 1966년 경상남도 산청 출생. 동국대학교 국문학과 졸업. 동 대학원 석사, 박사 졸업. 1987년 『한국문학』 신인작품상으로 시 등단. 1995년 『현대시』로 평론 등단. 1997년 중앙일보 신춘문예에 평론이 당선되어 시인, 평론가로서 활동하고 있다. 시집으로 『비속에도 나비가 오나』 『적들을 위한 서정시』 『만약 나의 삶이 나쁜 스토리라면』 등이 있고, 평론집으로 『혁신과 근원의 자리』 『현대시론 1,2권』 『멀티미디어 시대의 시 창작』 『에로틱 아우라』 『처용가와 현대의 문화산업』 등 다수의 저서가 있다. 현재 계간 『시인수첩』 『국학자료원』 편집위원이며, 숭실사이버대학교 방송문예 창작학과 교수로 재직하고 있다.

もし私の生が悪いストーリーなら

ある日男は銀行に行く
警備員は言う、明日またいらっしゃい
いいや明日はない、男は警備員の耳に刀を突き付
　けた
この慎ましやかな都市に一体何が起こるのか見て
　いるのだ

モニターの中で男は走る
モニターの中で金の袋を取りまとめる
すべての時間を命令する時間のストーリーは
犯罪の時間を正確に記録する

警察はタイプを打ったはずだ
顔をちゃんと上げろ！真実だけを言え、真実だけ
　を！
リポーターの手帳はその通りに記録したはずだ
犯人は覆面を深くかぶった青年将校だ
これは下手に否認できないニュースではないか

それはあまりに簡単に終わってしまった真夏の夜

のニュース
しかし欲望はいつも錠を外す瞬間を狙う
詩が世界を吹き飛ばしてしまいたい私の欲望の流
　　れなら
男は私だ、私の生が汚いストーリーなら

私のような人間は間違いなく銀行の中にいた
サイレンを鳴らしてパトカーが飛び出していく時
廊下の後に隠れる薄く青い影

毎晩残酷な悪夢にうなされて
私は書く　黒いインクの皮手袋をはめて
おろそかには書けないのにすべてを書く世界
偽りの錠を下ろして世界を築こうとする者たち

警備員は言う、お前にはできないぞ、こやつ
だが男は簡単にやってのけた、秘密テープを警備
　　員の口の中にぶち込んで
錠を外した

泥棒は言う、この金はおれのものだ
しかし金の話も忘れたニュースが
どうして完璧な話だと言えるのか
本当の警察かどうかは知らないが警察だと言った
　　疑わしい唇
私の詩の中に引かれてくる瞬間を恐れないやつら

許恵貞(ホ・ヘジョン) 1966年、慶尚南道山清生まれ。東国大学国文学科卒業、同大学院修士、博士卒業。1987年『韓国文学』新人作品賞を受賞して文壇デビュー(詩)。1995年『現代詩』で 評論家としてデビュー。1997年、中央日報新春文芸で評論が当選して以来、詩人及び評論家として活動している。詩集に『雨の中にも蝶が来るのか』、『もし私の生が悪いストーリーだとしたら』、評論集に『革新と根元の跡』、『現代詩論1、2』、『マルチメディア時代の詩の創作』、『エロチックオーラ』、『処容歌*と現代の文化産業』などの著書がある。現在、季刊詩誌『詩人手帳』、『国学資料院』の編集委員であり、崇實サイバー大学文芸創作学部教授。

〈訳者注〉
* 処容歌 ： 古代三国時代の新羅の時、処容(チョヨン)という人が作った郷歌。処容の夫人と同寝しようとした 疫神を懲らしめた歌であり、『三国遺事』に載せられている。

암수 두 마리 뱀이

한성례(韓成禮)

서로 꼬리를 먹어간다
해가 설핏 기울었다
뇌간*이 반대로 움직이는 시간이다
본능의 밑바닥에 남은 감각만으로
무의식의 빗장이 풀린 채
서로에 취해 잘금잘금 꼬리부터 먹어간다
양쪽이 똑같은 속도로 줄어든다
길이가 줄어들수록 순환의 고리가 더욱 단단해진다
상징을 먹고 관념을 먹고 포만감을 먹는다
뱀 두 마리의 길이가 줄어들어 무한히 줄어들어
점점 둥글어진다
새빨간 피를 서로 빨아들여
커다란 원 하나로 완성된다
영원히 서로의 몸을 먹어가는 뱀 두 마리
붉은 해가
지금 막 바다에 풍덩 빠졌다

* 뇌간(腦幹) : 뇌와 척수를 연결하는 부위이며, 모든 신경이 이곳을 통과한
다.

294

雌雄二匹の蛇が

韓成禮(ハン・ソンレ)

互いに尾を食っていく
日が薄暗く暮れていく
脳幹*が反対に動く時間だ
本能の底に残った感覚だけで
無意識のかんぬきが外れたまま
互いに酔ってちびりちびり尾から食っていく
両方とも同じ速度で短くなる
長さが短くなるほど循環の輪がさらに頑丈になる
象徴を食って　観念を食って　飽満感を食う
二匹の蛇の長さが短くなり　無限に短くなり
だんだん丸くなる
真赤な血を互いに吸い込んで
大きな一つの円が完成する
永遠に互いの身を食っていく二匹の蛇
赤い太陽が
今まさに海にどぶんと落ちた

〈著者注〉
* 脳幹：脳と脊髄をつながる部分であり、すべての神経がこの部分を通過する。

약간의 거짓을 잉태한 혹성

약간의 사실에 큰 거짓을 섞어
사실인 것처럼 속이는 자를 악마라고 했던가

처음 태어난 언어는 민들레 솜털보다 가볍다
죽어 묻힌 언어는 바람 길을 따라 부활을 기다린다
실종된 언어는 투신한 지 오래다

탐문하듯 봄은 왔지만 무늬만 봄이다
한여름처럼 태양이 이글거리는 한낮
흐드러진 장미꽃은 죽음의 냄새를 잉태한 채
계절의 거짓 맥을 짚고 있다

혹성의 심장부를 발굴하면
윤간을 거듭하며 해협을 돌아온
광폭한 피가 소용돌이친다
혹성의 자궁
초음파사진 따위는 필요 없다
태아라고 이름 붙여진
덩어리와 물의 경계선을
어류에서 양생류 파충류를 거쳐 포유류로

진화해온 그 각인을
그 유전자의 거짓 포장을

오늘 또 혹성의 어딘가에서 포화가 터졌다
혹성의 쿵쾅거리는 심장소리가 들린다

오늘 만들어진 태아는 그 소리를 기억하고 있다

한성례(韓成禮) 1955년 전북 정읍 출생. 세종대학교 일문과와 동 대학 정책과학대학원 국제지역학과 일본학 석사 졸업. 1986년 『시와 의식』 신인상 수상으로 등단. 한국어 시집 『실험실의 미인』, 일본어 시집 『감색치마폭의 하늘은』 『빛의 드라마』 등이 있고, '허난설헌문학상'과 일본에서 '시토소조상'을 수상했다. 번역서 『세계가 만일 100명의 마을이라면』 『붓다의 행복론』 등이 한국 중고등학교 각종 교과서의 여러 과목에 수록되었으며, 소설 『파도를 기다리다』 『달에 울다』를 비롯하여 한일 간에서 시, 소설, 동화, 에세이, 앤솔로지, 인문서, 실용서 등 200여권을 번역했다. 특히 고은, 문정희, 정호승, 김기택, 박주택, 안도현 등 한국시인의 시를 일본어로 번역 출간했고, 니시 가즈토모, 잇시키 마코토, 호소다 덴조, 고이케 마사요 등 일본시인의 시와 스웨덴 시인 라르스 바리외(Lars Vargö)의 하이쿠집을 한국어로 번역 출간하는 등 한일 간에서 많은 시집을 번역했다. 1990년대 초부터 문학을 통한 한일교류를 꿈꾸며 문학지를 중심으로 시를 번역 소개하고 있다. 현재 세종사이버대학교 겸임교수.

若干の嘘を宿した惑星

若干の事実に大きな嘘を交ぜて
事実のように騙す者を悪魔と言うのだ

初めて生まれた言葉はタンポポの綿毛より軽い
死んでうずもれた言葉は風の道に沿って復活を待ち
行方不明になった言葉は身を投げて久しい

聞き込みするように春は来たけどそれは上辺だけの
　　春だ
真夏のように太陽が赤々と燃える真昼
咲き乱れるバラは死の匂いを宿したまま
季節の偽りの脈をとっている

惑星の心臓部を掘り返せば
輪姦を繰り返しながら海峡を回ってきた
狂暴な血が渦巻く
惑星の子宮
超音波写真など要らない
胎児と名付けられた
塊と水の境界線を

魚類から両生類、爬虫類を経て哺乳類へと
進化してきたその刻印を
その遺伝子の偽りの包装を

今日もまた惑星のどこかで飽和が破裂した
惑星のドンドンと高鳴る心音が聞こえる

今日生まれた胎児はその音を記憶している

韓成禮(ハン・ソンレ) 1955年、全羅北道井邑生まれ。世宗大学日語日文学科及び同大学政策科学大学院国際地域学科日本学修士卒業。1986年『詩と意識』新人賞を受賞して文壇デビュー。詩集に『実験室の美人』、日本語詩集『柿色のチマ裾の空は』、『光のドラマ』など。1994年、許蘭雪軒文学賞、2009年、詩と創造特別賞(日本)受賞。翻訳書『世界がもし100人の村だったら』、『ブッタの幸福論』などの文章が韓国の中・高等学校の国語・社会などの教科書に収録されている。宮沢賢治『銀河鉄道の夜』、丸山健二『月に泣く』、東野圭吾『白銀ジャック』、辻井喬『彷徨の季節の中で』など、韓国語への翻訳書と、特に、日韓の間で多くの詩集を翻訳し、文貞姫詩集『今、バラを摘め』、鄭浩承詩集『ソウルのイエス』、金基澤詩集『針穴の中の嵐』、朴柱澤詩集『時間の瞳孔』、安度眩詩集『氷蝉』などを日本で翻訳出版し、西一知、一色真理、小池昌代、細田傳造、田原、柴田三吉、ナナオサカキなどの詩人の詩や韓国で翻訳出版した。1990年代の初め頃から文学を通じての日韓交流を目指し、文学誌を中心に詩を翻訳紹介している。現在、世宗サイバー大学兼任教授。ほか、詩、小説、童話、エッセイ、人文書、アンソロジーなど、約200冊がある。

아키 아키라
秋 亜綺羅(あき　あきら)

이와사 나오
岩佐 なを(いわさ　なお)

오카지마 히로코
岡島 弘子(おかじま　ひろこ)

오사다 노리코
長田 典子(おさだ　のりこ)

가나이 유지
金井 雄二(かない　ゆうじ)

가미테 오사무
上手 宰(かみて　おさむ)

기쿠타 마모루
菊田 守(きくた　まもる)

기타가와 아케미
北川 朱実(きたがわ　あけみ)

구사노 사나에
草野 早苗(くさの　さなえ)

고야나기 레이코
小柳 玲子(こやなぎ　れいこ)

사이토 게이코
斎藤 惠子(さいとう　けいこ)

사카타 에이코
坂多 瑩子(さかた　えいこ)

사사키 야스미
佐々木 安美(ささき　やすみ)

시바타 치아키
柴田 千晶(しばた　ちあき)

스즈키 유리이카
鈴木 ユリイカ(すずき　ユリイカ)

다카오카 오사무
高岡 修(たかおか　おさむ)

다카가키 노리마사
高垣 憲正(たかがき　のりまさ)

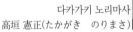

다지마 야스에
田島 安江(たじま　やすえ)

2부

일본시인 35인(日本詩人35人)

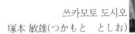

쓰카모토 도시오
塚本 敏雄(つかもと　としお)

나카가미 데쓰오
中上 哲夫(なかがみ　てつお)

나가시마 미나코
長嶋 南子(ながしま　みなこ)

노기 교코
野木 京子(のぎ　きょうこ)

히구치 노부코
樋口 伸子(ひぐち　のぶこ)

후스키 유미
文月 悠光(ふづき　ゆみ)

호시노 겐이치
星野 元一(ほしの　げんいち)

미사키 다카코
岬 多可子(みさき　たかこ)

미즈노 루리코
水野 るり子(みずの　るりこ)

미스미 미즈키
三角 みづ紀(みすみ　みづき)

야치 슈소
谷内 修三(やち　しゅうそ)

야마다 다카아키
山田 隆昭(やまだ　たかあき)

야마모토 유미코
山本 楡美子(やまもと　ゆみこ)

요시카이 진조
吉貝 甚蔵(よしかい　じんぞう)

요시다 요시아키
吉田 義昭(よしだ　よしあき)

와키카와 후미야
脇川 郁也(わきかわ　ふみや)

와다 마사코
和田 まさ子(わだ　まさこ)

このナメクジ、ほめると溶ける

秋 亜綺羅(あき あきら)

ナメクジって、足がないのに歩いてる。
すごい！
生物は死ぬまで歩きつづけて、
生きる理由にたどりつけない。
ゴールは、屑かご。宇宙の外にある。
屑かご。どうせ屑かご。
捨てられているものは、
死んでしまった生物たちすべての
生きてしまった理由。
溶けて数えきれないので、
とりあえず。
ひとつ。

이 민달팽이 칭찬만 하면 녹는다

아키 아키라(秋 亜綺羅)

민달팽이는 다리가 없는데도 잘도 돌아다닌다
위대한지고!
생물은 목숨 붙어 있는 날까지 걷고 또 걷지만
삶의 근원에는 다다르지 못한다
결승점은 쓰레기통, 우주 바깥에 있는
쓰레기통, 결국엔 쓰레기통
버려진 것은
죽은 모든 생명이
살아낸 이유
녹아버려 셀 수는 없으나
어쨌든 이유는
하나

愛なんて

愛をつくる機械を発明した
さっぱり売れなかったので
愛を感じる機械をつくった

いまもそこのすみっこで
ふたり（２台）で勝手にやっている

愛なんて
愛するものと
愛されるものがあれば成立する
そんな程度のことは
機械に任せておこうよ

世界のどこかに咲いていた
だれにも見られないままで
枯れてしまった
花がある

神様さえ見届けてはいないけれど
花が枯れてしまったので

死ぬしかなかった虫がいる

愛なんて
いちいち語らなくても
ちゃんとあるじゃないか

永遠の命がないから
愛なんだね

ひとりぼっちの宇宙だから
愛なんだね

もう戻ることなどないのだから
愛なのかもしれないね

秋 亜綺羅(あき　あきら) 1951年宮城県仙台市生まれ。詩集『海！ひっくり返れ！おきあがりこぼし！』、『透明海岸から鳥の島まで』(2013年第22回丸山豊記念現代詩賞受賞)。個人誌『ココア共和国』主宰。

사랑 따위

사랑을 만드는 기계를 발명했다
당최 팔리지 않기에
사랑을 느끼는 기계를 만들었다

지금도 한구석에서
둘이서(두 대가) 제멋대로 흘레붙는다

사랑이란
사랑하는 쪽과
사랑받는 쪽만 있으면 성립하는 것
그 정도쯤은
기계에 맡겨두자

이 세상 어딘가에 피었다가
누구에게도 발견되지 못한 채
시들어버린
꽃이 있다

신조차 지켜주지 못했지만
꽃이 시들어버려

함께 죽어버린 벌레가 있다

사랑 따위
일일이 설명하지 않아도
엄연히 존재하지 않은가

영원하지 않으니
그게 바로 사랑인 거지

외톨이 우주라서
사랑인 거지

하긴 다시는 되돌릴 수 없어서
사랑인지도 몰라

아키 아키라(秋 亜綺羅) 1951년 미야기 현 센다이 시 출생. 시집 『투명해안에서 새의 섬까지』로 2013년 제22회 마루야마 유타카 기념 현대시상 수상. 그 외의 시집으로 『바다여! 뒤집혀라! 오뚝이』 등. 개인 시문학지 『코코아 공화국』 간행.

残り時間

岩佐 なを (いわさ　なお)

老いの杜の奥にも陽のあたる
高台があって遠くには記憶をたよりに
想い描ける一番素晴らしい眺めが
展がっている（キモチイイデスヨ）
こころもからだも穏やかにあたたかい
父を箱に入れて母を箱に入れて
やがて自分も箱に入るけれど
しばらくは懐かしい面影を求めたり
この世のせつない情景と交感すべきだろう
季節は優しく「緩やかに流れる」と約束してくれた

남은 시간

이와사 나오(岩佐 なを)

낡은 수풀 속에도 해가 드는
돈대가 있기에 멀리 기억을 더듬어
마음속에 그리는 가장 멋진 풍경이
펼쳐진다 (기분이 좋다)
몸도 마음도 평화롭고 따뜻하다
아버지를 상자에 넣고 어머니를 상자에 넣고
머지않아 나도 상자 속으로 들어갈 테지만
얼마 동안은 그리운 모습을 갈망하거나
이 세상의 애달픈 정경과 교감을 할 테지
계절은 다정하게도 '완만히 흐르겠노라'고 약속해주었다

マッチ箱

いまはあまり見なくなったマッチ箱の
ひきだしを注意深く指であけると
自分の小さい記憶玉がプンと出る
その匂いを嗅ぎながら
昔昔の街の表情や人人の顔の景色を
もう一度目を閉じてなぞる
他者の涙や鼻の尾根、唇の沼を自分とは
もはや関わりのないものとして夢みる
ことのありがたさとさみしさ
記憶玉は空気にふれると
たちまち消えてなくなるから
記憶玉の記憶も記憶にとどめましょう
からになったマッチ箱の
ひきだしにまず
右目つぎに左目を縮小して
ていねいにしまって閉じ
みずからがさらに深い夢に
沈んでゆくことは
誰しもがいつかすること
「そんなに怖くはないんだよ」

岩佐 なを(いわさ　なお) 1954年東京生まれ。詩集『霊岸』(思潮社)(1994年、第45回H氏賞受賞)、『幻帖』、『海町』など。版画家としても活躍し、『岩佐なを銅版画蔵書票集』(美術出版社) などがある。詩誌『生き事』、『歴程』同人。

성냥갑

요즘에는 보기 드문 성냥갑의
서랍을 손가락으로 조심스레 밀어서 열자
내 작은 기억 구슬이 퐁하고 튀어 나온다
그 냄새를 맡으며
옛날 옛적 거리의 표정이나 사람들의 얼굴 풍경을
다시 눈을 감고 덧그린다
타인의 눈물이나 코의 능선 입술의 늪을 이제는
나와 관계없는 것으로서 꿈을 꾼다
감사한 일과 쓸쓸한 일
기억 구슬은 공기에 닿으면
금세 사라져 버리기에
기억 구슬의 기억도 기억으로 담아두어야겠지
텅 빈 성냥갑의
서랍에 우선
오른쪽 눈을 압축하고 왼쪽 눈도 압축해서
정성스레 넣고서 닫아
스스로 더욱 깊은 꿈에
잠기는 일은
누구라도 언젠가는 겪게 될 일
'아주 무섭지는 않아요.'

이와사 나오(岩佐 なを) 1954년 도쿄 출생. 1994년 시집 『영혼의 물가』로 제45회 H씨상 수상. 그 외의 시집으로 『꿈의 수첩』『바다마을』 등. 판화가로도 활동하고 있으며, 화집 『이와사 나오 동판화 장서표집』 등이 있다. 시 문학지 『삶』『레키테이』 동인.

まぶしい

岡島 弘子(おかじま ひろこ)

ほら　みてごらん
と　お母さんは　ゆびさす

川面に夕陽がうつって　輝いて
ひとつひとつのさざなみが
ひとつひとつの太陽となって
ひかってひかって　ながれて
てりかえしあっている

ほら　みてごらん　あの向こう岸のアシの根元
と　お母さんのゆびさすさきに
どれどれと目をこらすが　やっぱり
まぶしい
白いひかりが　ひかりだけがあふれかえって
いっせいにくだけて
目をこらせばこらすほど
ひかりのまんなかで太陽が
さんぜんと笑っているので

ほら　みてごらん　あれよ　あれ！

314

と　ゆびさす　さき
いちばんみたいものは　本当にみたいものは
いくせんのひかりの　そのうしろにあって
きらめきすぎて
みえないのです

ひかりをくだいている
お母さん

눈부시다

오카지마 히로코(岡島 弘子)

아가야 저길 보렴
엄마가 손가락으로 가리킨다

강의 수면 위로 석양이 내려앉아 반짝이고
하나하나의 물결이
하나하나의 태양이 되어
반짝반짝 빛나고
서로를 비추이며 흘러간다

아가야 저길 보렴, 강 건너 무리지은 갈대 밑동을
엄마가 손가락으로 가리킨다
어디어디 하며 손가락 끝을 응시하지만
쏟아져 내린 새하얀 빛줄기만이
그곳을 가득 채우고 있어
눈이 부시다
빛줄기는 일제히 부서져
눈을 부릅뜨면 부릅뜰수록
빛의 중심에서 태양이
찬란하게 웃고 있다

저길 봐. 저기야 저기
손가락으로 가리키는 곳
가장 보고 싶은 것은, 진정으로 보고 싶은 것은
수많은 빛줄기 너머 존재하기에
너무도 눈이 부셔
'보이지 않는단다'

빛을 바스러뜨리는
엄마

みあげると

さえずりは　つぎつぎとまいあがり
雲を押し上げて　みちて　あふれかえって
たわんでも　こらえて
まだひと声も地上にこぼれおちてこない
高みに　とまり木があるのだろうか
天上の沖に小船もあるのかもしれない
舞いあがった小鳥も
まだ一羽もおりてこない
さえずりが　また
空のふところを押し上げる

岡島　弘子(おかじま　ひろこ) 1943年東京生まれ。1998年に詩「一人分の平和」で日本海文学大賞詩部門受賞。詩集『つゆ玉になる前のことについて』(2001年地球賞受賞)、『野川』(2008年小野十三郎賞特別奨励賞受賞)、2013年5月新詩集『ほしくび』刊行。7年前に2年間『ヒポカンパス』発行。『ひょうたん』、『そうかわせみ、』同人。日本現代詩人会理事。

우러러보면

새소리가 줄곧 높이 날아올라
구름을 밀어 올려 가득차고 넘쳐서
쏟아지려 해도 꾹 참고 있기에
아직 어떤 소리도 지상으로 새어나오지 않았다.
아득히 높은 곳에 홰를 쳐 놓은 걸까.
천상의 바다에 조각배가 떠다닐지도 모른다.
날아오른 작은 새조차
아직 한 마리도 내려오지 않은 걸 보면.
새소리가 또다시
하늘의 앞가슴을 밀어 올린다.

오카지마 히로코(岡島 弘子) 1943년 도쿄 출생. 1998년 시 「한 사람 몫의 평화」로 니혼카이 문학대상 시 부문 수상. 2001년 시집 「이슬방울이 되기 전의 일에 대해」로 지큐상. 2008년 시집 「들판을 흐르는 강」으로 오노 도자부로상 특별장려상 수상. 그 외의 시집으로 「말린 목」 등. 2006년부터 2년간 시문학지 「히포캠퍼스(hippocampus)」 발행. 「표주박」 「소카와세미」 동인. 일본현대시인회 이사.

羽根

長田 典子(おさだ のりこ)

夕刻の
信号待ちの交差点
二対の手が　羽ばたくように交信している
指の軌跡に灯った　柔らかな焔に近づき
わたしは　冷えた頬を　そっと温める
背の高い男をまっすぐに見あげ　彼女は
何度も　人差し指を立て　手首を
もう一方の掌に打ちつけ　音を鳴らす
合間に男とキスを交わしながら
スキナノハ　アナタダケ　ホントデス
そんな風に言っているのだろうか
眉間に少し皺を寄せ　手は一途に話す

今朝も　交差点に続く地下鉄の階段で
いっしんに駆け降りる彼女とすれ違った
凛と張りつめた横顔は　わたしの胸を貫き
遠い日　外国の駅で見た
壁画に描かれた痩せた少女を想った
コマ割フィルムのように横に並ぶタイルの中
華奢な手指を前方に伸ばし　連続して走る

青い少女の横顔とそっくり
あの壁画から抜け出してきたのだろうか

青信号を待ちながら　わたしは　思わず
自分の掌を閉じたり開いたりしてみる
コレハ　羽根デス　ドコニデモ　行ケマス

コレハ　羽根デス
ドコニデモ
行ケマス

날개

오사다 노리코(長田 典子)

저녁 무렵
신호를 기다리는 교차로
두 개의 손이 날갯짓하듯 교신하고 있다
손가락이 지나간 길에 켜지는 부드러운 불꽃에 다가가
나는 차가운 볼을 살며시 녹인다
고개를 젖히고 키가 큰 남자를 올려다보며 그녀는
연신 검지를 세우고
다른 한손으로 손목을 쳐서 소리를 낸다
그러는 사이사이 남자와 키스를 나누며
미간에 약간 주름을 잡은 채
손으로는 쉬지 않고 말을 한다
오직 당신만 사랑해요. 진심이에요
이런 식의 대화라도 나누는 걸까

오늘 아침에도 교차로로 이어지는 지하철 계단에서
정신없이 뛰어 내려가는 그녀와 스쳐 지났다
잔뜩 긴장한 그녀의 옆모습이 내 가슴속에 박히고
언젠가 외국의 어느 역에서 본
벽화 속의 여윈 소녀를 상기시켰다
고마와리필름*처럼 옆으로 나란한 타일 그림 속

가녀린 손가락을 앞으로 내밀고 달리는
창백하던 소녀의 옆모습과 똑 닮았다
그 벽화에서 빠져 나온 걸까

녹색 신호를 기다리면서 나는 무심코
내 손바닥을 쥐었다 폈다 해 본다
"이것은 날개입니다 어디든 날아갈 수 있어요"

"이것은 날개입니다
어디든
날아갈 수 있어요"

〈옮긴이 주〉
* 고마와리필름 : 한 컷씩 각 장면이 나뉜 필름. 영화나 만화제작 시에 사용
  함.

蛇行

今朝は
慌てて卵を割った
歪む湖面とともに
フラッシュバックする
発破(ダイナマイト)音が鈍く響いていた日々
谷に満ちてくる水から
逃避する蛇の幻影は
遠く
鱗を鋼に置換して
ホームに急行が滑り込む
蛇は身を捩りながら湖面を泳ぎ
つゆくさ　つりがねそう　つるぎきょう
初夏の眉をなぞりながら
鶏小屋のまだ温かい卵へと向かう
蛇か　わたしは　蛇なのだ
花首が揺れる
きつねのよめいり
高速で移動する窓を水が斜めに走る
歪んだ湖面から発破音の響く場所へ
瓦礫の隙間へ

わたしの卵を産み付けに行く

長田 典子(おさだ のりこ) 1955年神奈川県生まれ。第2詩集『おりこうさんのキャシィ』で横浜詩人会賞受賞。2010年第4詩集『清潔な獣』出版後2011年語学留学のため渡米、2013年日本に帰国。現在Web誌「浜風文庫」http://satomichio.net/ に月に1回のペースで作品を発表している。

사행(蛇行)

오늘 아침에
서두르다 달걀을 깨뜨렸다
일그러진 호수 면이 보이고
환각에 빠진다
다이너마이트 폭발음이 둔중하게 울리던 날들
계곡에 차오르는 물에서
도피하는 뱀의 환영은
멀리서
비늘이 강철로 바뀌어
플랫폼에 급행열차가 미끄러져 들어온다
뱀은 몸을 뒤틀며 호수 위를 유영하고
닭의장풀 초롱꽃 도라지꽃
초여름의 눈썹을 덧그리며
닭장 속 따뜻한 알을 가지러 간다
뱀인가? 나는 뱀이다
꽃줄기가 흔들린다
여우비
고속으로 달리는 창에 사선으로 물방울이 튄다
일그러진 호수 면에서 폭발음이 울리는 곳으로
깨진 기와 틈으로

내 알을 낳으러 간다

오사다 노리코(長田 典子) 1955년 가나가와 현 출생. 제2시집 『착한 아이 캐시』로 요코하마 시인회상 수상. 2010년 제4시집 『청결한 야수』를 출간한 후, 2011년 미국에 어학연수를 떠났다가 2013년 일본에 귀국. 현재 Web지 「하마카제분코(浜風文庫)」 http://satomichio.net/에 한 달에 한 번 간격으로 작품을 발표하고 있다.

動きはじめた小さな窓から

金井 雄二（かない ゆうじ）

だれもいない駅で
だれかに声をかけられた
ふりかえると
発車の笛がなり
扉が閉まろうとしていた
プラットホームと車輌のあいだには
境界線のような黒い隙間があり
それをまたいで列車に乗った
動きはじめた小さな窓から
ちぢんでいた手を不意に突き出し
おおーい！と言って
そのままおもいっきり手を振った
やはり駅にはだれもいなかった
四人掛けの席に一人で腰かけたとき
窓で四角く区切られていた空の青が
少しずつはっきりとしてくるのを感じていた
さきほどわたしはあの駅で
わたしの大事な人と話をしたのを思いだしていた

움직이기 시작한 작은 창문 너머로

가나이 유지(金井 雄二)

아무도 없는 역에서
누군가 나를 불렀다
뒤돌아보니
발차를 알리는 기적소리가 울리고
열차 문이 닫히려 하고 있었다
플랫폼과 열차 사이에는
경계선처럼 검은 틈이 있어
그곳을 넘어 열차에 몸을 실었다
움직이기 시작한 작은 창문 너머로
오므리고 있던 손을 쑥 내밀어
이봐! 하고 외치며
힘껏 손을 흔들었다
역시 역에는 아무도 없다
4인용 좌석에 홀로 앉았을 때
네모난 창에 갇힌 파란 하늘이
조금씩 선명해지는 것을 느꼈다
조금 전 나는 그 역에서
내 소중한 사람과 이야기를 하고 있었다는 것이 떠올
랐다

黄金の砂

二本の足で
自分の体をささえる
右足を前におくりだす
左足を前にあずける
そうしてほんの少し移動する
右手が宙に浮く
左手が空をきる
バランスをとっている
頭がおもい
数メートルで尻をつく
見あげる
ぼくの顔を見ている
眼があう
その眼がほそくなり
前歯二本がまぶしい
座りこんだまま
ふいに
手を砂にうずめる
指がなくなる
手の甲もみえなくなる

やがて小さな握りこぶしがあらわれる
ふたたび
二本の足で
ようやく自分の体をささえる
右足を前におくりだす
左足を前にあずける
手が握られているので
よろけそうになる
握っていた手をさしだす
ぼくは彼の眼を見ながら
ありがとう
と言って黄金の砂をもらう

金井 雄二(かない　ゆうじ) 1959年神奈川県相模原市生まれ。詩集『動きはじめた小さな窓から』(第8回福田正夫賞受賞)、『外野席』(第30回横浜詩人会賞受賞)、『今、ぼくが死んだら』(第12回丸山豊記念現代詩賞受賞)、『にぎる。』『ゆっくりとわたし』など。個人誌『独合点』発行中。詩誌『DownBeat』同人。横浜詩人会会員、日本現代詩人会元副理事長。

황금 모래

두 다리로
제 몸을 지탱한다
오른발을 앞으로 내보낸다
왼발을 앞쪽에 맡긴다
그렇게 조금씩 이동한다
오른손이 공중에 뜬다
왼손이 허공을 가른다
균형을 잡는다
머리가 무거워
몇 발짝 못 가 엉덩방아를 찧는다
올려다본다
내 얼굴을 바라보고 있던
눈과 마주친다
그 눈이 가늘어지고
앞니 두 개가 눈부시다
주저앉은 채로
갑자기
모래에 손을 파묻는다
손가락이 사라진다
손등도 보이지 않는다

이윽고 작은 주먹이 나타난다

다시

두 다리로

간신히 몸을 지탱한다

오른발을 앞으로 내보낸다

왼발을 앞쪽에 맡긴다

주먹을 쥐고 있어서

넘어질 것 같아

주먹을 펴고 내민다

나는 그의 눈을 바라보면서

고마워

라며 황금 모래를 받는다

가나이 유지(金井 雄二) 1959년 가나가와 현 출생. 시집 『움직이기 시작한 작은 창문 너머로』로 제8회 후쿠다 마사오상, 『외야석』으로 제30회 요코하마시인회상, 『지금 내가 죽는다면』으로 제12회 마루야마 유타카 기념현대시상 수상. 그 외의 시집으로 『쥐다』 『천천히 나는』 등. 개인시문학지 『독합점』 발행. 시문학지 『Doen Beat』 동인. 요코하마시인회 회원. 일본현대시인회 부이사장.

香る日

上手 宰(かみて　おさむ)

　　虹が咲いた雲にかかった木はよい香りがする
　　と古代ローマの著述家は記している
　　それは誰にもすぐわかるので
　　虹に打たれた木と呼ばれるのだと*

大男のきこりが山に足をかけ
巨大な斧を振るうと
雨上がりの空に色鮮やかな弧が描かれた
あれは
失われる ということを教えるために
空に遣わされた虹
人々に見つけられるのを待っては消えていく
大男が去った森には
打ち下ろされた斧だけが残されている

あなたたちには見えないか
太い幹に打ち込まれた光る斧が
斧を包み込むまあたらしい傷口が
傷口だけが香るのだ

その時からだ
樹木が虹をまねて
自分の奥深くに年輪を隠し持つようになったのは
だが誰もそれを見ることはできぬ
いつかまた木こりがやってきて
その木を伐り倒す日までは

人も木も　やわらかな風のなかに
かぐわしく香る日がある
虹はもう消えてしまったのに
虹に打たれた者であることはけっして消えない
それがわかるように香る日が

＊プルタルコス『食卓歓談集』(『モラリア』所収)より。

향기 나는 날

가미테 오사무(上手 宰)

무지개가 핀 구름에 걸린 나무는 좋은 냄새가 난다고
고대 로마의 저술가는 썼다
그건 누구라도 금방 알아보니
무지개에 부딪힌 나무라 불리는 것이라고*

몸집이 큰 나무꾼이 산에 한 발을 걸치고
거대한 도끼를 휘두르자
비 갠 하늘에 선명한 포물선이 생겼다
그것은
잃어버렸다는 사실을 알려주기 위해
하늘로 보내진 무지개
사람들이 발견해주길 기다리다가 사라져간다
몸집이 큰 사나이가 떠난 숲에는
힘껏 내리친 도끼만이 남아 있다

당신들에게는 보이지 않는가
굵은 나무줄기에 박힌 빛나는 도끼가
도끼를 감싼 새로운 상처가
그 상처만이 향기롭다

그때부터이다
나무가 무지개를 흉내 내어
자기 몸 깊숙이 연륜을 숨기게 된 것은
하지만 아무도 그것을 볼 수는 없다
언젠가 또 나무꾼이 와서
그 나무를 베어 쓰러뜨릴 때까지는

사람도 나무도 부드러운 바람에
향긋하게 향기 나는 날이 있다
무지개는 이미 사라졌지만
무지개에 부딪힌 존재라는 사실은 결코 사라지지 않는다
그것을 알아차리도록 향기 나는 날이 있다

〈저자 주〉
* 플루타르코스 「식탁환담집(食卓歡談集)」(『윤리론집』 수록) 일부 인용.

月明かりの下で

満月は昨日だった
俺の目には今夜も同じに見える
でもみんなは言う
もう欠けてしまった
満月は去ったのだと
俺は欠けてしまったものを見ていよう

人間に満月は幾度でもやってくる
一度だけ満ちていく月に狂って
夜を鳴き明かす秋の虫とは違うのだ
欠けていくひかりの量だけ死んでゆく
空のしたのちいさな生きものたちよ
俺もかつてその仲間だった

カマキリの雌が
性交している雄の頭を食べている
人間はそれを種族の保存のためだと*
説明して安らかな眠りについた
あした会ういとしい者のために
笑顔は深い眠りの中で

やさしく強くつくられていくのだ、と

だが雌カマキリはその時
食べるのを少しだけ中断して
月を見上げていた
（あした会ういとしい者はもういない）
力強いカマを空に向けて幾度か振ると
月はまたすこし欠けるのだった

＊ カマキリは交尾時、雄の脳が本能を抑制するため雌が雄の脳を破壊して生殖
　 の成功を手助けをするという。

上手 宰(かみて　おさむ) 1948年東京都生まれ。詩集『空もまたひとつの部屋』、
『星の火事』(壺井繁治賞受賞)、『追伸』、『夢の続き』、『香る日』、『上手宰詩集』、
共著『現代文学読本・金芝河』。同人誌『冊』編集人。詩人会議、日本現代詩人
会所属。

달빛 아래에서

보름은 어제였다
내 눈에는 오늘 밤도 같아 보인다
하지만 모두들 말한다
이미 이지러졌다고
보름은 지났다고
나는 이지러져버린 것을 보고 있다

인간에게 보름은 몇 번이고 찾아온다
한 번만 채워지는 달에 미쳐
밤새 울며 지새는 가을벌레와는 다르다
이지러져 가는 불빛의 양만큼 죽어간다
하늘 아래에 사는 미천한 생물들이여
나도 예전에는 그 일행 중 하나였다오

암컷 사마귀가
교미하는 수컷의 머리를 먹는다
인간은 그것을 종족 보존을 위한 것이라고*
설명하고 편안히 잠자리에 든다
내일 만날 사랑하는 사람을 위해
미소는 깊은 잠 속에서

상냥하고 강하게 만들어진다고

하지만 암컷 사마귀는 그때
먹는 것을 잠시 중단하고서
달을 올려다본다
(내일 만나야 할 사랑하는 사람은 이제 없다)
낫처럼 생긴 힘센 다리를 허공을 향해 몇 번 휘두르자
달은 조금 더 이지러졌다

〈저자 주〉
* 사마귀는 교미할 때 수컷의 뇌가 본능을 억제하게끔 암컷이 수컷의 뇌를
파괴해 생식이 성공하도록 도와준다고 한다.

가미테 오사무(上手 宰) 1948년 도쿄 출생. 1980년 시집 『별의 화재』로 제
8회 쓰보이 시게지상 수상. 그 외의 시집으로 『하늘도 또한 하나의 방』 『추
신』 『꿈의 이어짐』 『향기 나는 날』 『가미테 오사무 시집』 등. 공저 『현대문학
독본 김지하』. 동인문학지 『책』 편집인. 시인회의, 일본현대시인회 회원.

蚊の女

菊田 守(きくた まもる)

つつーと
滑るようにしてとまった彼女は
テーブルの上で
六本の脚を器用に動かして
ダンスを始めた
ホップ・ステップ
リズムカルに
なんと上手に
六本の脚を動かしていることよ
やがて演技を終えると、彼女は
今度はさっと
ヘリコプターのように飛び立った
彼の女

가노조*

기쿠타 마모루(菊田 守)

사르륵
미끄러지듯 멈춰선 그녀는
탁자 위에서
여섯 다리를 능란하게 놀려
춤을 추기 시작했다.
홉 스텝*으로 사뿐사뿐
리드미컬하고
노련하게
여섯 다리를 자유자재로 놀려 춤을 추는
그녀의 모습
이윽고 무대 공연을 끝낸 그녀는
가볍게
헬리콥터인 양 붕 날아올랐다
그녀

〈옮긴이 주〉
* 가노조(蚊の女) : 모기(蚊)의 암컷(女)이라는 말이지만, 이 시에서는 '그녀'
  라는 뜻의 동음이의어 '가노조(彼女)'를 조합해서 그 둘의 이미지를 겹쳐
  놓았다.
* 홉 스텝 : 한쪽 발을 앞으로 내놓고 또 한쪽 발을 앞으로 올려 무릎을 굽히
  고 뛰는 동작.

分身

庭で涼んでいると
蚊がぶーんとやってきて
わたしの腕にとまる
ちくりと一刺しして
わたしの生き血を吸っている
子孫をふやすために命がけである
この蚊、もしかして
数日前にわたしの血を吸った彼女の
娘ではなかろうか
蚊の身体は血で次第に赤黒く染まってゆく
わたしの血で生まれ育ったのか、と思うと
なぜか身内のようで憎めなくて哀れである
そんなわたしの思いを察してか
血でふくれた蚊は
わたしの分身になって
悠然と
朝顔のある庭先へ飛んでいった

菊田　守(きくた　まもる) 1935年東京中野生まれ。詩集『かなかな』(1994年第一回丸山薫賞受賞)、『カラス』、『モズの嘴』、『蚊の生涯』、『妙正寺川』、『白鷺』、『仰向け』、『タンポポの思想』、『一本のつゆくさ』、『天の虫』、『カフカの食事』、『にほん昆虫詩集』、選詩集『菊田守詩集』など。詩誌『花』発行人。H氏賞代表(管財人)日本現代詩人会元会長。

분신

정원에서 더위를 식히고 있자니
모기 한 마리가 앵 하고 날아들더니
내 팔뚝에 착지한다
쿡 침을 찔러 넣어
펄떡거리는 내 피를 빨아먹는다
자손을 번식하고자 필사적으로 빨아댄다
헌데 혹시 이 모기
며칠 전 내 피를 빨던 그녀의
딸인가?
모기의 배가 이내 내 피로 검붉게 물들어간다
요것이 내 피를 자양분삼아 나고 자랐나? 라고 생각하자
괜스레 피붙이인 양 느껴져 미운 맘보다 정이 간다
이런 내 마음을 꿰뚫어보기라도 했는지
내 피로 배가 빵빵해진 모기는
내 분신 같은 자세로
유유히
나팔꽃이 피어 있는 뜰을 향해 날아갔다

기쿠타 마모루(菊田 守) 1935년 도쿄 출생. 시집 『저녁매미』로 1994년 제1회 마루야마 가오루상 수상. 그 외의 시집으로 『까마귀』 『때까치의 부리』 『모기의 일생』 『묘쇼지가와 강』 『백로』 『고개를 들다』 『민들레 사상』 『한포기 닭의장풀』 『하늘 벌레』 『카프카의 식사』 시선집 『기쿠타 시집』 등. 시문학지 『하나(花)』 발행인. 현재 'H씨상' 대표(기금 관리). 일본현대시인회 회장 역임.

メキシコの空

北川 朱実(きたがわ あけみ)

十分遅れで到着するはずの汽車は
二時間たっても姿をあらわさなかった

メキシコの小さな駅
ケツァルコアトルでのことだ

待ちくたびれたころ
時間に見つかった生きものみたいに
あわてふためいてやってきたけれど

ケツァルコアトルとは
<羽毛の生えた蛇>という意味だから

行方をく　ましくしら　し
ら
ま

羽をまきちらしながら
蒼くずぶ濡れた空の下を

這いすすんできたのだろう

都会の
あの分刻みの時刻表は
誰の孤独でつくられたものだろう

新幹線が通過するたびに
稜線がほどけるのは

山脈ふかく裁断された時間が
瞬間　噴き上がるからではないか

待ちくたびれて
すこし腐敗した私を乗せて
汽車は出発する

空は
千年澄みわたって

歩いていけそうだ

멕시코의 하늘

기타가와 아케미(北川 朱実)

십 분 늦게 도착한다던 기차는
두 시간이 지나도 모습을 드러내지 않았다

멕시코의 작은 역
케찰코아틀(Quetzalcoatl)에서 있었던 일이다

기다림에 지쳐갈 무렵
시간에 들킨 생물인양
헐떡이며 허둥지둥 달려왔지만

케찰코아틀은
'깃털 돋은 뱀'이란 뜻이니

        추
행방을 감　　고 감　어
           추

깃털을 흩뿌리며
새파랗게 젖은 하늘 아래를
기어왔겠지

도시의
분 단위 시간표는
누구의 고독으로 만들어진 것인가

신칸센*이 지나갈 때마다
능선이 풀리는 것은

산맥 깊이 잘려나간 시간이
한 순간에 뿜어져 나오는 까닭이 아닐까

기다림에 지쳐
조금 부패한 나를 태우고
기차는 출발한다

하늘은
천년동안 맑게 개어

걸어갈 수 있을 것 같다

〈옮긴이 주〉
* 신칸센(新幹線) : 일본의 고속철도.

冬の柩

　　──　材質がやわらかいから
　　　　　よく柩に使われます
　　店主が包んでくれたモミの木をかかえて外へ出ると

　　降りだした雪に　あわく
　　街は濡れていた

　　救急車が
　　世界の果てからたどりついたような
　　まのびした悲鳴をあげて近づいてくる

　　今朝
　　新築の病院に転院した母は
　　白い清潔なベッドの上で

　　うすく目をあけていた

　　──　ほら、あそこ、カラスアゲハ！
　　母はベッドから起き上がった

───いいねえ、
　　　ひらひらしながらいなくなれて
見えるはずのない翅を目の中に広げて
空を指さし

指先から透きとおって
病室じゅうを鱗粉が舞った

ゆきかう人々が吐き出すまっ白な息が
小さな夢に結晶して
こぼれ落ちてくる

それを体じゅうにまとって
流星のような旅を終えたら

モミの木は
人を抱く準備をする

やわらかく年輪をほどいて

北川　朱実（きたがわ　あけみ）1952年秋田県生まれ。詩集『人のかたち　鳥のかたち』、『電話ボックスに降る雨』、『ラムネの瓶、錆びた炭酸ガスの爆発』(第29回詩歌文学館賞受賞)、詩論集『死んでなお生きる詩人』、『三度のめしより』など。

겨울의 관

——— 재질이 부드러워
　　　　주로 관을 짜는 데에 사용합니다
　　가게 주인이 곱게 싸준 전나무를 품에 안고 밖으로 나
서니

막 내리기 시작한 눈으로 얇게
거리는 젖어 있다

구급차가
세상 끝에서 달려온 것처럼
맥없는 비명을 지르며 다가온다

오늘 아침
신축 병원으로 병실을 옮긴 어머니는
희고 깨끗한 침대 위에서

힘없이 눈을 떴다

——— 어머, 저기 제비나비 좀 봐
어머니는 침대에서 몸을 일으켰다

── 얼마나 좋을까
　　팔랑팔랑 날며 사라질 수 있어서
보일 리 없는 날개를 눈으로 쫓으며
허공을 가리킨다

손끝에서 투명하고 맑은
나비날개의 비늘가루가 병실 가득 흩날린다

오가는 사람들이 내뿜는 새하얀 입김이
작은 꿈의 결정이 되어
후두둑 쏟아진다

그것을 온몸에 걸치고
별똥별 같은 여행을 마치면

전나무는
사람을 품을 준비를 한다

보드랍게 나이테를 풀어서

기타가와 아케미(北川 朱実) 1952년 아키타 현 출생. 시집 『라무네* 병, 녹슨 탄산가스의 폭발』로 제29회 시가문학관상 수상. 그 외의 시집으로 『사람 모양 새 모양』 『공중전화박스에 내리는 비』 등. 시론집 『죽었어도 여전히 살아있는 시인』 『세끼 밥보다도』 등.

〈옮긴이 주〉
* 라무네 : 서양 음료 레모네이드(lemonade)에 탄산가스를 첨가한 일본 고유의 청량음료. 병 입구를 구슬로 막은 디자인이 특색이다.

時計

草野 早苗(くさの さなえ)

数日の外出から戻ると
置時計が止まっていた
金属製のスズランの形の
手のひらほどの時計
二時十分の位置で
右腕に短い左腕が重なり
秒針が先に行こうと焦っているのに動けずに
息だけ荒くしている

旅の最中の二時十分と十四時十分の記憶を探る
私はどこを歩いていたか
私はどこの町で眠っていたか

あの日欠航になったフライト
置時計が落ちてゆく
井戸に 海に 蒼穹に テーブルに
毛細血管に

私は右腕にそれより短い左腕を重ねて待つ
いつ戻るのか分からない

灰緑色の小さな鳥のように旅に出た時を待つ
地核が微動するので
スズランが揺れる
地球の中心が水浸しで
もう一日は二十四時間の約束を守れない

시계

구사노 사나에(草野 早苗)

며칠 동안 외출했다 돌아오니
탁상시계가 멈춰져있다
금속제의 은방울꽃 모양의
손바닥만 한 시계
2시 10분을 가리키며
오른팔에 짧은 왼팔이 포개어져
초침이 먼저 가려 애쓰지만 움직이지 못하고
호흡만 거칠다

한창 여행 중이던 2시 10분과 14시 10분의 기억을 더
듬어본다
나는 어디를 걷고 있었던가
나는 어느 마을에서 잠들었던가

그날 결항한 비행기
탁상시계가 추락한다
우물에 바다에 창공에 테이블에
모세혈관에

나는 오른팔에 그보다 짧은 왼팔을 포개고서 기다린다

언제 돌아올지는 모른다
녹회색의 작은 새처럼 여행 떠날 때를 기다린다
지심이 미동하자
은방울꽃이 흔들린다
지구 중심이 물에 잠기어
더 이상 하루가 24시간이라는 약속을 지킬 수 없다

東方の人々

坂道を下りてくる三人の人々
油を流したように黒く光る真夏の道を登るとき
三人は登山のルールのように
道脇に逸れて私を通した
黄金を持った一人が言った
「お生まれになったそうです」
乳香を持った一人が言った
「今、行くところです」
没薬を持った一人が言った
「急がねばなりません」
三人は左に逸れる道を道なりに下って
鬼百合の咲いている門で姿を消した

三人はいつの季節も度々現れた
カフェのガラスの窓越しに挨拶を送ってきた
そしていつもの順で言うのだった
「お生まれになったそうです」
「今、行くところです」
「急がねばなりません」

三人はドアのチャイムを鳴らして
過ぎることもあった
言葉と同じくらいの長さで

私の心のうちに静かな希望が広がっていった
青く深く
「お生まれになったそうです」
「今、行くところです」
「急がねばなりません」
何処へ

草野　早苗（くさの　さなえ）1954年東京都生まれ。詩集『キルギスの帽子』。詩誌
『SPACE』参加。句誌『街』同人。日本現代詩人会会員

동방의 사람들

비탈길을 내려오는 세 사람
기름을 부은 듯 까맣게 빛나는 한여름 길을 올라갈 때
세 사람은 등산의 법칙인 양
길가로 비키어 나를 지나갔다
황금을 지닌 한 사람이 말했다
"태어나셨다고 합니다"
유향(乳香)을 지닌 한 사람이 말했다
"지금 가려는 참입니다"
몰약*을 지닌 한 사람이 말했다
"서두릅시다"
세 사람은 왼쪽으로 비켜 길을 따라 내려가
참나리가 피어 있는 문에서 자취를 감췄다

세 사람은 어느 계절에나 수시로 나타났다
카페 유리창 너머로 인사를 건네 왔다
그리고 항상 같은 순서로 말했다
"태어나셨다고 합니다"
"지금 가려는 참입니다"
"서두릅시다"

세 사람은 초인종을 누르고
그냥 가는 경우도 있었다
그들의 말과 같은 길이로

내 맘 속에 조용한 희망이 퍼져갔다
푸르고 깊게
"태어나셨다고 합니다"
"지금 가려는 참입니다"
"서두릅시다"
어디로

〈옮긴이 주〉

* 몰약(沒藥) : 중동지방에서 자라는 식물의 줄기에 상처를 내어 채취하는
  향의 일종. 성경에 동방박사가 아기예수에게 바치는 세 가지 예물 중 하
  나.

구사노 사나에(草野 早苗) 1954년 도쿄 출생. 시집 『기르기스의 모자』, 시
문학지 『SPACE』 참가, 하이쿠 문학지 『거리』 동인. 일본현대시인회 회원.

月夜の仕事

小柳 玲子(こやなぎ　れいこ)

ふるいものたちの中からあなたがやってくる
あなたはとても見分けにくい
時に理科室専用のあのくらい鍵束に似ている

夜　街は月光に洗い出され
倉庫の鉄扉まであかるかった
電柱のかげで人も小さい動物たちもいくどか
月光にむせて佇んだ

「早く」とあなたは言った
「学校へ」それから幼いせわしい声で「理科室」
　　と言った
そういう時　倉庫の裏手で　突然といったふうに
　　学校はめざめているのだった

理科室は昔のままだった
シャーレにもビーカーにも月光が水のように満た
　　されていた
思い出したくないもの─ その足早な小人に追われ
　　るように「早く」とあなたは言った

標本ケースのどの戸にもあなたは鍵をかけて歩い
　　た　若い化石の置かれた小さなごく小さなガラ
　　ス戸にも鍵をかけた
「月夜の仕事のうちで」と私はあなたに言おうと
　　した「一番難しいのは戸締まりです」
あなたはとても見分けにくい
月から落ちてくる小さなものがすでに鍵穴にも戸
　　だなにもざわめきながら満ちていた

あなたにはいつもさだかな理由というものがなか
　　ったので
茫々とした私の校庭で
あなたは水たまりだった　こおろぎだった
時にあの鍵束にも似るのだった

달밤에 하는 일

고야나기 레이코(小柳 玲子)

오래된 물건들 속에서 당신이 다가온다
당신을 알아보기란 여간 힘든 게 아니다
때로는 과학실 전용의 그 거무튀튀한 열쇠꾸러미 같기
도 하다

밤거리는 달빛에 환히 드러나
창고 철문까지도 밝았다
전봇대 그림자에서 사람도 작은 동물들도 종종
달빛에 숨이 막혀 우두커니 서 있곤 했다

"서둘러!" 당신은 말했다
"학교로 가!"에 뒤이어 앳되고 성마른 목소리로 "과학
실 말이야"라고 말했다
그럴 땐 창고 뒤편에서 학교는 느닷없이 눈을 뜨는 것
이었다

과학실은 옛날 그대로였다
샬레에도 비커에도 달빛이 물처럼 가득했다
기억하고 싶지 않은걸— 발 빠른 난장이에 쫓기듯 "어
서!"

라고 당신은 말했다

표본케이스 문마다 당신은 자물쇠를 채우면서 걸었다
어린 화석이 놓인 작은, 아주 작은 유리문에도 자물쇠를
채웠다

"달밤에 하는 일 중에서"라고 나는 당신에게 말하려던
참이었다 "가장 어려운 일은 문단속이에요"라고 당신은
말했다

당신을 알아보기란 여간 힘든 게 아니다

달에서 떨어져 내리는 작은 것들이 이미 열쇠 구멍이
며 캐비닛에 수런거리며 가득 차 있었다.

당신에게는 항상 분명한 이유라는 게 없었으므로

널찍한 학교 교정에서

당신은 웅덩이였다 귀뚜라미였다

때로는 그 열쇠꾸러미이기도 했다

星月夜

月が昇り、「風の谷」は白っぽい明りの中に沈んだ。
父も父の一族もぞろぞろと東の庭に集まった。
大きなかまどに火がくべられた。鉄板の上には貴重
　　な油がそそがれ、芋の葉と蛙が放り込まれた。
父は血だらけの手を洗っていた。足裏にめりこん
　　だ砂利を抜くと、
そこからも薄い血がにじみ出した。
井戸にも水桶にも月はまあるく落ちていた。
蛙は鉄板の上でたちまち小さく縮んでいった。
伯父も叔母も火を囲んで箸を動かしていた。
小さな肉片は月光と一緒に黒い口の中へ消えていった。
それは柔らかく、あまく、ある種の川魚に似ていた。
「風の谷」の八月はいつか蛙と火の臭いで満ちた。
月のまわりから増え始めた星が、今は空いちめん
　　にはびこっていた。
しかし私にはもう牛飼い座も髪の毛座もみわけが
　　つかなかった。大きな星の一つが、突然ふくら
　　み、歪んだかと思うと、病みおとろえた胸のあ
　　たりに、ぼろぼろと降り落ちてきていた。

小柳 玲子(こやなぎ　れいこ) 1935年東京生まれ。そのつもりはなかったのに生涯の大半を画廊経営で過ごす。画集『メンデルスゾーン』、『クノッブフ』など10巻出版。詩集『叔母さんの家』(1981年第6回地球賞受賞)、『黄泉のうさぎ』(1990年第23回日本詩人クラブ賞受賞)、『月夜の仕事』、『夜の小さな標』(2008年第26回現代詩人賞受賞)、『簡易アパート』など多数。

별이 빛나는 밤

　달이 뜨자 '바람의 계곡'은 희끄무레한 빛 속에 잠겼다.

　아버지도 아버지의 친척들도 어슬렁어슬렁 동쪽 정원에 모였다.

　큰 아궁이에 불을 지폈다 철판 위에 귀한 기름을 붓고 고구마 잎과 개구리를 그 위에 던져 넣었다.

　아버지는 피투성이 손을 씻었다. 발바닥에 박힌 자갈을 빼자,

　거기서도 엷게 피가 배어나왔다.

　우물에도 수채통에도 달은 동그라니 떨어져 있었다.

　개구리는 철판 위에서 금세 조그맣게 쪼그라들었다.

　큰아버지도 고모도 불가에 둘러 앉아 부지런히 젓가락을 움직였다.

　작은 살점은 달빛과 함께 어두운 입 속으로 사라졌다.

　그 맛은 달고 부드러워 꼭 민물고기 같았다.

　'바람의 계곡'의 8월은 어느새 개구리 비린내와 불 냄새로 가득 찼다.

　달 주위에 하나 둘 늘어나기 시작한 별들이 어느새 온통 밤하늘을 수놓고 있었다.

　그러나 내 눈에는 목동자리도 머리털자리도 구분이 가

지 않았다. 문득 커다란 별 하나가 팽창했다가 일그러졌
다고 생각한 순간 아린 가슴으로 후두둑후두둑 떨어져
내리고 있었다.

고야나기 레이코(小柳 玲子) 1935년 도쿄 출생. 뜻하지 않게 지금까지의
삶을 대부분 화랑 경영에 바쳤으며, 화집 「멘델스존」 「크노프*」 등 10권 출
간. 1981년 시집 「고모네 집」으로 제6회 지큐상, 1990년 「황천의 토끼」로 제
23회 일본시인클럽상, 2008년 「밤의 작은 표시」로 제26회 현대시인상 수
상. 그 외의 시집으로 「달밤에 하는 일」 「간이아파트」 등.

〈옮긴이 주〉
* 페르낭 크노프(Fernand Khnopff, 1858~1921) : 벨기에의 화가. 프랑스
  상징주의의 영향을 강하게 받았으면서도 조국의 현실을 기반으로 독자적
  인 주제 의식을 구현하여 벨기에 상징주의에서 대표적인 화가이다.

海の見える町

斎藤 恵子(さいとう けいこ)

わたしは旅をする
わたしに出会うように

海が見える
歩いたあとを波が消していく
波はいつのまにか
大きな水の器の中で減っている
波から波のあいだ
一瞬の広がりが
永遠かもしれない

波にそそがれる夢は
朝はきらきらしている
真昼は勢いよく
夜は眠りながら
取り返しのつかないことを沈めていく
家家は花のように
だれが見ていなくても懸命にある

思い出は

遠い町にあるような気がして
海の見える町を旅する
波のかなたに
わたしを隠しているかもしれない

바다가 보이는 마을

사이토 게이코(斎藤 恵子)

나는 여행을 한다
나와 만나기 위해

바다가 보인다
내가 걸어온 흔적을 파도가 지워간다
파도는 어느새
커다란 물그릇 속에서 스러지고 있었다
파도와 파도 사이
한 순간의 전개가
영원일지도 모른다

파도에 담긴 꿈은
아침에는 반짝이고
한낮에는 맹렬하고
밤에는 잠이 들면서
되돌릴 수 없는 것들을 잠재운다
집들은 꽃처럼
누가 보지 않아도 필사적이다

추억은

머나먼 마을처럼 아득하여
바다가 보이는 마을을 떠도는
파도 너머에
나를 숨기고 있을지도 모른다

女湯

女たちは湯の中では互いに無言だ
柔らかなまるいからだを湯にしずめ
ため息のように過ぎた日を泡にして吐く

肉をふやしからだはふくらみゆらめく
うでは花のふとい茎　足は魚の尾ひれ
そよぎ薄い血の色の名づけられぬいのちになる

やさしげな生きものたちはだれも責めたり怒った
　　りしない
ほほを赤らめほほえみあい　しなやかな楕円になる
とろけながら広がり温もり何人ものわたしにふえ
　　てゆく
湯から樹木のように立ちあがり円のつなぎ目の淡
　　いところから
ほどけてゆく　はなれてゆく　すがたになってゆく

ぬれたままでは小女子(こうなご)や甘鯛になってしまう
かわいたら大急ぎでそれぞれの衣服をつける
だれも湯の中の顔はおぼえていない

みなつま先までピンク色に染まり髪をかきあげな
　がら
世界をくるむ　ただ生温かな匂いをまいている

斎藤　恵子(さいとう　けいこ) 1950年岡山市生まれ。詩集『樹間』、『夕区』、『無月となのはな』(2009年第19回日本詩人クラブ新人賞・第50回土井晩翠賞受賞)、『海と夜祭』。『夜を叩く人』『火片』、『どぅるかまら』同人。日本詩人クラブ、日本現代詩人会、日本文藝家協会各会員。

여탕

탕 속에서 여자들은 말이 없다
부드럽고 통통한 몸을 탕 안에 담그고
한숨처럼 지나간 날을 거품으로 토해낸다

살찐 몸이 부풀어서 출렁인다
팔은 굵은 꽃대, 다리는 물고기의 꼬리지느러미
한들거리는 엷은 핏빛의 이름 없는 생명이 된다

순한 생명들은 누구도 탓하거나 노하지 않는다
발개진 뺨을 하고 서로 미소를 나누며 자늑자늑한 타
원형을 이룬다
흐물거리며 퍼지는 온기로 몇 사람이 내 속에서 불어
난다
탕 속에서 나무처럼 우뚝 일어나 원의 헐거운 이음매
부분에서
풀어진다 떠나간다 형체를 갖춘다

젖은 채로 있으면 까나리나 옥돔이 되고 만다
물기를 닦고 나면 제각기 서둘러 옷을 입는다
아무도 탕 속의 얼굴을 기억하는 사람은 없다

머리부터 발끝까지 핑크색으로 물들어 머리를 쓸어 올리며
세상을 감싼다 그저 뜨뜻미지근한 냄새를 휘감고 있다

사이토 게이코(斎藤 惠子) 1950년 오카야마 현 출생. 시집 『달 없는 한가위와 유채꽃』으로 제19회 일본시인클럽 신인상과 제50회 도이 반스이상 수상. 그 외의 시집으로 『나무 사이』 『석양지대』 『바다와 밤의 축제』 등. 『불티』 『둘카마라』 동인. 일본시인클럽, 일본현대시인회, 일본문예가협회 회원.

母、その後

坂多 瑩子(さかた えいこ)

多発性脳梗塞で
何も
できなくなってしまった母は
夢のなかでも
何もできなくて
下ばかり向いていたが
あるとき死んでしまってからは
急に元気になって
長電話をしたり
お茶したりで
いまのとこ結構楽しげにしているけど
あんまり慣れすぎても
またまた
嫌みのひとつでもいいそうで
一度死んだんだから
老いたら子に従うとか
昔の人はいいこと言ったねえぐらい
言ってほしいとこだけど
わたしが眠ると
待ってましたとばかり

うろうろしている
あっ
ころんだ　また

어머니, 그 후

사카타 에이코(坂多 瑩子)

다발성 뇌경색으로
아무것도
할 수 없게 된 어머니는
꿈속에서도
아무것도 할 수 없어서
어깨가 축 처져 있었는데
어느 날 돌아가신 후로는
별안간 건강을 되찾아
전화로 수다를 떨거나
차를 마시며
지금은 꽤 즐겁게 지낸다
그 정도로 익숙해졌다고는 해도
어머니는
싫은 소리 한마디라도 좋으니
이미 한번 죽은 사람
늙으면 자식을 따르라거나
옛사람들이 옳은 소리 했네 정도는
말해주길 바라는 듯한데
내가 잠들면
마침 기다렸다는 듯

내 주위를 맴돈다
앗!
또 넘어졌다

ヤギ

スーパーの袋をかかえて
帰ってきたら
アパートの前に
やせこけたヤギがいる
いそいで
部屋に戻らなければならないのに
うす目をあけて
私を見ている
パンをやる
食べない
牛乳をやる
紙をやる
無理に食べさせようとすると
悲鳴をあげる
ヤギが
どうして
こんなところにいて
私を困らせるのだ
ヤギはますますやせていく
はやく

部屋に戻らなければならないのに
アパートの前で
夜になっている

坂多 瑩子(さかた　えいこ) 1945年広島県生まれ。詩集2003年『どんなねむりを』（第三六回横浜詩人会賞受賞）、2006年『スプーンと塩壺』、2009年『お母さん ご飯が』、2011年 電詩ブック『ミルクパーパの裏庭』、2013年『ジャム煮えよ』など。詩誌『孔雀船』、『生き事』、『二兎』、『4B』同人。日本現代詩人会、日本詩人クラブ、横浜詩人会各会員。

염소

슈퍼마켓 봉지를 들고
돌아오니
아파트 앞에
비쩍 마른 염소가 서 있다
서둘러
집에 가야 하는데
실눈을 뜨고
나를 빤히 바라본다
빵을 내민다
먹지 않는다
우유를 내민다
종이를 내민다
억지로 먹이려 하니
비명을 지른다
염소가
어째서
이런 곳에 와 있어서
나를 곤란하게 만드는가
염소는 점점 말라간다
어서

집에 가야 하는데
아파트 앞에서
밤을 맞는다

사카타 에이코(坂多 瑩子) 1945년 히로시마 현 출생. 2003년 시집 『어떤 잠을』으로 제36회 '요코하마 시인회상' 수상. 그 외의 시집으로 『수저와 소금단지』 『어머니, 밥이』 『잼을 좋여요』 전자책 『밀크 파파의 뒤뜰』 등. 시문학지 『구자쿠센』 『삶』 『두 마리 토끼』 동인. 일본현대시인회, 일본시인클럽, 요코하마시인회 회원.

春あるいは無題

佐々木 安美(ささき やすみ)

ああ
あんなに高い空の上に
はだしの
大きな足裏が見える
そう思って
ぼんやり見あげる
顔の表情のゆるんだところから
春は始まる
じっさい
目を凝らしてみれば
はだしの大きな足裏の近くには
二羽のヒバリが豆粒みたいになって見えるはずなんだ
どうして
あんなに遠いのに
すぐ近くで鳴いてるように聞こえるの
説明なんてつかない
春の遠近法というしかない
子どものころの雪どけ水にも
あの足裏が映っている
雪の

ダムを壊す
快感で顔が熱くなってくる
雪水は
あたり一面に広がり
胸にじわじわと
光のようなものが柔らかく満ちてくる

봄 혹은 무제(無題)

사사키 야스미(佐々木 安美)

아아
저토록 높은 하늘 위에
커다란
맨발바닥이 보인다
그렇게 생각하며
멍하니 올려다본다
얼굴 표정이 누그러진 곳에서
봄은 시작한다
눈여겨 살펴보면
실제로
커다란 맨발바닥 가까이에
종달새 두 마리가 콩알만 하게 보이는 듯하다
어째서
저토록 먼데도
바로 가까이에서 우는 듯 들릴까
설명할 방법이 없고
봄의 원근법이라고 생각할 수밖에 없다
어릴 적 눈 녹은 물에도
저 발바닥이 비쳤다
눈이

댐을 부수는
쾌감에 얼굴이 달아오른다
눈 녹은 물은
온통 사방으로 퍼져나가고
가슴에 서서히
빛 같은 무언가가 부드럽게 차오른다

妹

妹は地下を流れる川の
かすかな水音の中で眠っている
水音はこの世の外にも洩れていて
点在する外階段のひとつを見つけてのぼっていくと
わたしの家の屋上に　すこしずつ姿をあらわす
日の光で薄れたり光ったり
部分的にはっきりと見えたり
夕暮れまで言葉の断片は乱反射していて
ヒトもモノも混ざりあっている
あたりが暗くなると
文字は剥がれ落ちて星になり虫になり
夢のように空を満たしていく
妹は地下を流れる川の
かすかな水音を聞きながら眠っている
そうして
その音の中から
螺旋状につながる音階に運ばれて
内なる音叉を鳴らしている
無音の　震える　死のこだま
流れるものよ

夜になると

沼沢地から

葦のみどりに染まった風がすずしく吹いてきて

昼のまの熱を冷ましながら

妹のうつくしいくちびるがすこしひらく

声がもれ

そこからすこしずつ顔が見えたと思ったのに

地下を流れる川はついに終点にいたり

断崖から滝となって激しく落下している

佐々木 安美(ささき　やすみ) 1952年山形県生まれ。中学卒業後単身上京。詩集に『棒杭』、『虎のワッペン』、『さるやんまだ』(第37回H氏賞受賞)、『心のタカヒク』、『新しい浮子　古い浮子』(第20回丸山豊記念現代詩賞受賞)がある。1982年から1988まで個人誌『ジプシーバス』発行、2005年、同人誌『生き事』1号〜10号を松下育男、阿部恭久と共に創刊。井坂洋子、高橋千尋と共に同人誌『一個』1号〜5号を発行。

여동생

여동생은 지하를 흐르는 강의
희미한 물소리 안에서 잠잔다
물소리는 이 세상으로도 새어나와
여기저기 흩어져있는 바깥 계단 하나를 찾아내서 올라가
우리 집 옥상에 조금씩 모습을 드러낸다
햇빛으로 희미해지거나 빛나거나 하고
어떤 부분은 뚜렷하게 보이기도 하면서
해질녘까지 언어의 조각은 난반사하여
사람도 사물도 뒤섞여있다
주위가 어두워지면
글자는 벗겨지고 떨어져 별이 되고 벌레가 되어
꿈처럼 하늘을 채워간다
여동생은 지하를 흐르는 강의
희미한 물소리를 들으며 잠을 잔다
그리하여
그 소리 안에서
나선모양으로 이어지는 음계에 이끌려
내면의 소리굽쇠를 울린다
소리 없이 떨리는 죽음의 메아리
흐르는 것이여

밤이 오면

소택지*에서

갈대의 초록에 물든 바람이 서늘하게 불어와

낮 동안의 열기를 식히면서

여동생의 아름다운 입술이 조금 열리고

목소리가 새어나와

그때부터 차츰 얼굴이 보인다고 생각했는데

어느 새 지하를 흐르는 강은 곧 종점에 이르러

낭떠러지에서 폭포가 되어 세차게 떨어진다

〈옮긴이 주〉

* 소택지(沼澤地) : 늪과 연못으로 둘러싸인 습한 땅.

사사키 야스미(佐々木 安美) 1952년 야마가타 현 출생. 중학교 졸업 후 단신 상경. 1987년 시집 『원숭이야, 아직도』로 제37회 H씨상. 2011년 『새 낚시찌, 헌 낚시찌』로 제20회 마루야마 유타카 기념 현대시상 수상. 그 외 시집으로 『말뚝』 『호랑이의 휘장』 등. 1982년부터 1988년까지 개인문학지 『집시 버스』 발행. 2005년 동인지 『삶』을 마쓰시타 야스오, 아베 야스히사와 함께 창간하여 10호까지 발행. 이사카 요코, 다카하시 치히로와 함께 『한 개』를 1호부터 5호까지 발행.

春の闇 I

柴田 千晶(しばた ちあき)

　　春の闇バケツ一杯鶏の首

「食品加工原料・豚脂牛脂」とペイントされた室
井商店のトラックが、早朝の駐車場に並んでい
る。青いフェンスの網目一面に獣たちの血や脂が
染み付いた軍手が差し込まれ、朝の陽に晒されて
いる。室井商店の前を通りかかると、きまって大
きなバケツを提げた短軀の男が店の奥の暗がりか
ら現れた。男が引きずるように運搬しているバケ
ツには豚や牛の臓物らしきものが入っている。男
はいつもすれ違う一瞬、私の顔を盗み見て店脇の
路地に薄ぼんやりと消えてゆく。いつの頃から
か、出勤前にこの光景を見ることが私の日課とな
っている。いや、この一瞬、男に見られることが
私の日課となっているのかもしれない。

(獣たちの血の匂いが淡く低く広がっていく春の闇
である)

深夜、帰宅すると、室井商店の前に赤い椿が点々

と落ちていた。闇に滲む椿の赤を避けながら歩く。と、それは椿などではなく、鶏の赤い鶏冠であった。首を切り落とされた鶏は皆、静かに眼を閉じていた。その光景に立ちすくんだ私は背後の闇に、軍手のフェンスに軀を強く押し付け、嗚呼、嗚呼と呻いている短軀の男をふいに生々しく思い浮かべた。

　　　夜の梅鋏のごとくひらく足

かつて京急黄金町駅の線路沿いの路地には「ちょんの間」と呼ばれショートプレイが出来る店が建ち並んでいた。半間ほどの間口の店には原色のビニールの庇が掛かり、そこに「君子」「レモン」「太陽」「水香」「桃太郎」などの屋号が同じ行書体であっさりと描かれていた。どの店の前にもぎりぎりまで肌を露出した異国の女たちが佇み、無国籍のこの路地に迷い込んで来る男たちを待っていた。電車がこの辺りに差し掛かると、私はつと窓に身を寄せてこの路地を覗き込んだ。

或る夕刻、路地にいつもの女たちの姿は無く、軒並ぶ原色の庇の下に切断されたような女の脚だけがぼおっと浮かんでいた。ぴったりと閉じられた無表情な女の脚だけが、ひっそりと春の闇に並んでいた。

봄의 어둠 1*

시바타 치아키(柴田 千晶)

봄의 어둠 양동이 가득한 닭대가리

'식품 가공 원료 · 돼지기름 쇠기름'이라고 페인트로
쓴 무로이 상점의 트럭이 이른 아침 주차장에 나란히 서
있다. 파란 펜스의 그물망 한 면에는 짐승의 피와 기름
에 찌든 목장갑이 꽂힌 채 아침 햇살을 받고 있다. 무로
이 상점 앞을 지날 때면 언제나 커다란 양동이를 든 키
작은 남자가 가게 안 어둠 속에서 나타난다. 남자가 끌
듯이 옮기는 양동이에는 돼지나 소의 내장 같은 것이 담
겨있다. 남자는 으레 나를 스쳐가는 순간에 내 얼굴을
힐끗 쳐다보고는 가게 옆 골목으로 사라졌다. 언제부터
인가 출근 전에 이 광경을 보는 일이 내 일과처럼 되었
다. 어쩌면 이 순간 남자에게 나를 보이는 일이 내 일과
가 되었는지도 모른다.

(짐승들의 피 냄새가 옅고 낮게 퍼져가는 봄의 어둠이
다)

밤늦게 집으로 돌아오자 무로이 상점 앞에 빨간 동백
꽃이 점점이 떨어져있다. 어둠에 번진 붉은 동백을 피해

걷는다. 그러나 그것은 동백이 아닌, 닭의 빨간 볏이었다. 모가지가 잘린 닭은 죄다 조용히 눈을 감고 있다. 그 광경에 얼어붙은 나는 등 뒤의 어둠에서, 목장갑이 걸린 펜스에 몸을 거세게 밀어붙이며, 아아, 아아 신음하는 키 작은 그 남자의 모습이 별안간 생생하게 떠올랐다.

밤의 매화 가위처럼 벌어지는 다리

일찍이 게이큐 고가네마치 역의 철길을 따라선 골목에는 '잠깐의 유흥'이라 불리는 홍등가가 들어서있다. 정면이 보통의 절반 정도인 좁은 가게에는 원색의 비닐 차양이 걸려있고, 거기에는 '군자', '레몬', '태양', '미즈카', '모모타로' 등의 상호가 똑같은 행서체로 시원스레 쓰여있다. 어느 가게 앞에나 아슬아슬하게 살을 드러내고 이국의 여자들이 우두커니 서서 이 골목을 헤매는 무국적의 남자들을 기다리고 있다. 전철이 이 근처로 들어서면 나는 가만히 차창에 몸을 기대고 이 골목을 들여다보곤 했다.

어느 날 저녁, 늘 골목에 서있던 여자들의 모습은 보이지 않고 줄지어 늘어선 가게의 원색 차양 아래 절단된

듯한 여자의 다리들만 희미하게 떠올라 있었다. 꽉 다문 무표정한 여자의 다리만이 조용히 봄의 어둠 속에 늘어서 있었다.

春の闇 Ⅱ

　　　殺人犯の家まだ在りぬ豆の花

その家は、
私の生家からほど近い崖の上に建っていた
（私の生家は三十年前に
　　取り壊されてしまったのだが）
強盗殺人、一家離散、
という凄絶な物語を持つその木造の家は
二〇一二年の今も取り壊されることなく
朽ち果てた姿のまま
懲罰のように崖の上に建ち続けていた

春になると
主の消えたその家を取り囲むように
白い豌豆の花が咲く
春の闇に私は夢想する
この家の中心に屹立する
巨大な男根を
赤銅色に輝く男根が
白く可憐な花々を噴き上げているのを

亡き歌手の唄ばかり夜の桜山

切り落とされた鶏の首も
短軀の男も
路地に立つ女たちも
死者も生者も
皆、眼を閉じている春の闇である

アパートの空室も
室井商店も
ちょんの間も
殺人犯の家も
記憶の生家も
皆一様に眠っている春の闇である

だれもいない桜山に黒い花びらが流れている
落花の闇から
死んだ男の低い歌声が
地鳴りのように聞こえてくる

柴田　千晶(しばた　ちあき)　1960年神奈川県横須賀生まれ。第五回現代詩ラ・メール新人賞受賞(1988年)。詩集『空室1991-2000』(ミッドナイト・プレス) 2000年、『セラフィタ氏』(思潮社) 2008年(第40回横浜詩人会賞受賞)、『生家へ』(思潮社) 2012年など。句集『赤き毛皮』(金雀枝舎) 2009年。映画脚本『ひとりね』2002年。漫画原作『女傑』1～4巻(芳文社コミック)など。詩誌『DownBeat』『hotel』、俳句誌『街』同人。

봄의 어둠 2

살인범의 집 아직 피지 않은 콩 꽃

그 집은
내 생가에서 그리 멀지 않은 벼랑 위에 서있었다
(내 생가는 삼십년 전에
　이미 헐렸지만)
'강도 살인, 뿔뿔이 흩어진 일가족'이라는
처절한 이야기를 담은 그 목조 가옥은
2012년인 지금도 헐리지 않은 채
완전히 썩은 모습 그대로
형벌처럼 벼랑 위에 서있다

봄이 오면
주인이 사라진 그 집을 에워싸듯이
하얀 완두꽃이 핀다
봄의 어둠속에서 나는 꿈을 꾼다
이 집의 중심에 우뚝 솟는
거대한 남근에 관한 꿈을
구릿빛으로 빛나는 남근이
하얗고 가련한 꽃들을 내뿜는 꿈을

죽은 가수의 노래만 흐르는 밤의 사쿠라야마

잘린 닭의 모가지도
키 작은 남자도
골목에 서있는 여자들도
죽은 자도 살아있는 자도
모두 잠든 봄밤의 어둠이다

아파트의 빈 방도
무로이 상점도
'잠깐의 유흥'도
살인범의 집도
기억속의 생가도
모두 잠든 봄밤의 어둠이다

아무도 없는 사쿠라야마에 시커먼 꽃잎이 흐른다
낙화하는 어둠 속에서
죽은 남자의 나지막한 노랫소리가
땅울림처럼 들려온다

시바타 치아키(柴田 千晶) 1960년 가나가와 현 출생. 1988년 제5회 현대시 라 메르 신인상 수상. 2008년 시집 『세라피타 씨』로 제40회 요코하마 시인회상 수상. 그 외의 시집으로 『빈방 1991-2000』 『생가에 가다』 등. 하이쿠 구집 『붉은 모피』, 영화 대본 『혼자 자는 잠』, 만화 원작 『여걸』 1-4권 등.시문학지 『DownBeat』 『hotel』, 하이쿠 문학지 『거리』 동인.

人の望みの喜びよ

鈴木 ユリイカ(すずき ユリイカ)

海に降る雪をみたことがあった
雪は海にも陸にも降っていたが
海はひどくしずかに雪をうけていて
海は海であった わたしは雪のうえに寝ころんで
海に降る雪をみていたが
十二年間重くてガチガチに固くなっていた自分が
ひとひらの雪のように軽くなっていくのを感じた
夜明けが近づいてくると輝く雲が目の前に現れ
ゆっくりと扉がひらくように
誰かが雲のうえからこちらじっとみていた
人間なのか動物なのか木なのかわからなかったが
わたしはすぐさまその雲に乗りたいと思った
けれども雲は消えてしまった
十七歳の冬の終わりだった

それからローマに行ったときだった
わたしはマルクス・アウレリウスの銅像の側にいた
彼は鳩の糞で白くなっていた
するとその石畳に細いひもがみえた
ひもをたどっていくと広場は菱形の装飾模様でい

っぱいだった

ミケランジェロが菱形模様をつけたのだと誰かが
　言った
あの神とアダムの指が触れそうな天井画を描いたり
彫刻のピエタを造ったりしたあの男が
通行人のわたしたちのために
この模様を刻みつけたのだと思うと震えがきた
この小さなひと知れぬ仕事をしたのだと思うと
わたしは気が遠くなりそうになった
古い石畳からかすかな音楽が立ち上ってくるのが
　きこえてきた

このふたつの出会いにより　わたしは自分のなかに
かすかな幸福の香りを嗅ぐことができた
わたしは生きる喜びを忘れたことがない

소망의 기쁨이여

스즈키 유리이카(鈴木 ユリイカ)

바다에 내리는 눈을 본 적이 있다
눈은 바다에도 뭍에도 내렸지만
바다는 가혹하리만치 묵묵히 눈을 받아들이고 있어
바다는 바다로 존재했다 나는 눈 위에 드러누워
바다에 내리는 눈을 바라보고 있었는데
열두 해 동안 무겁고 딱딱하게 굳어있던 내가
소복소복 내리는 눈처럼 가벼워져감을 느꼈다
 새벽이 다가오자 빛나는 구름이 눈앞에 나타나
서서히 문이 열리듯
구름 위에서 누군가가 나를 지그시 내려다보고 있었다
사람인지 동물인지 나무인지는 모르지만
순간 나는 그 구름에 올라타고 싶었다
하지만 구름은 금세 사라져버렸다
열일곱 살 겨울이 끝나갈 무렵이었다

그리고서 로마에 갔을 때였다
나는 마르쿠스 아우렐리우스의 동상 곁에 있었다
그는 비둘기 똥을 하얗게 뒤집어쓰고 있었다
그때 돌로 깐 보도 위에 가는 끈이 보였다
끈을 따라가 보니 광장은 마름모꼴 장식으로 가득했다

미켈란젤로가 마름모꼴 모양을 붙였다고 누군가가 알
려주었다
신과 아담의 손가락이 맞닿을 듯한 천정화를 그리고
피에타* 상을 조각한 그 남자가
언젠가 지나갈 우리를 위해
이 형상을 조각했다고 생각하니 전율이 일었다
남몰래 이 작은 일을 했다고 생각하니
나는 정신이 아득해졌다
돌로 깐 보도에서 음악소리가 어렴풋이 들려왔다

이 두 번의 만남을 통해 나는 내 안에서
은은한 행복의 향기를 맡을 수 있었다
나는 삶의 기쁨을 잊은 적이 없다

〈옮긴이 주〉
* 피에타(Pietà) : 십자가에서 내려진 예수를 안고 슬퍼하는 성모 마리아를
  소재로 한 예술 작품. 바티칸 성 베드로 대성당에 있는 미켈란젤로의 조
  각상이 가장 유명하다. 원뜻은 이탈리아어로 '슬픔'이다.

わたくし・広島

わたくし・広島は白いキョウチクトウの花の
隣の青いキョウチクトウの花にある
わたくし・広島は歌を歌うと
声は上の方にのぼっていく
そして白い雲の下にある
わたくし・広島の胸の上を六つの川が流れている
橋の上をさまざまなことをくぐり抜けた人々が通る
わたくし・広島は祖母の灰の上に
横たわっている
時に 少し苦しい
わたくし・広島は息をしている
わたくし・広島は白い雲の上からわたくしを見る
わたくし・広島はまだ体のどこかが痛いときがある
時々わたくし・広島は眠っているとき寝違えて
はっとする わたくし・広島ははんぶん
消えかかっているのではないだろうか？
それから わたくし・広島は魚が泳ぐ川と海に触っ
　　てみる
わたくし・広島はまだ女の子だ
わたくし・広島は歌を歌うと

声はどこまでもどこまでものぼっていき
それから雨になって降ってくる
わたくし・広島は青いキョウチクトウの花の
隣の白いキョウチクトウの花にある

鈴木 ユリイカ(すずき ユリイカ) 1941年岐阜県生まれ。詩「生きている貝」で第
1回ラ・メール新人賞受賞。詩集『Mobile・愛』(1986年第36回H氏賞受賞)、『海の
ヴァイオリンがきこえる』(1988年第3回詩歌文学館賞受賞)、『ビルディングを運ぶ女
たち』現代詩文庫220『鈴木ユリイカ詩集』など。絵本、詩の朗読会、面白詩の会
などを開き、現在、自由な女たちの詩誌『something』責任編集。

나·히로시마

나·히로시마는 하얀 협죽도* 꽃
옆의 파란 협죽도 꽃에 있다
나·히로시마는 노래를 부르면
목소리가 위로 높이 올라간다
그리고 흰 구름 밑에 있는
나·히로시마의 가슴 위를 여섯 줄기 강이 흐른다
다리 위로 파란만장한 삶을 헤쳐 나온 사람들이 지나
간다
나·히로시마는 할머니의 재 위에
길게 누워있다
때로는 조금 고통스럽다
나·히로시마는 숨을 쉬고 있다
나·히로시마는 흰 구름 위에서 나를 내려다 본다
나·히로시마는 아직 몸 한구석이 아플 때가 있다
때때로 나·히로시마는 수면 중에 온몸이 접질려
잠을 깨곤 한다 나·히로시마는 반쯤
사라져 버린 건 아닐까?
그리고 나·히로시마는 물고기가 헤엄치는 강과 바다
를 만져본다
나·히로시마는 아직 어린 여자아이다

나 · 히로시마는 노래 부르면

목소리가 멀리 저 멀리로 올라가

비가 되어 내린다

나 · 히로시마는 파란 협죽도 꽃

옆의 하얀 협죽도 꽃에 있다

〈옮긴이 주〉

* 협죽도(夾竹桃) : 높이 2~5미터의 상록 활엽 관목으로 히로시마의 시화
  (市花)이다. 피폭 후 75년간은 초목이 자라지 않는다고 예측했던 히로시
  마에 협죽도가 꽃을 피웠다고 한다. '라신'이라는 맹독을 가졌으나 대기
  오염을 정화하는 효과도 있다.

스즈키 유리이카(鈴木 ユリイカ) 1941년 기후 현 출생. 시 「살아있는 조
개」로 제1회 라 메르 신인상 수상. 1986년 시집 『Mobile.사랑』으로 제36회 H
씨상, 1988년 『바다의 바이올린 소리가 들린다』로 제3회 시가문학관상 수
상. 그 외의 시집으로 『빌딩을 나르는 여자들』 등. 그림책 출간, 시낭송회,
'재미있는 시 모임' 등을 개최하며 다채로운 활동을 펼치고 있으며, 현재
자유로운 여자들의 시문학지 『something』의 책임편집을 맡고 있다.

形状記憶

高岡 修(たかおか　おさむ)

夕日を呑んだ記憶が形状化した犀

彼は知っている
水とは
怖るべき渇きを
溶けているということ
生きるとは
ただひとつの出自を
総毛立っているということ

死の、
照り返しの、
毛状の、
森。
死すべき、
無名のなかの、
ひとり。

もし死の滅びるときのあれば
眼を閉じて

錯乱した樹木を
捨てる
遠くまで
無臭のまなざしを
買いにゆく

형상기억

다카오카 오사무(高岡 修)

석양을 삼킨 기억이 형상화된 동물 무소

무소는 알고 있다
물이란
지독한 갈증을
해소한다는 걸
산다는 것은
단지 하나의 태생을
소름 돋게 한다는 걸

죽음의
반사의
털 모양의
숲
죽을 수밖에 없는
무명씨 속의
한 사람

혹여 죽음이 사라질 때가 온다면
눈을 감고

미쳐 버린 숲의 수목을
버리고
멀리멀리
무취(無臭)의 시선을
사러 가리라

脳の川

どんな川よりも青い川が
蛇の脳を
流れている
蛇の這った跡が
ことさらに青くけむるのは
蛇の脳を流れる川の色に
野が
にじむからである

どんな川よりも青い川が
蛇の脳から
流れ出ている
どれほど遠くへ
こころを遊ばせようと
蛇の脳を流れる川の色を
野は
出ることができない

頭上の空の売り方
喪なった四肢の爆発音

そこだけ原罪が匂い立っている場所
うつろのうろこ

蛇とは
野に溶けえざる一条のめまいである
世界はまだ
その一条のめまいを
盗めない

高岡　修(たかおか　おさむ) 1948年生まれ。16冊の詩集と6冊の句集がある。詩集
『犀』(2005年第46回土井晩翠賞受賞)、ほかに現代俳句評論賞などを受賞。詩誌
『歴程』同人。俳誌『形象』主幹。

뇌의 강

어떤 강보다도 푸른 강이
뱀의 뇌를
흐르고 있다
뱀이 기어간 자리가
유독 퍼렇고 부예 보이는 것은
뱀의 뇌를 흐르는 강물 색에
벌판이
번지기 때문이다

어떤 강보다도 푸른 강이
뱀의 뇌에서
흘러나온다
아무리 먼 곳으로
생각을 풀어주려 해도
뱀의 뇌를 흐르는 강물 색에서
벌판은
빠져나올 길이 없다

머리 위의 하늘을 팔아치우는 방법
잃어버린 팔다리의 폭발음

그곳만이 원죄의 냄새가 풍기는 곳
텅 빈 비늘

뱀이란
벌판에서 녹지 않는 한 줄기 현기증이다
세상은 아직
그 한 줄기 현기증을
훔칠 힘이 없다

다카오카 오사무(高岡 修) 1948년생. 16권의 시집과 6권의 하이쿠(俳句) 구집이 있다. 2005년 시집 『무소』로 제46회 도이 반스이상 수상. 현대하이쿠 평론상 수상. 시문학지 『레키테이』 동인. 하이쿠 문학지 『케이쇼』 주간.

白い花

高垣 憲正(たかがき　のりまさ)

　ビルの街から埃っぽいガード下を潜って交差点に出ると、信号は赤だった。横断歩道の真向かいに、いささかの篁のような繁みが眼に入った。高い塀の外側の、鬼門にわざと残した小さな空地といった場所に、五、六本の幹を伸ばしている夾竹桃であった。

　信号が青に変わって渡るとき、梢にわずかに白い花が見えた。夾竹桃と言えば、夏の盛りに咲き続ける賑やかな紅い花、という印象が強烈だが、高いところに二、三か所だけかたまって咲いている白花の夾竹桃は、清らかに目に沁みた。

　白い夾竹桃の四つ角を境に狭くなった往来に歩み入ると、風景は一変して、セピア色にくすんだ町並が続いている。ドラマの映像が、ぱっとモノクロの回想場面に切り換わったような気分である。

　祭礼の大きな提灯が下がり、低い軒ごとに張り渡した注連縄に、清浄な結界を象徴する白い切り紙が風に揺れていた。ちらちらと、それだけが眼に沁みる花のようだ。黒い格子戸。犬走り。お祭りならば、どこかに夜店くらいは出るのだろうが、今は真昼の人通りも絶え、頭上の青空ばかりやけに広い。

하얀 꽃

다카가키 노리마사(高垣 憲正)

빌딩숲에서 나와 먼지투성이 난간 밑을 지나 교차로로
나오자, 신호는 빨간불이었다. 횡단보도 너머 대나무 군
락처럼 보이는 무성한 수풀이 눈에 들어왔다. 우뚝 솟은
담 바깥의 귀문*의 일부러 남겨놓은 듯한 작은 빈터에
줄기가 대여섯 갈래로 뻗은 협죽도였다.

신호가 파란불로 바뀌어 건너갈 때 얼핏 우듬지의 하
얀 꽃이 보였다. 협죽도라 하면 한여름에 가지가 휘어지
게 피는 화려한 붉은 꽃이란 인상이 강했으나 높은 가지
에 두세 군데만 옹기종기 꽃이 핀 하얀 협죽도는 사무치
도록 청아해서 자꾸만 눈길을 잡았다.

하얀 협죽도가 피어 있는 사거리를 경계로 좁은 길로
들어서면 풍경이 바뀌어 암갈색의 칙칙한 거리가 이어
진다. 드라마 영상이 별안간 흑백 회상 장면으로 전환된
기분이다.

커다란 제례용 등불이 드리워지고 낮은 처마마다 둘러
친 금줄에 청정한 결계를 상징하는 하얀 종잇조각이 바
람에 나부끼고 있다. 팔랑거리는 그것만이 눈에 사무치
는 꽃처럼 느껴진다. 검은 격자문. 개구멍. 축제라면 어
딘가에 야시장 정도는 서련만 지금은 한낮의 인적도 사
라지고 머리 위 창공만 유난히 넓다.

〈옮긴이 주〉

* 귀문(鬼門) : 방위(方位)의 하나를 일컫는 말로서 동북(東北)쪽을 말함. 음양설에서 여러 귀신이 출입하는 방향이라 하여 꺼리거나 피하는 방향.

残光

　夕映えの中、どさりと甲板に投げ出された魚網に銀鱗が眩しく跳ねる。サファイアのように、ルビーのように、透きとおる肌の熱帯の魚たち。なまめかしい光の饗宴のあと、間を置かず海はとっぷりと暮れるだろう。

　もう誰もいなくなった団地の片隅、電柱に結わえつけられ、腹いっぱいに膨らんだネットが横たわる。分別されて中にひしめく色さまざまなアルミ缶が、束の間をいっせいに煌めくのはこの時刻だ。

高垣 憲正(たかがき　のりまさ) 1931年広島県世羅町生まれ。詩集『物』、『座』、『人工天体』、『異界探査』、『春の謎』(2011年第29回現代詩人賞受賞)、『日本現代詩文庫 高垣憲正詩集』。句集『靴の紐』。詩誌『蘭』編集発行。日本現代詩人会会員、中四国詩人会顧問、広島県詩人協会会員。

잔광

저녁노을 아래, 갑판에 철퍼덕 내던진 어망에 은비늘이 눈부시게 뛰어오른다. 사파이어나 루비처럼 살빛이 투명한 열대어들. 현란한 빛의 향연이 지나가면 뒤이어 바다는 완전히 저물겠지.

이제 아무도 없는 거주단지 한 구석, 전봇대에 묶여 배가 빵빵하게 부푼 그물만이 길게 드러눕는다. 종류별로 나뉘어 복작이는 알록달록한 알루미늄 깡통들이 한순간 일제히 반짝이는 시각이다.

다카가키 노리마사(高垣 憲正) 1931년 히로시마 현 출생. 2011년 시집 『봄의 수수께끼』로 제29회 일본현대시인상 수상. 그 외의 시집으로 『사물』 『자리』 『인공천체』 『이계 탐사』, 현대시문고 『다카가키 노리마사 시집』, 하이쿠 구집 『구두끈』 등. 시문학지 『란』 편집. 발행. 일본현대시인회, 주고쿠·시코쿠시인회, 히로시마현시인협회 회원.

遠いサバンナ

田島 安江(たじま やすえ)

夕日がはじけ
草原に稲妻が走る
稲妻は火を生み
見渡す限りの草原は炎で焼き尽くされる
そのあとは
草木が芽吹くまでじっと待たねばならない
餓死するか
待てるか

またたく間に日が翳り
草は芽を吹き
草原は緑で覆いつくされていくはずなのに
わずかな時間の裂け目を待てずに
旅にでる動物たち
遠いサバンナ

旅はゆっくり歩くのがいい
坂道をのぼるときも
手すりにつかまり
風が吹きぬけるのを待って

そっとつぎへ進む
風はとつぜん
はるか遠くの海から吹きあがってくるから
青い海のふちをぐるり
ゆるゆると動く

わたしのサバンナ
夜になると少しずつ空気が冷えてくる
空から舞いおりてきた翼のとがった鳥
鳥はわたしの背骨に飛びのる
背骨がきしむ
旅する姿勢になる

わたしの遠いサバンナ
今はもう待てない
ぶかぶかの靴は捨てる
足にぴったり合った靴を履いて
旅に出る

머나먼 사바나

다지마 야스에(田島 安江)

석양이 갈라지고
초원에 번개가 내닫는다
번개는 불을 낳고
눈앞에 펼쳐진 초원은 화염에 휩싸여 모조리 잿더미로
변한다
한동안은
초목이 소생하기를 기다려야 한다.
이대로 타죽고 말 것인가
버틸 수 있을까

순식간에 해가 저문다
풀이 싹을 틔워
초원을 초록으로 뒤덮어야 할 텐데
짧은 시간의 균열을 견디지 못하고
길 떠나는 동물들
머나먼 사바나

여행길에선 천천히 걸어야한다
언덕길을 오를 때도
난간을 붙들고

바람이 잠잠해지기를 기다려
묵묵히 여정을 이어가야 한다
바람은 갑자기
아득히 먼 바다에서 불어오기에
푸른 바다의 가장자리를 돌아
느릿느릿 움직여야 한다

나의 사바나
밤이 되면 조금씩 공기가 차가워진다.
하늘에서 내려온 날개가 뾰족한 새
새는 내 등뼈에 올라탄다
등뼈가 삐걱거린다
여행을 떠나는 자세가 된다

나의 머나먼 사바나
이제 더 이상 기다리지 않는다
헐렁헐렁한 구두는 버린다
발에 꼭 맞는 구두로 갈아 신고
여행을 떠난다

アオウミガメの産卵

月のない夜
南島の海岸を
アオウミガメが産卵にのぼっていく
カメは自分の体より大きい穴を掘って地中深く産
　　卵する
産卵を終えると重いからだをひきずって
迎えの波を待って海に帰っていく
アオウミガメが去った浜に
七月の灼けるように赤い日がのぼる

父島の男たちは一年に一度
産卵を終えたアオウミガメを捕獲する
出産を終えたばかりのカメは恍惚とした眼で
男たちを見る
その顔は
酔っぱらった女のようだったと男はいう

出産を終えたばかりのカメは
ぶざまに横たわり
みんなの視線にさらされる

男の持つ包丁が
カメのからだを貫いたとたん
わたしのからだを痛みが突きぬける
カメの痛みとわたしの痛みが交差したとき
わたしも一瞬
恍惚の眼差しを男に注いだだろうか
テーブルに日が陰り
男はそれがいつもの習わしであるかのように
剝がしたばかりの甲羅を並べる

夜ふけて
わたしが眠る部屋から
遠い海岸をのぼってくるカメが見える
揺れ続ける船底のような
浅い眠りのなかで
わたしの上に
アオウミガメが乗ってきて
体を押し上げながらわたしのための卵を産む

田島 安江(たじま　やすえ）1945年大分県生まれ。詩集『金ピカの鍋で雲を煮る』、『水の家』、『博多湾に霧の出る日は、』(2003年第39回福岡県詩人賞受賞)、『トカゲの人』(2007年第37回福岡市文学賞受賞)。翻訳詩集 劉暁波詩集『牢屋の鼠』。詩誌『侃侃』発行人、詩誌『something』編集委員。日本現代詩人会、日本詩人クラブ会員、福岡県詩人会代表幹事。

바다거북의 산란

달 없는 밤
남쪽 섬 해안을
바다거북이 알을 낳으러 기어오른다
거북은 자기 몸보다 큰 구멍을 파고 모래밭 깊숙이 알
을 낳는다
산란 후에는 무거운 몸을 이끌고
마중 나온 파도를 기다려 바다로 돌아간다
바다거북이 떠난 모래밭에
이글거리는 칠월의 붉은 태양이 떠오른다

지치지마*의 사내들은 일 년에 한 번
산란을 마친 바다거북을 포획한다
막 산란을 마친 거북은 황홀한 눈빛으로
사내들을 올려다본다
그 얼굴이
꼭 술 취한 여자 같다고 사내들은 말한다

막 산란을 마친 거북은
무참하게 드러누워
뭇시선을 받는다

남자의 부여 쥔 칼이
거북의 몸을 관통하는 순간
고통이 내 몸을 꿰뚫는다
거북의 고통과 내 고통이 교차했을 때
그 순간 나도
사내에게 황홀한 눈빛을 쏟았을까
탁자에 어둠이 깃들면
사내는 일상의 습관대로
막 도려낸 거북의 등껍질을 늘어놓는다

이슥한 밤
내가 잠드는 방에서
먼 해안을 기어오르는 거북이 보인다
끊임없이 흔들리는 뱃바닥 같은
얕은 잠 속에서
내 몸 위로
바다거북이 올라와
몸을 밀어 올리며 나를 위해 알을 낳는다

* 지치지마(父島) : 일본 도쿄도(東京都)에서 남동쪽으로 약 1,000㎞ 떨어져 있는 오가사와라제도(小笠原諸島) 중 가장 큰 섬. 한 번도 대륙과 이어진 적이 없는 해양섬이라서 진귀한 동식물이 많아 '동양의 갈라파고스'라고 불린다. 갑신정변에 실패한 김옥균이 일본에 망명하여 일본정부에 강압에 의해 1886부터 2년간 유배당한 섬이다. 〈옮긴이 주〉

다지마 야스에(田島 安江) 1945년 오이타 현 출생. 시집 『하카타 만에 안 개 낀 날은』으로 제39회 후쿠오카현시인상, 『도마뱀 인간』으로 제37회 후 쿠오카시문학상 수상. 그 외의 시집으로 『번쩍거리는 냄비로 구름을 삶다』 『물의 집』 등. 중국시인 류사오보 시집 『감옥의 쥐』 번역 출간. 시문학지 『캉캉』 발행인. 여성만의 시문학지 『something』 편집위원. 일본현대시인회, 일본시인클럽회원. 후쿠오카현시인회 대표간사.

雨の日のプール

塚本 敏雄(つかもと　としお)

高い天井にインストラクターの声が響く
ローリング！ ローリング！
わたしたちはみないっせいに
水のなかで肩を大きくまわす

外では雨が降り続いている
垂直な水の流れ
わたしたちは
多量の水が湛えられた箱のなかで
水平方向に進もうとする
しきりに何ものかに逆らって

皆さん、お仕事を終えられてからいらっしゃいます
ええ、水の抵抗は至るところにあります
ストローク　アンド　リカバリー
わたしの声が聞こえますか
真っ直ぐに進んでください

注釈を削除した生の係累に
結語などあろうはずもない

伝令の旗が揺れるのが見えるか
上手に泳ぐということは
力のバランスを上手にコントロールし
それを持続させていくことなのです
息が苦しい
真っ直ぐに進んでください

外では雨が降り続いている
今日わたしは水のなかで
いつまでも泣き止まない子どもの声を聞いた
と思った
道を逸れてはいけません
垂直と水平が交差する、すなわちここで
解き放つ力
の行方

息継ぎをする辺りで
バランスを崩す癖があるようですね
余計な力が入りすぎています
いずれにしても
やがて折り返す場所が近づいてくる

비 오는 날의 수영장

쓰카모토 도시오(塚本 敏雄)

높은 천장에 지도교사의 목소리가 울려 퍼진다
롤링! 롤링!
우리는 모두 일제히
물속에서 크게 팔을 돌린다

밖에는 계속 비가 내리고 있다
수직으로 흐르는 물
우리는
물이 가득한 상자 안에서
수평으로 나아가려한다
끊임없이 어떤 저항을 받으며

여러분, 일을 마치고서 오십시오
네, 물의 저항은 어느 곳에나 있습니다
스트로크 앤드 리커버리(stroke and recovery)
제 목소리가 들리십니까
정면으로 똑바로 나아가세요

이리저리 얽혀 주석을 삭제한 삶이라
맺음말 따위 있을 리 없다

휘날리는 전령의 깃발이 보이는가
능숙한 수영이란
힘의 균형을 잘 조절해서
이를 이어나가는 것입니다
숨이 막히면
정면으로 똑바로 나아가세요

밖에는 계속 비가 내리고 있다
오늘 나는 물속에서
내내 그치지 않는 아이의 울음소리를 들었다
그런 것만 같았다
길을 벗어나선 안 됩니다
수직과 수평이 교차하는 힘
즉 여기서 풀어놓는
힘의 행방

숨을 멈출 때면
 균형을 흐트러뜨리는 버릇이 있나보군요
쓸데없이 힘이 너무 들어갑니다
어쨌든
이제 반환점이 가까워온다

祝祭のよるに

絶対に　その手をはなさないで
しっかりと　その手をつないでいて
いちど　はぐれたら
もう二度と会えないかもしれない
ここはずいぶんとひどい
人ごみだね
もうじき　えいえんがやってくる
あのひとは
おとなになったらまたおいで
と言ったけれど
いつになったらおとなになれるのか
いつまでたっても
ぼくにはわからない
こんやは年にいちどきりの
おまつりのよるで
お面をつけたあやしい物売りたちが
通りすがりにこえをかけてくる
人影はうすく　なかば透明で
みな足早にすぎていく
ねえ　だから

絶対にその手をはなさないで
ここは途轍もなく広いてんくうだよ
こんなところではぐれてしまったら
もう二度と会えない
とおもうから

塚本 敏雄(つかもと　としお) 1959年茨城県生まれ、つくば市在住。詩集『花枢』、『リーヴズ』、『英語の授業』(2006年茨城文学賞受賞)、『見晴らしのいいところまで』。現在、詩誌『GATE』同人。

축제의 밤에

절대로 그 손을 놓지 마
그 손을 꼭 잡고 있어줘
한 번 놓치면
두 번 다시 못 만날지도 몰라
이곳은 너무 많은
사람으로 붐비지
곧 영원이 다가오고
그 사람은
어른이 되면 다시 오거라
라고 말하지만
언제쯤이면 어른이 되는 건지
아무리 시간이 지나도
난 잘 모르겠어
오늘 밤은 일 년에 한 번뿐인
축제의 밤이라
가면 쓴 괴상하게 생긴 장사치들이
스쳐가며 말을 건다
거리는 투명하리만큼 인적이 없어
모두 종종걸음으로 지나쳐간다
저기 그러니까

절대로 그 손을 놓지 말아줘
여기는 가없이 넓은 하늘이야
이런 곳에서 놓치면
두 번 다시 만나지
못할 테니

쓰카모토 도시오(塚本 敏雄) 1959년 이바라키 현 출생. 현재는 쓰쿠바 시 거주. 시집 『영어 수업』으로 이바라키문학상 수상. 그 외의 시집으로 『꽃의 관』 『나뭇잎들』 『전망 좋은 곳까지』 등. 현재 시문학지 『GATE』 동인.

なにを見ても思い出す

中上 哲夫(なかがみ てつお)

歌舞伎町を歩いていても
宇田川町を歩いていても
風に舞うちらしや
新聞紙
ちらばった焼き鳥の串
煙草の吸い殻
ビールの空き瓶
電柱の質屋の広告
ジージー鳴くネオンサイン
小便臭い路地と横町
なにを見ても思い出すのだ
ブルンネンと
パウリスタ
店はとうになくなってしまったけれども
マッチは洒落ていたし
ウエイトレスもバーテンダーも
みんなやさしかった

宮益坂をのぼった先の
古風な建物の大学の

図書館と学生食堂

(折口信夫とオムライスと)

女子学生たちに囲まれて

たいてい体育館にいて

バスケットボールを追いかけていた

(女の子なんてちょろいものさ)

初めて荻窪の下宿にころがり込んだときは

枕元にブリキの洗面器を置いて

煙草を吸う訓練をしていた

青い顔で

鏡の前でシガレットをくわえて

ポーズの研究もしていた

(ばかだなあ)

ベンチャーズを聴いても

プラターズを聴いても

(わーわーわー)

エルヴィス・プレスリー

ビーチ・ボーイズのジャケット

忍びの者

座頭市

石原裕次郎
オードリー・ヘップバーン
テレヴィでプロレスを見ても
思い出すのだ
夏休みに入ると
練習はなし
女子学生たちをぞろぞろ引き連れて
ずっと湘南の海岸に出かけていた
二学期には
教室にも
体育館にもいなくなって
場末の商店街で
今川焼を焼いていた
鼻水を垂らしながら
(妹が確認にいったのだ)
すでに一六銀行の上顧客で
(ケーちゃんも流れちゃったよ)
とうとう進学できなくて
中退してしまった
(だからいったでしょ)

その後

父親のコネで商事会社にもぐり込んで

横浜の税関で働いたりしていたけど

スキー場で知り合ったすし屋の娘と結婚して

二人の男の子が生まれたと聞いた

海釣りや

ボーイスカウトに熱中している間はよかったけれ
　　ども

生来のギャンブル熱が沸騰し

お決まりの家庭騒動

離婚

一家離散の噂

(だからいったでしょ)

どこでなにをしていようと

おいらの知ったこっちゃないけれど

ある日

深夜の電話があって

ついにわたしの悩みが終わったのを知った

＊ 中上修。2011年8月30日、死去。行年七四。

中上 哲夫(なかがみ　てつお) 1939年大阪府生まれ。1960年代、アメリカのビート・ジェネレーションの影響下に疾走感あふれる詩を書き、泉谷明、経田佑介、八木忠栄らと〈路上派〉と呼ばれた。また、ジャズの演奏とともに自作詩の朗読を盛んに行なった。詩集に『スウェーデン美人の金髪が緑色になる理由』(横浜詩人会賞受賞)、『エルヴィスが死んだ日の夜』(高見順賞・丸山豊記念現代詩賞受賞)、『ジャズ・エイジ』(詩歌文学館賞受賞)、現代詩文庫214『中上哲夫詩集』など11冊。ほかに、アメリカの詩や小説の翻訳が13冊ある。

무엇을 보아도 생각난다

나카가미 데쓰오(中上 哲夫)

가부키초*를 걷고 있어도
우다가와초*를 걷고 있어도
바람에 흩날리는 전단지와
신문지
너즈러진 닭꼬치의 꼬챙이
담배꽁초
빈 맥주병
전봇대에 붙은 전당포 광고
지지직 울리는 네온사인
지린내 나는 골목골목
무엇을 보아도 생각난다
브룬넨과
파울리스타*라는
가게는 이미 없어졌지만
성냥갑은 세련되고
웨이트리스도 바텐더도
모두 친절했다

미야마스사카 고개*를 올라간 끝에 있는
고풍스런 건물의 대학

451

도서관과 학생식당
(오리구치 시노부*와 오므라이스와)
여학생들에게 둘러싸여
대부분 체육관에서
농구공을 던지거나 쫓고 있었다
(여자 따위 별거 아니지)
처음 오기쿠보 하숙집에 굴러들었던 때는
머리맡에 양철 세숫대야를 두고
담배 피우는 훈련을 했다
창백한 얼굴로
거울 앞에서 궐련을 물고
포즈를 연구했다
(바보 같군)
벤처스*를 들어도
플래터스*를 들어도
(와! 와! 와!)
엘비스 프레슬리
비치 보이스의 재킷
닌자*
자토이치*

이시하라 유지로*

오드리 헵번

텔레비전에서 프로레슬링을 보아도

생각난다

여름방학이 시작되면

훈련은 없다

여학생들을 줄줄이 거느리고

줄곧 쇼난해안*에 산책을 나갔다

2학기에는

교실에서도

체육관에서도 보이지 않았고

변두리 상점가에서

이마가와야키*를 굽고 있었다

콧물을 흘리면서

(여동생이 확인하러 왔다)

이미 전당포의 단골로

(케이도 그만뒀어)

결국 진학도 못하고

중퇴했다

(그러니까 말했잖아)

그 후

아버지의 연줄로 종합상사에 들어가

요코하마의 세관에서 일하기도 했지만

스키장에서 만난 초밥집 딸과 결혼해서

사내아이 둘을 낳았다고 한다

바다낚시와

보이스카우트에 몰두한 동안에는 괜찮았지만

타고난 도박열에 불타올라

전형적인 가정불화

이혼

일가족 풍비박산이 났다는 소문

(그러니까 말했잖아)

어디에서 무얼 한다 해도

우리네 알 바 아니지만

어느 날

한밤중 걸려온 전화 덕분에

마침내 내 고민이 끝났음을 알았다

* 나카가미 오사무(中上修) : 2011년 8월 30일 서거. 향년 74세.

〈옮긴이 주〉
* 가부키초(歌舞伎町) : 도쿄도(東京都) 신주쿠구(新宿区)에 위치한 밤 문화를 대표하는 환락가.
* 우다가와초(宇田川町) : 도쿄 도 신주쿠 구 시부야(渋谷)에 위치한 번화가.
* 브룬넨(brunnen) : 2010년에 폐점한 도쿄 네리마(練馬) 구의 카페. 독일어로 '샘물'이라는 뜻.
* 파울리스타(paulista) : 1911년 긴자(銀座)에 문을 연 일본 최초의 찻집. 1923년 관동대지진 후 경영을 중단했다가 1970년에 부활했다. 파울리스타는 '상파울루의 아이'라는 뜻.
* 미야마스사카(宮益坂) 고개 : 시부야 강 유역을 중심으로 동쪽에 위치한 고개.
* 오리구치 시노부(折口信夫, 1887-1953) : 일본의 민속학자 겸 국문학자. '샤쿠초쿠(釋迢空)'라는 이름으로 시인 · 가인(歌人)으로도 활동.
* 벤처스(the Ventures) : 1960년 미국 시애틀에서 결성된 일렉트릭 기타의 기악 연주 록그룹.
* 플래터스(The Platters) : 1953년 미국 캘리포니아주 로스앤젤레스에서 결성하여 1950년대를 풍미한 보컬그룹.
* 닌자(忍者) : 가마쿠라(鎌倉)시대(1192-1333)부터 에도(江戸)시대(1603-1868)에 걸쳐, 다이묘(大名)나 영주를 섬기거나 혹은 독립해서 복면을 쓰고 첩보활동, 파괴활동, 침투전술, 암살 등을 전문으로 한 개인 또는 집단을 말한다.
* 자토이치(座頭市) : 일본의 유명한 코미디언이자 감독인 기타노 다케시(北野武)가 연출, 주연, 각본, 편집을 도맡아 2003년 제작된 무협영화. 맹인 검객이자 안마사인 자토이치가 주인공이며, 일본 역사극의 가장 대중적인 영웅이다.

* 이시하라 유지로(石原裕次郎, 1934~1987) : 일본의 전설적인 국민배우이자 엔카(演歌) 가수. 사회자, 모델 등 만능 탈렌트. 〈태양의 계절〉〈미친 과실〉〈구로베의 태양〉 등 수많은 영화에 출연했다.
* 쇼난(湘南)해안 : 일본 가나가와 현(神奈川県)의 해안지대.
* 이마가와야키(今川焼) : 물에 갠 밀가루를 틀에 붓고 팥소를 넣어 구운 과자. 붕어빵, 국화빵과 비슷하다.

나카가미 데쓰오(中上 哲夫) 1939년 오사카 출생. 1960년대 미국의 비트 제너레이션(beat generation)의 영향을 받아 질주감 넘치는 시를 쓰며, 이즈미 아키라, 게이다 유스케, 야기 추에이 등과 함께 '노상파'라 불린다. 또한 재즈 연주와 함께 자작시 낭송을 활발하게 펼쳐왔다. 시집 『스웨덴 미인의 금발이 녹색이 되는 이유』로 제23회 요코하마시인회상, 『엘비스가 죽은 날 밤』으로 제34회 다카미 준상과 제13회 마루야마 유타카 기념 현대시상, 『재즈 에이지(Jazz Age)』로 제28회 시가문학관상 수상. 현대시문고 214 『나카가미 데쓰오 시집』 등 시집 11권. 미국 시와 소설 번역서 13권.

猫じゃらし

長嶋 南子(ながしま　みなこ)

退職してから
近所をぶらぶらしている
かどを曲がったら原っぱが広がっていた
猫じゃらしがところどころ生えている
猫が足元にすり寄ってくる
仕事にいかないのだから
靴もストッキングもいらない
はだしで草を踏む
気持ちがいいので服も脱ぐ
はだかで草の上にねころがる
背中がチクチクする
猫が胸の上にのってくる
わたしの乳房をもみしだく
のどを鳴らしながらひっかく
爪あとはミナコと読める
わたしってミナコだったか
そんな名前で誰かに呼ばれていた
猫じゃらしを
じゃらじゃらさせて猫と遊ぶ
勤め人だったわたしを

おおうものはもういらない
からだに風がしみる
猫じゃらしが足元でゆれている
いつまでもはだかではいられない
原っぱを出ようとしたら
足が地面にうまってしまって動けない
ここに根付いてしまうのか
猫じゃらしになって
ゆれている

강아지풀*

나가시마 미나코(長嶋 南子)

은퇴한 후로
집 근처를 하릴없이 거닌다
모퉁이를 돌아가면 들판이 펼쳐져 있고
군데군데 강아지풀이 자라나 있다
고양이가 발밑에 바싹 달라붙는다
일하러 나가지 않으니
구두도 스타킹도 필요치 않다
맨발로 풀을 밟는다
기분이 좋아 입고 있던 옷도 벗는다
알몸으로 풀밭 위에 누워 뒹군다
등이 따끔따끔하다
고양이가 가슴팍으로 올라온다
내 젖가슴을 신나게 비벼댄다
가르릉 가르릉 재롱을 떨며 할퀴어댄다
발톱자국이 '미나코'라는 글자 같다
내가 미나코였던가
사람들이 나를 그렇게 불러왔다
강아지풀을
새롱새롱 간질이며 고양이와 논다
직장인이었던 나를

들씌웠던 것들은 이제 필요 없다
바람이 몸에 스며든다
강아지풀이 발언저리에서 흔들리고 있다
언제까지나 알몸으로 있을 수는 없다
들판에서 나오려 하니
발이 땅 속에 파묻혀 움직이질 않는다
이제 이곳에 뿌리를 내린 걸까
강아지풀이 되어
흔들리고 있다

〈옮긴이 주〉

* 강아지풀 : 일본에서는 강아지풀을 '네코자라시'라 하여 '고양이의 재롱 또
  는 고양이의 장난'이라는 뜻을 가졌다. 시인은 이 시에서 '고양이 재롱'이
  라는 풀이름과 실제 고양이를 겹쳐놓았다.

ホータイ

仕事をやめてずっと家にいる
猫にむかってひとりごとばかりいっている
夕方買い物に出かけてころんでしまった
腕から血がにじみ出て
みてみてこんな傷が
声高に男にみせホータイをまく

傷はいつのまにか治って
けれど皮膚 シミが浮いて張りがなく
首すじにはシワ 口もとにも
こんなからだ誰にも見せられない
それではとまたホータイをまく
男が寄ってきてどうしたのと聞いてくれる

ホータイなしではいられなくなる
見慣れてくると何もいわれない
反対側の腕にもまく
ふくらはぎ 首すじにも
男が寄ってきて
かわいそうにと抱きしめてくれる

全身にホータイをまくようになった
男が寄ってきて
気味悪そうに通りすぎていく
猫がすり寄ってきて匂いをかいでいく
息ができない
内側から干からびていく

長嶋 南子(ながしま　みなこ) 1943年茨城県生まれ、東京都在住。詩集『あんパン日記』(第31回小熊秀雄賞受賞)、ほかに詩集『ちょっと食べすぎ』、『シャカシャカ』、『猫　笑う』、『はじめに闇があった』など。詩誌『きょうは詩人』、『zéro』同人。日本現代詩人会会員。

붕대

일을 그만두고는 줄곧 집에 있다
주로 고양이에게 혼잣말을 하며 지낸다
저녁에 장을 보러 나갔다가 넘어지고 말았다
팔에서 피가 배어 나와
이것 좀 봐요 상처가 났어요
큰소리로 말하며 남자에게 보여주고 붕대를 감는다

상처는 얼마 안 가 나았으나
피부에는 검버섯이 피어 생기가 없고
목덜미에도 입가에도 주름투성이다
이런 몸을 아무에게도 보이기 싫어
다시 붕대를 감는다
남자가 다가와 무슨 일이냐고 묻는다

이제 붕대 없이는 살기 어렵다
자꾸 보아 익숙해지면 아무도 신경 쓰지 않으리라
반대편 팔에도 붕대를 감는다
종아리와 목덜미에도
남자가 다가와
가여워라 하며 안아준다

전신에 붕대를 감았다
남자가 다가왔다가
께름칙하다는 표정으로 지나간다
고양이가 다가와 냄새를 맡고 간다
숨을 쉴 수가 없다
붕대 안에서 바짝 말라간다

나가시마 미나코(長嶋 南子) 1943년 이바라키 현 출생. 현재 도쿄 거주. 시집 『팥빵일기』로 제31회 오구마 히데오상 수상. 그 외의 시집으로 『좀 과식 했네』 『찰락찰락』 『고양이 웃다』 『처음에 어둠이 있었다』 등. 시문학지 『오늘은 시인』 『zéro』 동인. 일본현대시인회 회원.

ミサキ

野木 京子(のぎ きょうこ)

叫び声が上空を流れていった
死はひとつのできごとで、終わってしまえば不思
　　議な抜け道のようなもの

透き通る鳥を追って、先端へと走ってゆくその人
　　を見ましたが
鳥はすでにうす青い宙へ飛び去ってしまい
その人はミサキからなおも先へいってしまおうと
　　していた
わたしはその後ろ姿を見ました、それから
扉を閉めた
だから声はもう
森や、色のわからない草原やら、川の向こう側へ
　　は届かないと
線の切れた電話は飴色に溶けて
わたしは扉を閉めたので、
声はもう届かないと思ったが
言葉は崩れて
人々が知らないうちに
違う姿をして

流れていった
ミサキには
抜け道があるので

곳

노기 교코(野木 京子)

비명소리가 상공을 흘러갔다
죽음은 하나의 사건, 끝나고 나면 이상한 샛길 같은 것

투명한 새를 따라 맨 앞에서 달려가는 그 사람을 보았다
새는 이미 희푸른 하늘로 날아가 버리고
그 사람은 곳에서 더욱 앞으로 나아가려 하고 있었다
나는 그 뒷모습을 보았다 그리고
문을 닫았다
그러므로 목소리는 이제
숲과 색 바랜 초원, 강 건너에 닿지 않고
선이 끊긴 전화는 투명한 적갈색으로 녹아내리고
나는 문을 닫았으므로
목소리는 이제 어디로도 이어지지 않을 줄만 알았건만
말은 무너져서
사람들이 모르는 틈을 타
위장한 모습으로
흘러갔다
곳에는
샛길이 있으므로

十六月

　暗いのだが、歩いているのだな。道に時間が、墨のように滲んでいた。左手には水面が見え、繋留されているらしい小舟の間に月が、落ちて金色に割れた。十六月の欠けた部分が、あと少しの出番を待って震えていた。一緒に落ちてしまえばいいのに。湾の水面は、日時の推移で上がり下がりする。時間が水位を変化させているからね。そう言うと、水位の変化のほうが時間を動かしている。と、いもしない小人が足もとから言い、月がひとの生きる時間をつくっている。と、別の小人も言う。

　湾の向こう側にある寺へ向かっているのだ。弧の形にしなる道を延々歩いていく。顔見知りのお通夜へ行く途中に、当のそのひとに会ってしまうのはたまにあることだが、いますれ違ったひとはそうだったろうか。振り返ると、白いジャケットの背が、闇に溶け込んでいくのを見ただけだった。

　海を越えていけば近道さ——

　そのとき声を聞いた。なにかの〝虫〟が鼓膜近くで叫んだのだ。すると足は道から逸れ、砂利を蹴飛ばし、小さな木の船着場を走り抜け、海水面へと足

が踏み出されたのがわかった。ああ、海の近道を通っているのだな。そうは思うが、こんなこと、うまくいくはずがない。どちらの岸辺からもちょうど真ん中ほどになったときに、足が動かなくなるに決まっているのだ。そのとき、ひとは落ちてしまうのだろう。それが日時の穴というもので、本当は、足はいつもその穴を探していたのではなかったのか。ひとのことなどおかまいなしに。

　落ちたあとは、とくになにごともなく、ただ、金色の粉が降っている。

野木 京子(のぎ　きょうこ) 1957年熊本県生まれ、横浜市在住。詩集『銀の惑星その水棲者たち』、『枝と砂』、『ヒムル、割れた野原』(2007年第57回H氏賞受賞)、『明るい日』。エッセイ集『空を流れる川−ヒロシマ幻視行』。

16일에 뜨는 달

어두운데도 걷고 있구나. 길에는 시간이 먹물처럼 번져있다. 왼쪽으로는 수면이 보이고, 줄에 매인 조각배 사이로 달이 낙하하여 금빛으로 부서진다. 16일에 뜨는 달의 이지러진 부분이 곧 다가올 차례를 기다리며 떨고 있다. 함께 낙하하면 좋을 텐데. 포구의 수면은 시간의 흐름에 따라 오르락내리락한다. "시간이 수위를 변화시키는 탓이지"라고 말하자 "수위의 변화가 시간을 움직이는 거야"라고 신기한 난쟁이가 발치에서 말한다. "달이 사람들의 시간을 만들고 있어"라고 또 다른 난쟁이도 말한다.

포구 맞은편에 자리한 절에 가고 있다. 활모양으로 휘어진 길을 한없이 걸어간다. 지인의 초상집에 밤샘하러 가는 길에 그 죽은 사람과 만나는 일은 이따금씩 있었다. 지금 스쳐지나간 이도 그러한가. 뒤돌아보니 하얀 재킷을 입은 사람이 등만 보인 채 어둠 속으로 사라진다.

바다를 넘어 가면 지름길인 것을……

그때 소리가 들렸다. 어떤 벌레가 고막 가까이에서 외치고 있었다. 그러자 내 발이 길을 벗어나 자갈을 걷어차고 나무로 된 작은 선착장을 빠져나가 해수면을 사뿐히 내딛었다는 사실을 알아차렸다. 아아, 바다의 지름길을 건너고 있구나. 그렇게 생각은 했지만 그럴 리가 없지 않은가. 어느 물가라도 딱 한가운데에 도달하면 우선 발이 움직이지 않는다. 그때 사람은 빠져버리고 말겠지. 그것이 바로 시간의 구멍인데 사실 발은 늘 그 구멍을 찾고 있었던 게 아닐까. 어찌되건 상관없이.

떨어진 뒤 별다른 일은 일어나지 않았고 그저 금색가루만이 쏟아져 내렸다.

노기 교코(野木 京子) 1957년 구마모토 현 출생. 현재는 요코하마 시 거주. 2007년 시집 『히무르, 갈라진 초원』으로 제57회 H씨상 수상. 그 외의 시집으로 『은빛 행성, 그 물가에 사는 사람들』 『나뭇가지와 모래』 『밝은 날』. 에세이집 『하늘을 흐르는 강 – 히로시마 환상여행』 등.

雲の本棚

樋口 伸子(ひぐち のぶこ)

きょう雲の図書館はお休み
仕方がないので
空を見て過ごしました
ぼんやりと暗い空です
低い空を飛行機が横切って
雲だか空だかわかりません

夜になって風が出て
いくつもの雲が流れ去り
月がビルの間に覗くと
ぞくりとして身内が騒ぎます
おさな友だちの狼おとこ
それとも青い鳥を捕らえたあの二人が
帰ってくるところでしょうか
静かに砂利を踏む靴音が響いて
返却期間の過ぎた雲が
部屋の本棚からこぼれます
ひつじ雲 いわし雲 わた雲
刻々と夕陽に染まり
ターナーの描いた空と雲も

いまは
縮こまって固まって
ぼろ布のようです

あしたは晴れるといってますが
晴れたら海辺の図書館に
本棚の雲を返しに行きます
それから　やっ　と
あのひとを　きらいに
なるのです

구름의 책장

히구치 노부코(樋口 伸子)

오늘 구름 도서관은 휴관
별 수 없어
하늘바라기만 했습니다
흐린 잿빛하늘입니다
낮은 하늘을 비행기가 가로지르고
구름인지 하늘인지 분간이 안갑니다.

밤이 되자 바람이 불고
구름 몇 조각이 흘러가고
달님이 빌딩 사이로 엿보이매
온몸이 으스스 떨립니다
소꿉동무였던 늑대인간
그도 아니면 파랑새를 잡은 그 두 사람이
돌아올 때인가요?
조용히 자갈 밟는 구둣발소리 들리고
반납기간이 지난 구름이
방안 책장에 넘쳐흐릅니다
양떼구름 비늘구름 뭉게구름
조금씩 저녁놀에 물들어가고
터너*가 그린 하늘과 구름도

지금은
오그라들고 뭉쳐져
넝마쪽 같습니다

내일은 날씨가 맑을 거라는데
맑으면 바닷가 도서관에
책장의 구름을 돌려주러갈까 합니다
그러고 나면 드디어
그 사람이 싫어질 것입니다

〈옮긴이 주〉

* 조지프 말로드 윌리엄 터너(Joseph Mallord William Turner, 1775~
  1851) : 영국의 화가. 주로 수채화와 판화 작품을 남겼다. 고전적인 풍경
  화를 그렸으나 낭만적 경향에 심취해 대표작 『전함 테메레르』 『수장』 등을
  완성했다. 프로이센과 프랑스의 전쟁 중에 영국으로 망명해 온 인상파 화
  가들에게 큰 영향을 미쳤다.

くらげの自己責任

ある朝めざめて
ちょっと　ちょっと
お宅の屋根からヘンなものが
ご存じなんですか　はぁ

けたたましい声に起こされて
庭に出てみると　たしかに
くらげが凧のように連なって
空にのぼって揺れていた
いち　にい　さぁん　しぃ……
とりあえずヘンな眺めにうっとり

どうかしてもらえませんか　と
ご近所パトロールの奥さんが二人
はぁ　どうかするって？
子どものためにならないんですよ
だらだらと意地も誇りもなくして

行方不明だった叔父さんまでやってきて
第一この町の景観をそこねるじゃないか

ああ叔父さん　意地も誇りもなくして
この家の景観をそこねっ放しの叔父さん
どうして天然くらげを愛せないの

とにかく何とかしてくださいよ
そうです　お宅の自己責任でね
すぐに髭立てた新聞社も来ますから

夜になっても新聞社は来なかった
その間にもくらげはどんどん増えていく
くらげの自己責任に連なって

東の空から赤い月が出て次第に薄くなっていく
月にくらげはよく似合う　さみしいな
と　叔父さんが　のっそり
ほら　缶ビール

それより　じつは風呂場には
子くじらが一頭 流れついてきて
細い目で笑いながら育っている

くにゅくにゅ　鯨の意地と誇り

樋口 伸子(ひぐち　のぶこ) 1942年熊本県人吉市生まれ、福岡市在住。詩集『夢の肖像』(1985年第21回福岡県詩人賞受賞)、『図書館日誌』、『あかるい天気予報』(1999年第9回日本詩人クラブ新人賞・第29回福岡市文学賞)、『ノヴァ・スコティア』など。2011年福岡市文化賞受賞。同人誌「蟻塔」、「六分儀」、「耳空」に参加

해파리의 자기책임

어느 날 아침 눈을 뜨니
잠깐만요, 잠깐만요
당신 집 지붕에 이상한 게 있어요
알고는 계시나요, 네?

호들갑스러운 소리에 잠이 깨어
마당에 나가보니 분명
해파리가 연처럼 줄줄이 이어져
하늘에 떠올라 휘날리고 있다.
하나 두울 세엣 네엣……
처음엔 낯선 풍경에 넋을 잃었다

어떻게 좀 해보세요
근처를 순찰 돌던 아줌마 둘이 말한다
네? 어떻게 해보라니요?
아이들 교육에 안 좋잖아요
의지도 긍지도 없이 뻔죽거린다

연락두절이던 삼촌도 찾아와 말을 던진다
무엇보다 이 동네 경관을 해치치 않냐?

아아, 삼촌조차 의지도 긍지도 없이
이 집 경관을 엉망으로 방치하는 삼촌
어째서 천연 해파리를 사랑하지 않는단 말인가

어찌됐든 빨리 처리해 주세요
그건 댁의 책임이란 말입니다
곧 수염 기른 신문사 기자도 올 테니까요

밤이 와도 신문사 기자는 오지 않았다
그러는 동안 해파리는 점점 늘어만 갔다
해파리의 자기책임과 함께

동쪽 하늘에서 새빨간 달이 떴다가 차츰 옅어져간다
달과 해파리가 참 잘 어울리는구나 우울하군
삼촌은 우두커니 서 있다가
참, 캔 맥주

그건 그렇고 사실은 목욕탕에
새끼 고래 한 마리가 흘러들어와
웃는 얼굴로 가늘게 눈을 뜨고 자라고 있다

하늘하늘한 고래의 의지와 긍지

히구치 노부코(樋口 伸子) 1942년 구마모토 현 출생. 현재는 후쿠오카 시 거주. 1999년 시집 『밝은 일기예보』로 제9회 일본시인클럽 신인상, 제29회 후쿠오카시문학상, 1985년 제21회 후쿠오카현시인상 수상. 2011년 후쿠오 카시문화상 수상. 그 외의 시집으로 『꿈의 초상』 『도서관일지』 『노바 스코 티어』 등. 동인지 『개미탑』 『육분의(六分儀)』 『귀 하늘』에 참가.

落花水

文月 悠光（ふづき　ゆみ）

透明なストローを通して美術室に響く
"スー、スー"という私の呼吸音。
語りかけても返事がないのなら
こうして息で呼びかけてみよう。
画用紙の上の赤い色水は、かすかに身を震わせ、
あらぬ方向へ走りはじめる。
やがて、私の息の緒に触れてしまったように
つ、と立ち止まるのだ。
小指の爪にも満たない水彩絵の具は、水に溶け込み、
赤い濃淡で夕暮れをパレットに描きだしている。
その一片を筆でさらい、画用紙に落としては、
まっさらな肌が色を受けつけるまで
しばし頬をゆるめた。
ストローを動かしながら
気ままな水脈に再び息を吹き込んでみる。
私の青いシャツに赤い色水が跳ねて、まるくなった。

（彩る意味を見いだせないこのからだ。
「お前に色なんて似合わない」
そう告げている教室のドアを"わかってる"と引き

裂いて、焼けつくような紅を求めた。古いパレットを、確かめるように開いてみるけれど、何度見てもそこには私しかいない。それは、雨の中でひっそりと服を脱ぐ少年の藍）

色に奪われた私の息吹が
画用紙の上で生き返る。
水となって吹きのびていく。
この水脈のたどりつく先が
誰かの渇いた左胸であれば、
私もまた、取り戻せるものがある。
取り戻すための入り口が、まぶたの裏に見えてくる。
「水になりたい！」
風に紛れて、雲をめざし駆けのぼる私。
白い雲の頂で手をつき、密やかにしゃがみこんだ。
あるとき、筆にさらわれて
ぽっと街へ落とされたなら、
風で膨らむスカートのように
私は咲いてみせよう。

낙화수(落花水)

후즈키 유미(文月 悠光)

투명한 빨대를 통해 미술실에 울리는
"푸우 푸우" 하는 내 숨소리.
말을 걸어도 대답이 없다면
이렇게 숨소리라도 말을 걸어 봐야지.
도화지에 떨어진 붉은 색 물은 희미하게 몸을 떨더니
엉뚱한 방향으로 내달리기 시작한다.
곧 내 호흡에 닿기라도 했는지
끽, 하고 멈춰 선다.
새끼손톱보다 적은 수채 물감은 물에 녹아들어
붉은 농담(濃淡)으로 석양을 팔레트에 그려내고 있다.
한쪽 귀퉁이를 붓으로 찍어 도화지에 떨어뜨리고는
그 새하얀 피부가 색을 받아들일 때까지
잠시 숨으로 채웠던 뺨에서 힘을 푼다.
빨대를 움직이면서
제 멋대로 뻗치는 물줄기에 다시 숨을 불어 넣어 본다.
내 파란 셔츠에 붉은 물이 튀어 동그랗게 번진다.

(물들일 의미를 찾지 못하는 이 몸.
"너에게 색깔 따위 어울리지 않아"
지적하는 교실 문을 향해 "나도 알고 있다고!" 말하며 잡아 뜯고는 불타는 듯한 붉은 빛깔을 갈구했다. 낡은 팔레트를 열어 확인해보지만, 아무리 봐도 그곳에는 나밖에 없다. 그것은 빗속에서 조용히 옷을 벗는 소년의 쪽빛)

색깔에 빼앗긴 내 숨결이
도화지 위에서 되살아난다.
물이 되어 입김으로 뻗어나간다.
이 수맥이 다다른 곳이
누군가의 타들어가는 왼쪽 가슴이라면
나 또한 되찾아야 할 것이 있다.
되찾기 위한 입구가 눈꺼풀 속에서 서서히 보인다.
"물이 되고 싶어!"
바람에 휩쓸려 구름을 향해 뛰어오르는 나.
흰 구름 꼭대기에 손을 짚고 남몰래 웅크린다.
어느 날 붓에 쓸려
거리에 뚝 떨어진다면
나는 바람에 부풀어 오른 치맛자락처럼
활짝 피어서 보여주리라.

大きく産んであげるね、地球

目を閉じれば、私は消える。
まばたきの隙に、
あの一瞬の暗闇のときに、
からだは別の何かへすり替わっていく。
私が地球をはらんだのは
誰のしわざでもない。
まぶたの裏に一幕の宇宙をひろげて
ここからずっと、覚えている。

私を子ども扱いするのなら
地球、お前を産んでみせよう。
子宮の内にふくらませ、
お前をひそやかにまわしてやる。
覚えたての自転はぎこちなく、
ときおり子宮の壁にすり寄ってくる。
未熟な重力のため、
宇宙へ絶え間なく砂がこぼれる。
さらさらと
文字をしたためるようなその音は
身重のときを告げている。

486

地球を身籠る支度をしよう。まず、影のうぶ毛を踏みしだき、まっただなかの泥土ねじる。けぶっていくそれらひとつひとつに指をさし、告げていくのだ、

（わたしはお前）

開かない目をこじあける度、そこに私を見たので、いっそうお前をいじめたい。海を一身に浴びせるため、何度でも突き落とそう。そうしてすっかり角が取れたなら、まわってごらん、お前。もっと上手にまわれるだろう。

ひとよりも大きく産んであげるね、地球

うそぶく。

腹をたてに撫で、よこにさすりながら息をつく。

宇宙に浮かべて、初めてお前の青さを知るだろう。

立たされる場所がないのなら、

まず腹を痛めたい。

（許せますか）

お前のうえに立つ、それだけの母。

きょうも背が
伸びすぎてしまった。

文月 悠光(ふづき　ゆみ) 1991年北海道生まれ、東京在住。中学生の時から雑誌に詩の投稿を始め、16歳で現代詩手帖賞を受賞。高校3年の時に出した第1詩集『適切な世界の適切ならざる私』で、中原中也賞と丸山豊記念現代詩賞を史上最年少で受賞。近著に第二詩集『屋根よりも深々と』。雑誌に書評やエッセイを執筆するほか、NHK全国学校音楽コンクール課題曲の作詞、ラジオ番組での詩の朗読など、幅広く活動中。音楽、絵画、写真、ファッション、ダンスなど他ジャンルとのコラボレーションにも取り組んでいる。

크게 낳아 줄게, 지구야

눈을 감으면 나는 사라진다.
눈 깜짝할 사이에
그 찰나의 어둠 동안
내 몸은 다른 무언가로 바뀌어 간다.
내가 지구를 잉태한 것은
어느 누구의 소행도 아니다.
눈꺼풀 속에 하나의 우주를 펼쳐놓고
거기에서 계속 기억한다.

날 어린애 취급한다면
지구야, 보란 듯이 너를 낳아주마.
자궁 안에서 부풀려서
조용히 너를 빙빙 돌릴 거야.
이제 막 배운 자전은 어색해서
때때로 자궁벽으로 다가오겠지.
미숙한 중력 탓에
모래가 끊임없이 우주로 쏟아진다.
사르락 사르락
글자를 쓰는 듯한 그 소리는
잉태를 알리고 있다.

지구를 뱃속에 품을 준비를 하자. 먼저 그림자의 솜털을 짓밟고, 한복판의 진흙을 짓이긴다. 피어오르는 그것들 하나하나를 손가락으로 가리키며 표시해 간다

(내가 바로 너야)

떠지지 않는 눈을 억지로 뜰 때마다 나를 봤으니 더욱 너를 괴롭히고 싶다. 바다를 온 몸에 끼얹기 위해 몇 번이라도 떨어뜨릴 거야. 그리하여 모난 데가 완전히 깎였다면 빙빙 돌아보렴. 넌 잘 돌 수 있을 거야.

사람보다 크게 낳아 줄게, 지구야
큰소리친다.
아래위로 배를 어루만지고 좌우로 쓰다듬으며 숨을 몰아쉰다.
너를 우주로 띄워 올리고 나서야 비로소 네가 푸르다는 걸 알 테지.
일어설 곳이 없다면,
우선 해산(解産)하고 싶다.
(용서할 수 있나요?)
네 위에 서는, 딱 그만큼의 어머니.

오늘도 키가
너무 자라고 말았다.

후즈키 유미(文月 悠光) 1991년 홋카이도 출생. 도쿄 거주. 중학생 때부터
문학지에 시를 투고하여, 16세에 겐다이시테초상 수상. 고등학교 3학년 때
출간한 첫 시집 『적절한 세상의 적절하지 않은 나』로 나카하라 추야상, 마
루야마 유타카 기념 현대시상을 사상 최연소로 동시 수상. 최근에는 두 번
째 시집 『지붕보다 깊숙이』 출간. 잡지에 서평과 에세이를 집필하고, NHK
전국 학교음악콩쿠르 참가 곡 작사를 하고, 라디오 프로그램에서 시를 낭
독하는 등 폭넓게 활동하고 있다. 음악, 그림, 사진, 패션, 댄스 등 다른 장
르와의 공동 작업에도 힘을 기울이고 있다.

夕やけの糸

星野 元一 (ほしの げんいち)

夕やけの歌の空を、とんぼは飛んだ。尻っぽに糸をくっつけて―。

子どもの頃、わたしはとんぼを糸でしばって飛ばした。凧のように。空の深さを測るためにではない。飛べない妬みが、ついにとんぼに罪をなすりつけたのだ。

たすけてくれー、といってとんぼは空へ逃げて行った。よたよたと。糸よりも先には行けない空。もがいても引きもどされる空。力つきて落ちてしまう空。いい気味だ。糸はわたしの手の中でとんぼの空を支配した。

アキアカネが飛んでいる。わたしの空を鬼ごっこのように。学校の運動場のように。早くつかまえて早くつかまえてといって笑いながら。わたしの糸を引っぱったりして。

저녁놀 사이로 흐르는 실

호시노 겐이치(星野 元一)

저녁놀이 노래하는 하늘에 잠자리가 날고 있다. 꼬리에 실을 매달고.

어린 시절 나는 잠자리를 실로 묶어서 날렸다. 연처럼. 하늘의 깊이를 재기 위해서가 아니다. 날지 못하는 질투가 잠자리에게 죄를 뒤집어씌운 것이다.

살려 줘, 살려 줘, 외치며 잠자리는 하늘로 도망쳤다. 비틀비틀. 실보다 더 앞으로는 나아가지 못하는 하늘. 몸부림쳐도 다시 끌려오는 하늘. 기진맥진해서 떨어지는 하늘. 속이 후련했다. 꼬리에 매달린 실은 내 손 안에서 잠자리의 하늘을 지배했다.

고추잠자리가 날아다닌다. 내 하늘에서 숨바꼭질 하듯이. 학교 운동장에서 뛰놀 듯이. 나 잡아봐라 어서 빨리 잡아봐 하고 웃으면서. 내 실을 잡아당기면서.

雪の神話

冬は掘り出してやらなければならない。雪の中か
ら、家も人も猫も鼠も。息をさせるために、だ。
おーい、大丈夫かー、といって救急車がやって来
るが、頭の上を通りすぎていく。街の方へ。恨め
しやー、といって穴の中から首を出すと、地球は
ごうごうとした氷河時代だ。アマテラスオオミカ
ミまでが氷漬けになって杉の枝にぶらさがってい
る。

仕方ないから徳利を持って来て、つまみがないか
ら妻を呼んで、アマノウズメノミコトの話を聞か
せて酒を飲ませ、どうだ、おまえも裸になって踊
ってみるかというと、何をいうの、雪掘りばかり
させているくせに、と管をまかれてしまって、ア
マノタヂカラヲノミコトの神話は終りだ。

それじゃ　といって樅の木に綿と豆電球をつけ、蓄
音機でレコードをならし、赤い帽子に白髭をつけ
たアルバイトのにいちゃんではどうかね、という
と、靴下はどうなるのという。雪の夜の夢は、カ

494

シオペアか北斗星の個室だったのに、もうサロンパスを貼ったからいいという。ついに西洋の神話もホカロンを貼りつけられ、炬燵を追い出されて、スーパーに買い出しに行くはめになってしまった。こんなに雪が降るというのに。

눈의 신화

겨울에는 파내 주어야 한다. 눈 속에서 집도 사람도 고양이도 쥐도. 숨을 쉬게 하기 위해서다. 이봐요, 괜찮아요? 부르며 구급차가 다가오지만 멈추지 않고 머리 위를 스쳐 지나간다. 시내를 향해. 구해주지도 않고 뭐하는 거야 원망하며 구멍 속에서 고개를 내밀어 보니 지구는 요란한 빙하시대다. 태양의 여신 아마테라스오미카미*마저 얼음 속에 갇혀 삼나무 가지에 매달려 있다.

어찌할 방도가 없으니 술병을 가져 오고, 안주가 없으니 마누라를 불러 아마노우즈메노미코토*의 이야기를 들려주며 술을 먹이고는 어때 당신도 한 번 벌거벗고 춤을 춰보지 않겠어? 라고 권하자, 무슨 소릴 하는 거예요, 줄창 눈 치우는 일만 시키는 주제에 언감생심, 하며 주정을 부리는 통에 아마노타지카라오노미코토*의 신화는 끝이 났다.

그렇다면 전나무에 흰 솜과 꼬마전구를 매달아 축음기로 레코드를 틀고 빨간 모자를 쓰고 하얀 콧수염을 붙이고 아르바이트를 하면 어떨까 말하자, 양말은 어쩔 건데요? 라며 면박을 준다. 눈 오는 날 밤의 꿈은 카시오페

이아나 북두칠성이 독차지했는데 이제 살롱파스*를 붙였으니 괜찮다고 한다. 마침내 서양의 신화도 호카론*을 붙이고 고타쓰*에서도 쫓겨나 슈퍼마켓에 물건 사러 가는 처지로 전락했다. 이렇게 펑펑 눈이 내리는데.

〈옮긴이 주〉
* 아마테라스오미카미(天照大神) : 일본 신화에 나오는 해의 여신. 일본 황실의 조상이라고 함.
* 아마노우즈메노미코토(天宇受賣命/天鈿女命): 일본 신화에 나오는 여신으로서 동굴 앞에서 춤을 추어 세상을 구했다고 해서 예능의 신이라고 일컬어진다.
* 아마노타지카라오노미코토(天手力男神/天手力雄神) : 일본 신화에 나오는 천상에 있다는 암굴의 문을 연 힘이 센 신.
* 살롱파스 : 타박상, 근육통, 신경통에 붙이는 파스의 일본 브랜드 명.
* 호카론 : 일회용 손난로의 일본 브랜드 명.
* 고타쓰 : 숯불이나 전기 등의 열원 위에 테이블 같은 틀을 붙이고, 그 위에 이불을 덮어씌운 일본의 난방기구로서 일종의 전기 화로와 같다.

餅をついた日

餅をついたなあー。地球が金色に輝いた日、うさ
ぎは月で餅をついた。鉢巻きをして汗を流して。
恋人たちは石垣によりそい、口を開けて眺めてい
た。

餅をついたなー。盆も正月も。その間には節句も
祭りもあった。いくぞおー、といって父が杵を振
り上げ、はいよおー、といって母が頭を差し出し
た。それー、といって子どもたちは空の方までく
っついて行った。

餅をついたなー。ぺったんこぺったんこと。画き
餅や焼き餅や尻餅を。臼から大判小判がざくざく
と出て来た。みんながおれのものだといって飛ん
できた。どろん、といって狸がすたこら逃げてい
った。

餅をついたなあー。だから食べた。そおーっと指
を突っこんで、まあるい女の奥の方まで。おれで
はないといって、腹がぱんぱんになって眠くなっ

て死んでしまうまで。

星野 元一(ほしの　げんいち) 1937年新潟県十日町市生まれ。詩集『のっそりと象が歩く』、『夏のおわかれ』、『銀河鉄道上野発』、『君が帰って来る日のために』、『日曜日のピノキオ』、『ゴンベとカラス氏』、『モノたちの青春』など。個人誌『蝸牛』発行。日本現代詩人会、新潟県現代詩人会会員。

떡방아 찧은 날

떡방아를 찧었지. 지구가 금빛으로 빛나던 날, 토끼는 달에서 떡방아를 찧었다. 머리띠를 질끈 동여매고 땀을 흘리며. 연인들은 돌담에 바싹 달라붙어 입을 벌리고 바라보고 있었다.

떡방아를 찧었지. 백중맞이 때도 설날에도. 그 사이에는 절기도 축제도 있었다. '시작한다아!' 외치며 아버지는 절굿공이를 치켜들고, '예이!' 하며 엄마는 고개를 내밀었다. '와아!'하며 아이들은 신나서 기분이 하늘에 들러붙었다

떡방아를 찧었지. 쿵덕쿵덕. 그림떡방아며 구운떡방아며 엉덩방아를. 절구에서 크고 작은 금화가 쏟아져 나왔다. 모두가 자기 것이라며 달려들었다. 쌩하니 너구리가 삼십육계 줄행랑을 쳤다.

떡방아를 찧었지. 그래서 신나게 먹었다. 살짝 손가락을 찔러 넣어 둥그스름한 여인의 깊숙한 곳까지. 나는 아니라고 말하면서, 배가 빵빵해서 졸려 죽을 지경이 될 때까지.

500

호시노 겐이치(星野 元一) 1937년 니가타 현 출생. 시집 『느릿느릿 코끼리가 걷는다』 『여름의 이별』 『우에노에서 출발하는 은하철도』 『네가 돌아오는 날을 위해서』 『일요일의 피노키오』 『곰베*와 까마귀 씨』 『사람들의 청춘』 등. 개인 시문학지 『달팽이』 발행인. 일본현대시인회, 니가타현현대시인회 회원.

〈옮긴이 주〉
* 곰베(Gombe State) : 나이지리아의 북동부에 위치한 주.

夜の膚

岬 多可子(みさき たかこ)

i 夜の膚

蝶の羽を
濡れにくいもののように思う。
雨にも夜にも
油性を帯びてあるだろう。
その羽を毟られた残りの、
頭部、胸部、腹部、
つまり本質のような部分のことを
性愛へ引用したい。
頭部、胸部、腹部、とあるどのあたりで
感受のあり方は尖ってくるのだろうか。
うすい夜の膚一枚で
あやうく保たれている、内省、
しかし、滲み出てしまう。

ii 慣性

羽を持つ虫たちが飛びながら
飛びながら、鳥に喰われてしまうって

一瞬のことだもの、
わからないまま。
死んだような気が
いつまでもしないだろう。
喰った鳥も飛んでいるのだから
いつまでも飛んでいる気がするだろう。
空の、喉の、どのあたりだろうか、
死のほうへ、
境界を越えるのは。

밤의 살갗

미사키 다카코(岬 多可子)

i. 밤의 살갗

나비 날개는
쉬이 젖지 않을 것 같다
비가 와도 밤이 와도
기름막을 둘렀겠지
날개를 쥐어뜯긴 잔해
머리, 가슴, 배,
이른바 본질이라 할 부분을
성애에 인용하고 싶다.
머리, 가슴, 배 어느 구석 어느 언저리에
감촉을 받아들이는 곳이 솟아 있는 걸까
엷은 밤의 살갗 한 겹으로
가까스로 유지되는 내면의 성찰
하지만 끝내 새어나온다.

ii. 관성

날벌레들이 떼 지어 날아다니다
날아다니다 새에게 먹히는 일은

한순간에 벌어지는 일
벌레는 깨닫지 못한 채
죽었다는 감각이
내도록 들지 않을 테지.
포식한 새도 날고 있는 중이라
내도록 날갯짓한다는 감각이 들겠지.
하늘의 목구멍 어느 언저리부터일까
죽음을 향하여
경계를 뛰어넘는 순간은.

苺を煮る

赤い苺を甘く
煮ているのであるが
そんなとき
底のほうからどんどんと
滲み出てきて　崩れていく。

たとえば。
奪ってきたんだ　という
とうとつなおもい。
じくじくと　苺は赤い血を吐くが
忸怩たる　とはこういうことか。
うつくつと　琺瑯の鍋は音をたてるが
鬱屈した　とはこういうことか。

しなかったけれども
かんがえたことというのは
たくさん　ある。
形のなくなるまで
って　こわいじゃないか。

罪を犯して連れて行かれるひとのこと
あ　こういう顔をしているんだ
と思って見ていて。
鍋の　わたしの
赤くかがやいている内側を
他言はできない。

それから静かに瓶につめ
蓋を閉め
日付を書いて
春のさなかへ向かう。当分は
だめにならない。

岬 多可子(みさき　たかこ) 1967年千葉県いすみ市生まれ。新川和江・吉原幸子編集の詩誌『ラ・メール』で学び、1990年、ラ・メール新人賞受賞。詩集、1991年『官能検査室』、1995年『花の残り』、2006年『桜病院周辺』(第37回高見順賞受賞)、2011年『静かに、毀れている庭』(第4回小野市詩歌文学賞受賞)、2015年『飛びたたせなかったほうの蝶々』。詩誌『左庭』同人。

딸기를 조리다

빨간 딸기를 달달하게
조리고 있노라면
그럴 때는
바닥에서 천천히
배어나와 무너져 내린다.

이를테면
앗으러 왔구나 하는
생각에 문득 사로잡히고.
자박자박 딸기는 붉은 피를 뱉어내는데
부끄러움이란 이런 것인가.
법랑냄비는 울적한 소리를 내고
우울함이란 이런 것인가.

종내 이루진 못했지만
계획해본 일은
수두룩하다.
형체가 사라질 때까지
라니 두렵지 않은가.

죄를 짓고 끌려가는 사람은
아, 이런 얼굴을 하고 있겠구나
그리 생각하고 봐주길.
냄비의, 나의
시뻘겋게 달아오른 내면을
다 토로할 수는 없다.

그러고 나서 조용히 병에 담아
밀봉하고
날짜를 표기하여
봄의 한 가운데로 달려간다. 얼마간은
상하지 않으리라

미사키 다카코(岬 多可子) 1967년 지바 현 출생. 신카와 가즈에, 요시하라 사치코가 주관한 시문학지 『라 메르』를 통해 시 창작 활동 시작. 1990년 라 메르 신인상 수상. 2006년 시집 『벚꽃 병원 주변』으로 제37회 다카미 준상. 2011년 『조용히 무너져 내리는 정원』으로 제4회 오노시 시가문학상 수상. 그 외의 시집으로 1991년 『관능검사실』, 1995년 『꽃의 잔해』, 2015년 『날게 하지 못했던 쪽의 나비』 등. 시문학지 『왼쪽 정원』 동인.

馬のたまご

水野 るり子(みずの　るりこ)

雨の日のかえりみち
通りかかった家がなつかしくて
わたしはひさしの下に
傘をかたむけて　埋めてきた
《馬のたまごを一個》だけ

二億年も 隔たって
その家をのぞいたら
(太陽の黒点がしきりに爆発する冬だったけど)
さかなの顔をした男が
母系のはなしをしていたよ

隅のテーブルに
月球儀がおかれていて
羊水のように
《静かの海》が光っていてね
そのうすあかい水たまりが
ひとしずく　ひとしずく
ふたりの背後に落下している…

510

そのとき　窓の外を
通りぬけていくものがあってね
それが大きな黒毛の馬だったのか
（なにかちがうものの影だったのか…）
はっきりしないまま
そのあたりは
ただ砂のようにしんとして
空には薄いガラスが張り詰めていたんだ

말(馬)이 낳은 알

미즈노 루리코(水野 るリ子)

빗속의 귀갓길
지나온 집이 그리워
나는 처마 밑에
우산을 기울이고서 묻어놓은
'말이 낳은 알 하나'를 꺼냈지

2억 년이나 떨어진
그 집을 들여다보노라면
 (태양의 흑점이 줄기차게 폭발하는 겨울이었지만)
물고기 얼굴을 한 남자가
모계(母系)에 관해 이야기를 하고 있었지

구석진 테이블에
월구의*가 놓여있고
양수처럼
'고요의 바다*'가 반짝이고
그 붉그스름한 웅덩이가
한 방울 한 방울
두 사람의 등 뒤에서 낙하하고 있었지

그때 창밖을
빠져나가는 것이 있었지
커다란 흑마였는지
(뭔가 다른 존재의 그림자였는지)
확실치 않은 채
그 주변은
그저 모래처럼 괴괴하고
하늘은 얇은 유리에 감싸여있었지

〈옮긴이 주〉
* 월구의(moon globe) : 달 표면의 지형지물을 구현한 모형.
* 고요의 바다 : 달의 지형을 말함. 학명 Mare Tranquillitatis.

雨の旅

ひとけのないカフェに
ひとりこしかけて
降りしきる雨の音に打たれている
注文を取りにくるものもいない

（前線が近づいているという予報…）

西の窓の近くに
さっきまで
ゾウが一頭すわっていた

のこされた
かすかな名残の…その足あと
ぬれ方や薄れ方でそれとわかる

決して ひとなれせず
影のように立ち去る、その気配
　（たくさんのものたちが そうやって）
もうもどってこない

514

一万年も記憶の水底に沈んだままの場所
かたむいた屋根のすきまから
潮のしずくが漏れている…

ほの暗い卓上で
アンモナイトのスプーンが一本
キラと光り
また海の匂いが立ち込めてくる

水野 るり子(みずの　るりこ) 1932年東京生まれ。詩集『動物図鑑』、『ヘンゼル
とグレーテルの島』(1984年第34回H氏賞受賞)、詩集『ラプンツェルの馬』、『はし
ばみ色の目のいもうと』、『クジラの耳かき』、『ユニコーンの夜に』(2011年第3回小
野市詩歌文学賞受賞)ほか。訳書に絵本『ヘンゼルとグレーテル』(シンシア・ライ
ラント著)他がある。詩誌『二兎』発行。

비의 여행

인적 없는 카페에
홀로 앉아
쏟아지는 빗소리를 듣고 있다
주문을 받으러 오는 종업원도 없다

　(장마전선이 다가오고 있다는 예보……)

서쪽 창가에
방금 전까지
코끼리 한 마리가 앉아있었다.

남겨진
흐릿한 흔적…… 발자국
젖어 있는 정도와 흐린 정도를 보면 안다

끝내 사람에게 적응하지 못하고
그림자인 양 물러가는 기척
　(많은 존재가 그렇게 해서)
다시는 돌아오지 못했다

만 년 동안이나 기억의 수면 아래에 가라앉은 곳
기울어진 지붕 틈새로
호수의 물방울이 새고 있다

어슴푸레한 탁자에
암모나이트 스푼 하나가
반짝 빛나더니
다시 바다냄새가 스멀스멀 퍼진다

미즈노 루리코(水野 るリ子) 1932년 도쿄 출생. 1984년 시집 『헨젤과 그 레텔의 섬』으로 제34회 H씨상. 2011년 『유니콘의 밤에』로 제3회 오노 시 시 가문학상 수상. 그 외의 시집으로 『라푼젤의 말(馬)』 『개암나무색 눈을 가진 여동생』 『고래의 귀이개』 등. 번역서로 그림책 『헨젤과 그레텔』 등. 시문학 지 『두 마리 토끼』 발행.

私を底辺として。

三角 みづ紀(みすみ みづき)

私を底辺として。
幾人ものおんなが通過していく
たまに立ち止まることもある
輪郭が歪んでいく、
私は腐敗していく。
きれいな空だ
見たこともない青空だ
涙は蒸発し、
雲に成り、
我々を溶かす酸性雨と成る
はじまりから終わりまで
首尾一貫している
私は腐敗していく。
どろどろになる
悪臭漂い
君の堆肥となる
君は私を底辺として。
育っていく
そっと太陽に手を伸ばす
腕、崩れる

나를 밑바닥삼아

미스미 미즈키(三角 みづ紀)

나를 밑바닥삼아
몇 명의 여자가 지나간다
가끔 멈춰서기도 한다
윤곽이 일그러지고
나는 부패한다
아름다운 하늘이다
본 적도 없는 푸른 하늘이다
눈물은 증발하고
구름이 되고
우리를 녹이는 산성비가 된다
처음부터 끝까지
시종일관이다
나는 부패한다
곤죽이 된다
악취를 풍기는
너의 퇴비가 된다
너는 나를 밑바닥삼아
자란다
살며시 태양에 손을 뻗는
팔, 무너진다

終焉＃３０

密集した舟が
音をたてずに
いつかしぬひとたちを
運んでいく
いつかしぬひとたちは
いつかしぬのだからと
頭を撫でてくれた

冷えて固まった溶岩の波に
足をとられるように
いつも この一瞬も
すべて生きているのだから
見知らぬひとたちと
目がつぶれるほどの星をながめることもある
凍えそうで
可笑しくて

キラウエアの火口で
燃えあがる隣で
いつかしぬひとたちが

いつかしぬのだからと
頭を撫でてくるとき
わたしは宇宙がしぬときを
考えた

靴紐をむすびなおす
丁寧に

三角 みづ紀(みすみ みづき) 1981年鹿児島県生まれ。大学在学中に詩の投稿をはじめ、第42回現代詩手帖賞受賞。第1詩集『オウバアキル』にて第10回中原中也賞を受賞。第2詩集『カナシヤル』で南日本文学賞と歴程新鋭賞を受賞。書評やエッセー執筆、ワークショップも行っている。朗読活動を精力的に続け、自身のユニットのCDを2枚発表し、スロベニア国際詩祭やリトアニア国際詩祭に招聘される。2014年、第5詩集『隣人のいない部屋』で第22回萩原朔太郎賞を史上最年少受賞。近著に現代詩文庫206『三角みづ紀詩集』、第6詩集『舵を弾く』がある。パフォーマンスのための詩作や美術館での展示や作詞等、あらゆる表現を詩として発信している。http://misumimizuki.com/

종언(終焉)*#30

밀집한 배가
소리 없이
언젠가 죽을 사람들을
싣고 간다
언젠가 죽을 사람들은
언젠가 죽을 테니 하며
머리를 어루만져 주었다

식어 굳어버린 용암의 파도에
발이 빠지듯이
이 순간에도 한결같이
모두 살아있으니
모르는 사람들과
눈이 멀 정도로 별을 바라보는 일도 있다
얼어버릴 것 같아서
우스꽝스러워서

킬라우에아*의 분화구에서
활활 타오르는 근처에서
언젠가 죽을 사람들이

언젠가 죽을 테니 하고
머리를 어루만져 줄 때
나는 우주가 죽는 순간을
생각했다

구두끈을 다시 묶었다
정성스레

〈옮긴이 주〉
* 킬라우에아 : 하와이 섬 남동쪽에 있는 활화산. 용암이 넘치는 장관으로
유명하다.

미스미 미즈키(三角 みづ紀) 1981년 가고시마 현 출생. 대학 재학 중에 문학지에 시를 투고하여, 제42회 겐다이시테초상 수상. 제1시집 『오버킬(overkill)』로 제10회 나카하라 추야상. 제2시집 『가나시아루』로 미나미니혼 문학상과 레키테이 신예상, 2014년 제5시집 『이웃이 없는 집』으로 제22회 하기와라 사쿠타로상을 사상 최연소로 수상. 최근에 출간한 시집으로 현대시문고 206 『미스미 미즈키 시집』, 제6시집 『노를 젓다』 등. 서평과 에세이를 집필하고 시 연구 모임을 이끌고 있다. 시낭송도 활발하여 자신의 유닛 CD 2매를 발표하여 슬로베니아 및 리투아니아 국제 시 축제에 초청받는 등 해외에서도 폭넓게 활동하고 있다. 퍼포먼스를 위한 시 창작. 미술관에서의 전시, 작사 등 여러 표현을 시로서 발신하고 있다. http://misumimizuki.com/

雨の朝、ことばは

谷内 修三(やち しゅうそ)

ことばは皆おなじようにはつくられていない。
雨の朝、薄むらさきに開きはじめたぼたんに近づ
　いたことばは、
その新しい輪郭に触れさせてもらえなかった。
左となりの複雑に切り込まれた葉の先から落ちて
　いくように運命づけられていた。

ことばは皆おなじようにつくられてはいない。
雨の朝、あたたかな土の中で眠っていたことば
　は、
見つづけた夢のなかからいちばん透明な影を取り
　出してみせろと言われ、
みどりの導管をかけのぼりながら、永遠にどこに
　もたどりつけない恐怖を感じた。

ことばは皆おなじようにつくられてはいないが、
かなしみをせきとめるために動くもの、さびしさ
　を解き放つために動くもの、
嫌われ、嫌われた後に愛されるものになることを
　信じて、

ことばは皆おなじようにつくられていない。

雨の朝、いちばんこまかい雨になって降り続ける

　　ことばは

一滴の球形に青と紅と白い色を閉じ込める。

비 오는 아침, 언어는

야치 슈소(谷内 修三)

언어는 각기 다르게 만들어졌다.
비오는 아침, 연보랏빛으로 꽃잎을 막 열기 시작한 모
란꽃에 다가간 언어는
새로운 윤곽에 닿지 못했다.
왼쪽 근처의 복잡하게 갈라진 잎사귀 끝에서 떨어져갈
운명이었다.

언어는 각기 다르게 만들어졌다.
비오는 아침, 따뜻한 흙 속에 잠자고 있던 언어는
꾸고 있던 꿈속에서 가장 투명한 그림자를 꺼내 보이
라는 말을 듣고
초록색 물관을 뛰어올라가며 영원히 어디에도 도착하
지 못하리라는 공포를 느꼈다.

언어는 각기 다르게 만들어졌지만
슬픔을 막기 위해 움직이는 것, 외로움을 털어버리기
위해 움직이는 것
미움을 받고, 미움을 받은 후에 다시 사랑받을 것을
믿으며

언어는 각기 다르게 만들어졌다.

비오는 아침 가장 가는 빗줄기가 되어 계속 쏟아지는 언어는

한 방울의 둥근 형상에 파랑과 빨강과 흰색을 가둔다.

怒りについて――あるいはニーチェの馬

馬にあらわれた変化は、それまでに見たことのな
　いものだった。
完璧に晴れた五月の空を映していた肌が突然小刻
　みに震えた。
馬の目は、遠い森のなかの静かな湖に風が吹いて
　水面が砕け、
砕けながら風を追いかけて走るのを見ている。そ
　の水面のように

抑制された筋肉から滲み出てきた薄い油で磨き上
　げたような栗色の馬の肌の上で、
そこにある強靱な光が表面的な色を分解し、攪拌
　し、ふたたび似たものを凝固させる。
茶色、紫、緑、青、朱色 ―― 太い筆で描いたかさ
　ぶたのような色の塊と亀裂
（遠くから見ると、点描のように混ざり合い、栗
　色に見えないことはない。

　―― この変化を見ながら、ことばは瞬間的に定義
　する。怒りとは

感情の連続が断ち切られ、孤立した絶望がむきだ
　　しのまま噴出してしまうことである

という哲学を色彩に変形させて具現化している
　　が、この馬である。
食いたくもなかったじゃがいもの皮、濁った泥水
　　の上の青空、花の奥の毒ある蜜……
労働の日々と塩のように真っ白なリンゴの果肉、
　　黒い種子のなかの胚のやわらかさ
思い出に理由はない

谷内　修三(やち　しゅうそ) 1953年秋田県生まれ。現代詩手帖賞、福岡県詩人
賞、中新田文学賞受賞。詩集『The magic box』、『天辺』、『最上の愉悦』、『蝋梅の
道』、『ピック、パック、ポック、パック。』、『注釈』など。評論集『詩を読む 詩をつか
む』『谷川俊太郎の「こころ」を読む』『リッツォス詩選集 附:谷内修三「中井久夫の
訳詩を読む」』(共著)。

분노에 대해 ─ 혹은 니체의 말(馬)

말에 나타난 변화는 그때까지 본적이 없는 것이었다.

구름한 점 없이 맑은 5월의 하늘을 반사하던 피부가 가늘게 떨렸다.

말의 눈 속에서는 먼 숲속 고요한 호수에 바람이 불어 수면이 부서지고

부서지면서 바람을 쫓아 내달리는 것을 보고 있다. 그 수면처럼

절제된 근육에서 스며 나온 묽은 기름으로 광을 낸듯 한 밤색 피부에서

그곳에 있는 강인한 빛이 표면적인 색을 분해하고 휘 젓고 다시 비슷한 것을 응고시킨다.

갈색, 보라색, 녹색, 청색, 주홍색 ─ 굵은 붓으로 그 린 부스럼 같은 색의 덩어리와 균열

(멀리서 보면, 점묘처럼 뒤섞여 밤색으로 보이기도 한다.)

─ 이 변화를 보면서 언어는 순간적으로 정의한다. 분 노란

연속된 감정이 끊어지고 고립된 절망이 발가벗겨진 채

분출하는 것이다

그러한 철학을 색채로 변형하여 구현하는 것이 바로
이 말(馬)이다.

먹고 싶지 않았던 감자 껍질, 탁한 흙탕물 위의 푸른
하늘, 꽃 속 깊이 독을 품은 꿀……

노동의 나날과 소금처럼 새하얀 사과의 과육, 검은 씨
앗 속 씨눈의 부드러움

추억에는 이유가 없다

야치 슈소(谷内 修三) 1953년 아키타 현 출생. 겐다이시테초상, 후쿠오카
현시인상, 나카니다문학상 수상. 시집 『The magic box』 『하늘가』 『최상의
기쁨』 『납매나무의 길』 『픽, 팩, 폭, 퍽*』 『주석』 등. 평론집 『시를 읽다. 시를
쥐다』 『다니카와 슌타로의 「마음」을 읽다』 『그리스 시인 야니스 리초스 시
선집. 부(附): 야치 슈소 「나카이 히사오의 번역시를 읽다」』(공저).

〈옮긴이 주〉
* 픽, 팩, 폭, 퍽(pick, pack, pock, puck) : 제임스 조이스(James Joyce,
  1882~1941)가 소설 『젊은 예술가의 초상』 1장 마지막에 쓴 어구. 크리켓
  경기 도중 나는 소리를 표현한 의성어이다.

部屋

山田 隆昭(やまだ　たかあき)

いのちがあれば影と遊べる
足許から延びて臍のあたりで立ち上がる姿
電球に歩み寄って巨人になり
遠ざかれば等身大に近づく
影は家具たちの形にさえなじんで
いとおしみ　舐めつくす
箪笥にはぎっしりと
姉さんの匂いが詰まっているというのに

深呼吸がしたくて
廊下に逃げ出した少年はそれから
後ろ手に閉めた障子に向きあう
たっぷり濡らした指が
ゆっくりと紙に呑まれる
引き抜けばほどけた繊維が
きゅっと咎めるようにまとわりつく
そこから見える昔の光景
穴によってあらわになった
死んだ姉さんの姿　影法師はない

にじり寄るものの気配が
少年の背後に満ちてくる
上手に削られた木肌が擦れあう音がして
ふたたび開け放たれる障子
喉笛をふるわせていた子守唄が
急いで　止む

少年の皮膚に指が差し込まれ
内側を覗く者がある

방

야마다 다카아키(山田 隆昭)

생명이 있다면 그림자와 놀 수 있다
발밑에서 늘어나 배꼽 언저리에서 일어서는 모습
전구에 다가가 거인이 되었다가
멀어지면 사람만한 크기가 된다
그림자는 가구들의 형상에도 정이 들어
아쉬움을 몽땅 핥는다
옷장에는 한가득
누나의 향기가 채워져 있다는데

심호흡을 하려고
복도로 도망친 소년은 그리고 나서
등 뒤로 닫은 장지문을 마주한다
흠뻑 젖은 손가락이
천천히 종이에 들러붙는다
뒤로 빼자 녹은 섬유가
책망하듯 찍하고 엉겨 붙는다
거기에서 내비치는 옛날의 광경
구멍으로 드러난
죽은 누나의 모습, 그림자는 없다

조금씩 다가오는 듯한 기척이
소년의 등 뒤로 가득하다
잘 깎인 나무껍질을 맞부딪치는 소리가 나고
다시 활짝 열어젖힌 장지문
목젖을 떨며 부르던 자장가가
갑자기 멈춘다

소년의 살에 손가락을 꽂고서
내부를 살피는 자가 있다

晴天

あからさまに
できないものが滴っていて
物干場の土はいつも湿っている
もちろん潔白です と
洗濯ものをくわえた犬が
路地からのぞいている夕暮れ

手拭には
カミソリが隠されてあり
湯上がりの肌を狙う
このまま
屍に咲く花を摘みにゆこう
月の光を浴びて
ぽっかりと咲く花の
微笑む殺意に触れて
ひそかに脱皮をこころみる
これがわたしの儀礼だった
聖なる川のほとりで
河童たちはぷるぷると祈るだろう
聖なるものへの行進は途絶え

犬は星座のかたちで追ってくる

死んだふりをしなくてよいのだ
湿った土の下にある太陽は
あした
凍ったまま昇るのだから

山田　隆昭(やまだ　たかあき）1949年東京生まれ。詩集『鬼』、『うしろめた屋』(1996年第47回H氏賞受賞)、『座敷牢』など。

맑은 하늘

밝혀지지 못한 것들이
방울방울 떨어져
빨래걸이 아래의 흙은 늘 축축하다
당연히 자신은 결백하다며
빨랫감을 입에 문 개가
골목길에서 올려다보는 석양

수건에는
면도칼이 숨겨져 있고
갓 목욕을 마친 피부를 노린다
이대로
시체에 핀 꽃을 따러 가자
달빛을 함빡 받아
빠끔히 피어난 꽃의
미소 짓는 살의에 닿아
은밀하게 탈피를 시도해본다
이것이 내가 행하는 의례다
성스러운 강가에서
갓파*들은 부들부들 떨며 기도하리라
성스러운 것을 향한 행진은 끊기어

개는 별자리 모습으로 쫓아온다

죽은 체 하지 않아도 된다
축축한 흙 아래에 있는 태양은
내일
꽁꽁 언 채 떠오를 테니까

〈옮긴이 주〉
* 갓파(河童) : 강이나 바다 등 물속에 사는 일본의 요괴. 인간형 몸에 한가
  운데 머리가 빠지고 새의 부리, 거북의 등딱지와 물갈퀴가 달린 모습으로
  흔히 묘사된다.

야마다 다카아키(山田 隆昭) 1949년 도쿄 출생. 1996년 시집 『떳떳치 못
한 자』로 제47회 H씨상 수상. 그 외의 시집으로 『귀신』 『미친 자, 죄진 자를
가두어 두는 방』 등.

茅葺の家

山本 楡美子(やまもと　ゆみこ)

ある作家が書いていたことだが
電車の窓から子どものころに住んでいた家を見つ
　　けると
「あった、あった、きょうもあった」
と安堵でいっぱいになるそうだ
線路沿いの小さな家は
陽の当たりかたによって
ある日は幸せだったり
ある日は淋しかったり

わたしにも
まだあるかどうか確かめる家がある
青梅の
古びた茅葺の家
その家の前に立つと
若くて逞しい父と色の白い母が
太った赤ん坊と一緒に
ちょうど山の上の畑から帰ってくるところに出会う
信仰などというもののあった古い時代にもどって
桶の水と囲炉裏の火はまだ守られている

わたしは遠くから帰ってきた者のように
酒とさかなでいっときもてなされ
頭を下げて辞するのだ

だが去るときは、もうどんな人影もなく
古い家のたたずまいだけ
数年前、ここで見たことのない父母に会ったときは
初めて、とうの昔に父と母を失ったことを理解し
泣きながら帰途についた

초가이엉 얹은 집

야마모토 유미코(山本 楡美子)

어떤 작가가 쓴 글에
달리는 전철 창 너머로 어릴 적 살던 집을 발견하면
'있구나. 오늘도 잘 있구나'
라며 안도한다고 한다
선로 가에 줄지어 선 작은 집은
볕이 들어오는 정도에 따라
어떤 날은 행복했다가
어떤 날은 쓸쓸하다

나 역시
아직 남아있는지 살피곤 하는 집이 있다
오메*에 있는
초가이엉을 얹은 낡은 집
그 집 앞에 서면
젊고 듬직한 아버지와 얼굴이 뽀얀 어머니가
통통한 아기와 함께
구릉지의 밭에서 돌아오는 장면과 마주한다
신앙을 받들며 살던 그 옛날로 돌아간다
통에 담긴 물과 화롯불은 아직 그대로다
나는 먼 곳에서 돌아온 사람처럼

술과 생선으로 정성스럽게 대접을 받고
깊이 고개를 숙여 절을 한다

하지만 그 집을 떠날 때면 인적은 사라지고
낡은 집만 덩그러니 서 있다
몇 해 전 그곳에서 낯선 부모님과 해후했을 때
비로소 먼 옛날에 부모님을 잃었다는 사실을 깨닫고
눈물을 흘리며 귀로에 올랐다

〈옮긴이 주〉

* 오메(靑梅) : 도쿄의 동쪽에 위치하며, 일본의 옛 풍경을 재현해놓은 관광
  지로서 유명하다.

波

フェルメールの絵のなかの人物
手紙を読む
牛乳を甕に入れる
刺繍針を刺す
画家は目の正確さで
甕に牛乳を入れるひとを見る
明け方のカメラオブスクーラで
リュートを弾くひとを見る
裸眼の距離で
横顔の笑う兵士を見つめる
画家のなかであふれでるものが
彼らの動作にあふれ
これぞというときにうめき声をあげる
赤ん坊は立ちあがるとき
「うっ」と声をもらす
声の孵化
呪文を吐く
動作の鎖は
長篇なら長篇の
短篇なら短篇の波を

窓のレースに寄せる

ひとは波にあふれる

わたしは赤ん坊が最初に「うっ」と力んだ声を忘
　　れない

宙に伸ばした手を忘れない

すでにそこに秘密がある

わたしは振り返る

静かなときに

梢が揺れる

鳥が飛び立つ

山本 楡美子(やまもと　ゆみこ) 1943年東京生まれ。詩集『耳さがし』、『うたつぐ
み』、『森へ行く道』。訳詩集にデニーズ・レヴァトフ著『ヤコブの梯子』など。同人誌
『長帽子』、『幻竜』、個人誌『ぶりぜ』発行。

파도

베르메르*의 그림 속 인물은
편지를 읽고
우유를 그릇에 따르고
레이스를 뜬다
화가는 예리한 눈으로
그릇에 우유를 따르는 여인을 관찰한다
동틀 녘 카메라 옵스큐라*로
류트를 타는 여인을 본다
맨눈으로도 잘 보이는 거리에서
병사의 웃는 옆모습을 본다
화가의 내면에서 넘치는 것이
그림 속 그들의 동작에 넘쳐흐르고
결정적인 순간에 탄성을 지른다
아기가 처음으로 일어설 때
'끙'하고 숨을 내뱉는다
소리의 부화
주문을 외운다
동작의 연쇄는
장편이라면 장편의
단편이라면 단편의 파도를

창문 커튼의 레이스에 기댄다

사람은 파도로 넘친다

나는 아기의 잔뜩 힘을 주고 '끙'하던 소리를 잊지 못
한다

공중으로 뻗은 손을 잊지 못한다

이미 거기에 비밀이 서려있다

나는 뒤돌아본다

고요할 때에

나무 우듬지가 흔들린다

새가 날아오른다

〈옮긴이 주〉

* 요하네스 베르메르(Johannes Vermeer, 1632~1675) : 바로크 시대에 활
  동한 네덜란드 화가. 〈델프르 정경〉, 〈진주 귀고리를 한 소녀〉 등이 대표
  작이다. 40점 내외의 적은 작품을 남겼지만 색상의 조화와 대비를 살린
  사실주의적 화풍으로 유명하다.
* 카메라 옵스큐라(camera obscura) : 암상자(暗箱子). 대상을 유리 등에
  투사하여 그 상의 윤곽을 뚜렷하게 그리는 데에 사용하는 기구.

야마모토 유미코(山本 楡美子) 1943년 도쿄 출생. 시집 『귀 찾기』 『노래 개똥지빠귀』 『숲으로 가는 길』 등. 드니즈 레버토프*의 시집 『야곱의 사다리』를 번역. 동인지 『긴 모자』 『환상의 용』 개인시문학지 『브리제』 발행.

〈옮긴이 주〉
* 드니즈 레버토프(Denise Levertov, 1923~1997) : 영국 출생 미국 시인. 어린 나이에 시를 쓰기 시작해 T. S. 엘리엇에게 재능을 인정받았다. 도미 후 베트남 전쟁을 비판하는 시를 비롯하여 정치 참여시와 종교시를 주로 썼다.

道なりに道を

吉貝 甚蔵(よしかい　じんぞう)

商店街には道なりに道を行き
日赤通りは　どこにでもある日赤通りは
北へ延びていて　南北は山から海への行程で
右折のきっかけを探す　直進すれば海に落ちるから
右折して　右折をさらに二回繰り返せばもとの道に
巨大なカニの某有名店を目印に
右折して　そういえばラーメンをンメーラと
逆さ看板にしている店があった　それも目印だった
　　のに
ボクは　日赤通りから百年橋通りに曲がる
那珂川を遡行する海風
百年橋を一分で渡る
そういえばうそ　渡れる百年なんてありはしない
うそいえばそう　橋を渡って消えたのは束の間の雨
小走りの思い出なんて雑踏のすきまに現れては消
　　えるから
あの日のうわさ話もその日の思い出話も驟雨に濡
　　れて
佇むのはこぼれるからで
滲むようなこれからがあり

赤土の土塀は遠ざかりながらも
あざやかに光り　だが
その土塀に囲まれる家屋はなく
隙間はことばのすみかで
すみかはことばをこぼすから
点々と滴るしるしを拾いながら
路地を辿る
気がつけばボクは彷徨いだすボクの
背後に　あるいは脇に　土手
日ざしを受けて
走る自転車が
見えることも
見えないことも あり
振り返ることに慣れる前に
行き先を追う
まるで
あたりまえのように

길 따라 걷고

요시카이 진조(吉貝 甚蔵)

상점가에서는 길 따라 걷고

닛세키도오리 대로*는 어디에나 있는 닛세키도오리 대로는

북으로 뻗어 있고 남북은 산에서 바다로 이어지는 길이라

오른쪽으로 꺾을 기회를 찾는다 직진하면 바다로 빠지니까

오른쪽으로 꺾어서 오른쪽으로 두 번 더 돌면 다시 제자리다

대게 요리로 유명한 가게를 이정표삼아 오른쪽으로 돌아서

그러고 보니 라면을 '면라'라고

글씨가 상하로 뒤집힌 간판을 단 가게가 있었다 그 집도 이정표였는데

나는 닛세키도오리 대로에서 햐쿠넨바시도오리* 도로로 돌아선다

나카가와(那珂川) 강을 거슬러 올라 불어오는 해풍을 맞으며

햐쿠넨바시 다리를 일분 만에 건넌다

그러고 보니 거짓말, 건너는 데 백년 걸리는 다리*가

있을 턱이 없다

　그건 그렇다, 다리를 건너는 동안 잠시 쏟아지던 비가
그새 그치지 않았는가

　잔달음질치던 추억이 북새통을 틈타 떠올랐다 사라졌
으니

　그날의 소문도 그날의 추억 이야기도 소나기에 젖어

　고인 것은 흘러넘치기에

　번져나가는 미래가 있고

　붉은 흙으로 쌓은 토담은 멀어지면서도

　선명히 빛난다

　하지만 그 토담에 둘러싸인 집은 없고

　틈새는 언어의 집이며

　집은 언어를 흘리므로

　점점이 떨어지는 표시를 주우며

　골목길을 더듬는다

　정신이 들면 나는 헤매고 있고

　내 등 뒤 혹은 옆 제방

　햇살을 받으며

　달리는 자전거가

　보일 때도

보이지 않을 때도 있다
뒤돌아보는 일에 익숙해지기 전에
행방을 쫓는다
마치
당연한 일인 양

〈옮긴이 주〉
* 닛세키도오리(日赤通り) 대로 : 후쿠오카 시의 남북으로 뻗어 있는 간선
  도로의 애칭. 닛세키(日赤)는 대로변에 있는 후쿠오카의 일본적십자병원
  에서 따온 이름이다.
* 햐쿠넨바시도오리(百年橋通り) 도로 : 후쿠오카 도심 동북부의 순환 도로
  의 애칭. 햐쿠넨바시는 나카가와(那珂川) 강의 다리 이름이다. 햐쿠넨바
  시도오리라는 이름은 도로 중간에서 이 다리를 건너는 데서 유래하였다.
* 백년 걸리는 다리 : '햐쿠넨바시도오리'의 '햐쿠넨(百年)'은 한국어로 백년
  이라는 뜻이다.

朝を待つ

まだ　語り終わらないうちに
陽射しは呑み込まれていく
広がる砂漠のざわめきだろうか
それとも　降りてくる夜の歌か
幾億の目覚めから
その眠りにむけて
破られることのない時の囲みに
とどまりながら
ボクらは　永い

永い　物語を　聞く
それは　埋もれていく記憶であり
沁みだしてくる記憶であって
声は　揺れながら　暗がりに
球体を浮かべようとする
聞こえてくるのは
ボクらの声か
地平を渡る欠落の形象に
引きつけられる言葉の欠片たち
鳥は　鳥の残像に生まれ
森は　森の痕跡に宿り

まどろみが　いつか
未明を夢見るように
終わらない語りを聞きながら
空に飛散する星たちの輝きに
目を凝らすのだ　じっと

吉貝 甚蔵(よしかい　じんぞう)　1959年福岡市生まれ。詩集『ハイホー』(1997年第28回福岡市文学賞受賞)、『夏至まで』(2010年第46回福岡県詩人賞受賞)『夜話茶話』。『季刊午前』、『侃侃』、『孔雀船』同人。日本現代詩人会、日本詩人クラブ、福岡県詩人会各会員。

아침을 기다리며

말이 채 끝나기도 전에
햇살이 삼켜져 간다
퍼져가는 사막의 술렁임일까
아니면 찾아드는 밤의 노래일까
수억의 각성에서
재차 잠을 청하여
깨지지 않는 시간의 둘레에
머물며
우리는 영원한
영원한 이야기를 듣는다
그 이야기는 묻혀 가는 기억이며
스며드는 기억이다
목소리는 떨리면서 어둠 속에서
둥근 형상을 띄우려한다
들려오는 건
우리의 목소리인가
지평선을 건너는 이지러진 형상에
이끌려 가는 언어의 조각들
새는 새의 잔상에서 태어나고
숲은 숲의 상흔에 깃들어

까무룩 든 잠이 언젠가
미명을 꿈꾸듯
끝나지 않는 이야기를 들으며
하늘에 흩뿌린 별빛을
가만히 응시한다

요시카이 진조(吉貝 甚蔵) 1959년 후쿠오카 현 출생. 1997년 시집 『Hi-Ho』로 제28회 후쿠오카시문학상. 2010년 시집 『하지까지』로 제46회 후쿠오카현시인상 수상. 『계간 오전』『캉캉』『구자쿠센』 동인. 일본현대시인회, 일본시인클럽, 후쿠오카현시인회 회원.

海と風の透視図

吉田 義昭(よしだ よしあき)

まひる、父と息子が岸壁に腰掛け、
海に繋がる二本の釣り糸を垂れています。
いくら待っても白い糸は垂直に移動しません。
このまま、この時間の中で待っていたら、
地球を釣り上げてしまうのではないか。
そのまぶしすぎる息子の声に、
父は何も答えずに穏やかな海面を見ています。

海と空が半分ずつの風景が広がっていました。
海と空はいつも対になっていなくてはならない。
父親と息子のようにと父は決意していました。
どちら側が欠けても、
太陽は沈む場所を探してうろたえるはずです。
空には雲が流れている方が美しい。
海もまた波で揺れている方が美しい。
風景はいつも何かに寄り添って作られるもので
　　す。

空と風がゆったりと雲を動かしていました。
海と風が波の上で白い帆船を動かしていました。

海と空はどちらが早く移動しているのか。

父は揺れる釣り糸を見つめながら考えていました。

いつもこちら側からしか見ていない風景を、

後ろ側から見つめることで速度の違いがわかるだろう。

父として息子を見つめるだけでなく、

息子の目の高さで自分を見つめる時間の速さも。

同じ風景を見つめていても、

父と息子は同じ時間を半分ずつに分け合っていました。

この空とこの海のようにです。

やがて誰もいなくなった風景だけが流れていくのです。

寄り添っていた二人が小さな魚を一匹ずつ釣り上げて、

父は父の時間の中で、息子は息子の時間の中で、

海と空の半分ずつの夕暮れから離れた後でも。

바다와 바람의 투시도

요시다 요시아키(吉田 義昭)

한낮에 아버지와 아들이 부두에 걸터앉아
바다로 이어지는 낚싯줄을 두 가닥 드리우고 있습니다.
 아무리 기다려도 하얀 실은 수직으로 움직이지 않습
니다.
 이대로 이 시간 속에서 기다리노라면
 지구를 낚아 올리진 않을까.
 그 눈부신 아들의 목소리에
 아버지는 아무런 대답 없이 잔잔한 해수면을 바라보고
있습니다.

 바다와 하늘이 반으로 나뉜 풍경이 펼쳐져 있습니다.
 바다와 하늘은 언제나 짝을 이루어야만 합니다.
 부자관계도 이와 같다고 아버지는 자각을 합니다.
 어느 한 쪽이라도 없으면
 태양은 저물 곳을 찾아 갈팡질팡하겠지요.
 하늘은 구름이 흘러야 아름답습니다.
 바다도 파도가 넘실대야 아름답습니다.
 풍경은 언제나 무언가와 짝을 지어 만들어집니다.

 하늘과 바람이 유유자적 구름을 움직이고 있습니다.

바다와 바람이 파도 위에서 하얀 돛단배를 움직이고 있습니다.

바다와 하늘 중 어느 쪽이 더 빨리 이동할까

아버지는 흔들리는 낚싯줄을 바라보며 생각합니다.

언제나 이쪽에서 바라보는 풍경을

뒤쪽에서 바라봄으로서 속도의 차이를 알 수 있겠지요.

아버지로서 아들을 바라보는 시간의 속도뿐 아니라

아들의 눈높이에서 자신을 바라보는 시간의 속도도.

같은 풍경을 바라보고 있어도

아버지와 아들은 같은 시간을 반씩 나눠 갖고 있습니다.

이 하늘과 이 바다처럼 말입니다.

이윽고 아무도 남지 않은 풍경만이 흘러갑니다.

나란히 앉아 있던 둘은 작은 물고기를 한 마리씩 낚아 올리고

아버지는 아버지의 시간 속에서, 아들은 아들의 시간 속에서

바다와 하늘이 반으로 나뉜 황혼에서 한참 멀어진 후 에도.

レモンの木

レモンの木についたアゲハチョウの幼虫を、
葉がすべて食べ尽くされても、
虫籠にいれるのはかわいそうだという息子を愛し
た。
レモンの木にはレモンの実しか実らない。
偶然に私のこどもとして生まれた息子が、
レモンの匂いのする棘を指にさして痛がっている。
愛しているとは口には出せないが、
息子の泣き顔を見るのがつらい父親が私だ。
不意のいたずらにも上手に騙され、
こどもは植物のように成長していくのだからと、
虫籠の中でさなぎが蝶になる瞬間を観察させたい。
そして、その息子の姿を正しく観察したかったが。

雲は何でできているのという質問はいいが、
空は何でできているのという質問にはうろたえる。
雪は何でできているのという質問はいいが、
水は何でできているのという質問にはうろたえる。
なぜ、木は水を欲しがるのかという質問に、
生きているものだからとしか答えられない父親が

私だ。

それなら、レモンの木は水で出来ているの。

レモンの葉っぱの上の水も生きているものなの。

やさしく書かれた「育児書」を読んでも、

こどもの気持ちは分からないものだと嘆く父親は、

もう誰にも観察されていない自分にもうろたえて
　　いた。

父親は不器用な方がいい。

不器用であることに気づかないふりの父親も私だ。

吉田 義昭(よしだ よしあき) 1950年長崎県生まれ。詩集2003年『ガリレオが笑った』(第14回日本詩人クラブ新人賞受賞)、2004年『空にコペルニクス』、2007年『北半球』、2011年『海の透視図 長崎半島から』(第10回詩と創造賞受賞)など。日本現代詩人会、日本詩人クラブ各会員。

레몬나무

레몬나무에 달라붙은 호랑나비 애벌레가
이파리를 통째로 갉아 먹어도
곤충채집통에 넣자니 불쌍하다고 말한 아들을 사랑했다.
레몬나무에는 레몬밖에 열리지 않는다.
우연히 내 자식으로 태어난 아들이
레몬 향내 나는 가시에 손가락을 찔려 아파하고 있다.
사랑한다고 말로 하지는 않았지만
아들의 우는 얼굴을 보면 괴로워하는 아버지가 나다.
갑작스런 장난에도 자연스럽게 속아주고
아이는 식물처럼 성장해가는 거니까
곤충채집통 안에서 번데기가 나비로 탈바꿈하는 순간
을 보여주고 싶다.
그리고 그런 아들의 모습을 제대로 관찰하고 싶었건만.

구름은 무엇으로 만들어졌냐는 질문은 괜찮지만
하늘은 무엇으로 만들어졌냐는 질문에는 쩔쩔맨다.
눈은 무엇으로 만들어졌냐는 질문은 괜찮지만
물은 무엇으로 만들어졌냐는 질문에는 쩔쩔맨다.
왜 나무는 물에 목말라하냐는 질문에
살아있는 생물이니까 라고만 간신히 대답하는 아버지

가 나다.

그럼 레몬나무는 물로 만들어졌어?

레몬 이파리 위의 물도 살아있어?

알기 쉽게 썼다는 육아교육서적을 읽어도

아이들의 마음은 알 길이 없다며 한탄하는 아버지는

이제는 아무도 자신을 관찰하지 않는다는 사실에 당황

한다.

아버지는 어설픈 편이 낫다.

어설프다는 것을 알아차리지 못하는 척하는 아버지도

나다.

요시다 요시아키(吉田 義昭) 1950년 나가사키 현 출생. 2003년 시집 『갈릴레오가 웃었다』로 제14회 일본시인클럽 신인상. 2011년 『바다의 투시도, 나가사키 반도에서』로 제10회 시토소조상 수상. 그 외의 시집으로 『하늘에 코페르니쿠스』 『북반구』 등. 일본현대시인회. 일본시인클럽 회원.

梅雨の晴れ間と歯とカンナ

脇川 郁也(わきかわ ふみや)

梅雨の晴れ間
ジェット機の轟音に振り仰ぐと
対馬海峡の方角に
まっすぐ伸びるひこうき雲
昨日まで
寝そべるように居座っていた梅雨前線が
今朝はずいぶんと下っていったらしい

歯医者の角には
カンナの花が一本
気を失ったように倒れている
群れ咲くカンナの濃い影のなかで
独り痛みを背負うように
赤いままに倒れている
ぼくは通り過ぎ振り返りもしないで
歯医者のドアを押した

戯ればかりを語りすぎて
ぽっかりと空いたぼくの口のなかで
ぐらりと傾いだ左上顎7番は

医者が指で揺するたびに
ずきりと痛みが走る
閉じたまぶたに巨大な注射針が浮かぶのだが
日下部医師は
「ちょっとだけチクッとしますよ」と
患者心も理解しないで事も無げにいう

ぶよりぶよりと
痺れくる口角の
腰が抜けたように頼りない歯茎の
凹んだ気持ちに萎えいく思念の
麻痺していく身体を
どう例えようかと思っているうちに
歯は大音声とともに抜けた

銀色の皿に載せられた歯は
思った以上に大きく立派であったが
知らぬ間に黄ばみ薄汚れた歯を
持って帰るとは言い出せなかった

歯医者を出ると
口のなかに血のにおいが広がった
倒れたカンナの花は
まだ鮮やかなままであった

장맛비가 그친 사이, 치아와 칸나

와키카와 후미야(脇川 郁也)

장맛비가 그친 사이
제트기 굉음에 하늘을 올려다보니
쓰시마 해협을 향해
똑바로 뻗은 비행기구름
어제까지
드러눕듯 진치고 있던 장마 전선이
오늘 아침엔 꽤 걷힌 모양이다

치과 모퉁이에
칸나꽃 한 송이
정신을 잃은 듯 쓰러져 있다
무리 지어 핀 칸나의 짙은 그림자 속에
홀로 아픔을 짊어지듯
빨간색 그대로 쓰러져 있다
나는 스쳐 지나가 뒤도 돌아보지 않고
치과의 문을 밀었다

실없는 말을 많이 해서
휑하니 빈 내 입 속에서
흔들리고 기울어진 위턱 왼쪽의 일곱 번째 치아는

의사가 손가락으로 흔들 때마다
날카로운 통증이 인다
감은 눈꺼풀 위로 큼직한 주사 바늘이 비치지만
의사 구사카베는
"조금 따끔해요"라고
환자의 마음도 모른 채 무심하게 말한다.

찌릿찌릿
저려오는 입 꼬리
기력이 쇠한 듯 맥 빠진 잇몸
움푹 파인 마음에 시들어가는 상념
마비되어가는 신체를
어떻게 비유하면 좋을까 이 말 저 말 궁리하는 동안
치아는 큰소리와 함께 빠졌다

은색 접시에 놓인 치아는
생각보다 크고 실했지만
시나브로 누렇게 변색하고 더러워진 치아를
가져가겠다고는 말하지 못했다

치과를 나오니
입 속에 피 냄새가 퍼져 있다
쓰러진 칸나꽃은
아직 색이 선명한 채였다

折り鶴

願いを込めて
妻が鶴を折っている
教わっても上手に折れないから
不器用なぼくは隣に座って
妻の指先をじっと見ている
母も　そして祖母もまた
何かを願って鶴を折った
鶴は祈りだ
千羽の鶴には
色とりどりの祈りが畳み込まれている
せめて今日いちにち
幸せでありますように
折り鶴をそっと手の平に乗せる
今年の冬もきっと
半島を越えてたくさんのツルがやってくる

脇川 郁也(わきかわ　ふみや) 1955年福岡市生まれ。詩集『百年橋』、『花の名を問う』、『バカンスの方法』、『露切橋』(2000年第36回福岡県詩人賞受賞)、『ビーキアホゥ』(2009年第39回福岡市文学賞受賞)、『靴底の青空』など。文芸誌『季刊午前』編集委員。日本現代詩人会、日本詩人クラブ、福岡県詩人会会員。

종이학

소원을 담아

아내가 학을 접고 있다

배워도 잘 접지 못하니까

서투른 나는 옆에 앉아서

아내의 손끝을 가만히 바라만 본다

어머니도 할머니도 이처럼

소원을 빌며 학을 접었다

학은 염원이다

천 마리 학에는

각양각색의 염원이 깃들어있다

적어도 오늘 하루

행복하기를

종이학을 가만히 손바닥에 올려본다

올겨울에도 분명

한반도를 넘어 수많은 학이 찾아오리라

와키카와 후미야(脇川 郁也) 1955년 후쿠오카 현 출생. 2000년 시집 『쓰유키리바시 다리』로 제36회 후쿠오카현시인상, 2009년 시집 『비케이플(Be careful)』로 제39회 후쿠오카시문학상 수상. 그 외의 시집으로 『햐쿠넨바시 다리』 『꽃의 이름을 묻다』 『바캉스의 방법』 『구두창의 푸른 하늘』 등. 문예지 『계간 오전』 편집위원. 일본현대시인회, 일본시인클럽, 후쿠오카현시인회 회원.

壷

和田 まさ子(わだ まさこ)

あいさつに行ったのに
先生は
いなかった

出てきた女性は
「先生はいま 壷におなりです」
というのだ
「昨日は 石におなりでした」
ははあ 壷か
「お会いしたいですね せっかくですから」

わたしは地味な益子焼の壷を想像したが
見せられたのは有田焼の壷であった
先生は楽しい気分なのだろう

先生は無口だった
やはり壷だから

わたしは近況を報告した
わたしは香港に行った

わたしはマンゴーが好きになった
わたしはポトスを育てている
わたしは
とつづけていいかけると
「それまで」
と壺がいった
聞いていたらしい

「模様がきれいですね」というと
「ホッホッ」と先生が笑った
わたしは壺の横にすわった
だんだん壺になっていくようだ
わたしもきれいな模様がほしいと思った

アパートほうれん荘
二階三〇一号室に帰ると部屋に壺があった
それはわたし？

たとえばこんな一日が
わたしの好きな日だ

항아리

와다 마사코(和田 まさ子)

인사차 갔더니
선생님은
부재중이다

어떤 여자 분이 나와서
"선생님은 지금 항아리가 되셨습니다"
라고 말한다
"어제는 돌이 되셨어요"
아하, 오늘은 항아리인가
"모처럼 왔으니 뵙고 싶습니다"

나는 수수한 마시코* 도자기 항아리를 상상했는데
보여주는 것은 아리타* 지방의 도자기 항아리였다
선생님은 즐거우시겠지

선생님은 말이 없다
다름 아닌 항아리니까

나는 근황을 보고했다
나는 홍콩에 갔다

나는 망고가 좋아졌다
나는 포토스*를 기르고 있다
나는
하고 이야기를 이어가자
"그만 해라"
라고 항아리가 말했다
듣고 있었던 모양이다

"무늬가 아름다워요"라고 했더니
선생님이 "호호호" 웃었다
나는 항아리 옆에 앉았다
점점 항아리가 되어가는 듯하다
나도 아름다운 무늬를 갖고 싶다고 생각했다

아파트 호렌소
2층 301호로 돌아가 보니 방에 항아리가 있었다
그게 나일까?

이를테면 이런 하루가
나는 좋다

<옮긴이 주>

* 마시코(益子) : 일본 간토(関東)지방의 도치기(栃木) 현에 위치하며 도자기 생산지로 유명하다. 두껍고 투박하여 소박하지만 강한 아름다움이 있다.

* 아리타(有田) : 일본 규슈(九州) 사가(佐賀) 현에 위치하며 도자기 생산지로 유명하다. 하얀 바탕에 안료로 그림과 문양을 그리는 것이 특징이다.

* 포토스(Pothos) : 녹색의 잎에 노란색 무늬가 불규칙하게 들어가 있어 골든포토스(golden pothos)라고도 불린다. 공기정화식물로 알려져 있다.

ひとになる

夜のうちに
豹になっていたわたし
黒い斑点の美しい模様の体で
アフリカの大地をかけめぐり
肉をひきちぎって食べていた
そのスピードがゆるゆる落ちて
朝がきた
服を着替え
パンとサラダを食べ
化粧をし、口紅をひいて
鏡をのぞき込む
ひとらしく見えるだろうか
豹のまなざしになっていないか
飢えた心が見すかされはしないか

バス停で待っていると
待っているのは
バスなのか
餌食となる動物なのか
判然としない

まだ、眠りと現実のあわいにいるようだ
二月の晴れた日にアフリカではなくて
ここにいる不思議にとまどっている

あそこにもひとり
夜、なにかになっていた女性がいる
懸命にひとになろうと努力しているのがわかる

ひとになるのがいちばんむずかしい

和田 まさ子(わだ まさこ) 1952年東京都生まれ。詩集『わたしの好きな日』、『なりたい わたし』(ともに思潮社)。個人詩誌『地上十センチ』発行。所属『詩の会・福間塾』と同人誌『生き事』。

사람이 되다

한밤중에
표범이 되었던 나
검은 반점 아름다운 무늬의 몸으로
아프리카 대지를 누비며
살점을 물어뜯어 먹었다
속도가 점점 사그라들고
아침이 왔다
옷을 갈아입고
빵과 샐러드를 먹고
화장을 하고, 립스틱을 바르고
거울을 들여다본다
사람처럼 보일까
표범의 눈빛은 아닐까
굶주린 마음을 들키지는 않을까

버스정류장에서 기다리고 있자니
기다리는 건
버스인지
희생양이 될 동물인지
분명치 않다

아직 잠결과 현실의 경계인 듯하다
2월의 맑은 날에 아프리카가 아니라
여기에 있다 이상하게도 머뭇거리고 있다

저쪽에도 한 사람
밤에 무언가로 변한 여자가 있다
필사적으로 사람이 되려고 노력하는 게 보인다

사람이 되는 게 가장 어렵다

와다 마사코(和田 まさ子) 1952년 도쿄 출생. 시집 『내가 좋아하는 날』
『되고 싶은 나』 등. 개인 시문학지 『지상 10센티』 발행. '시모임 후쿠마 학
원'과 『삶』 동인.

한일 간 번역 30년에 주는 선물

한성례

번역과 집필은 집짓기와 흡사하다. 집필은 직접 짓고 번역은 옮겨짓는 것과 같다. 결과적으로 집 한 채를 완성한다는 점에서는 똑같다. 못 하나라도 잘 못 박으면 집은 무너진다. 남의 집을 제대로 지어주는 일이 그리 호락호락한 작업은 아니다.

고교시절 문예반장을 시작으로 문학과 시는 내 인생의 전부였다. 그리고 대학에서 일문과 재학 중에 전후세대 문인 중 일본문학 전공자가 한 사람도 없다는 것을 알고 부터는 이유 모를 사명감 같은 것을 가졌고, '한일 간에서 문학 번역을 통해, 특히 시 번역을 통해 무지개의 다리를 놓으리라' 마음먹었다.

올해는 광복 70주년, 한일수교 50주년이다. 내 번역 인생은 30주년이다. 대학을 졸업하던 1985년부터 번역을 시작하여 줄곧 번역자의 길을 걸어왔고, 그동안 한일 양국에서 200여 권의 저서를 번역했다. 가장 많은 시간과 공력을 요하는 번역은 한일의 문학지에 게재하는 시이며, 그 중에서도 일본 쪽 문학지에 시를 번역하는 일이었다. 양국 문학지에 교차해서 작품을 소개하다 보니, 작품을 번역하는 일보다는 작품 선정, 원고 청탁, 문학지 우송 등 자잘한 일에 더 많은 시간을 할애해야 했다.

번역에서 가장 힘든 시 번역을 해오면서 그 덕에 한일 간에서 시에 대해 여러 글도 썼다. 모국어가 아닌 일본어로 한국시를 번역할 때는 고통도 크지만 그만큼 큰 보람과 기쁨도 뒤따랐다.

문학지는 많은 사람들이 접할 수 있음을 염두에 두고 1990년대 초부터 주로 문학지를 통해 양국의 시를 번역 소개했는데, 그 결과 1990년대 말부터는 양국 시인들의 여러 시집이 한국과 일본에서 출간되고 있다.

처음으로 한일시선집을 기획·출간한 것은 1995년 한국과 일본에서 동시 출간한 '광복 50주년 기념 전후세대 100인시선집' 『푸른 그리움』이었고, 이번이 네 번째다. 이 '한일시인 70인 대역 시선집'은 번역자로서 나 스스로에게 주는 선물인 셈이다.

이번 한일시선집 출간에서 한국 측 시인 선정은 그동안 시를 쓰고 번역을 하면서 인연법에 따라 만난 연을 마음에 두었다. 그런 연유로 스무 살 문청시절부터 함께 동인으로 활동했거나 또는 의리로 맺어진 관계도 포함되었음을 밝혀둔다. 한국 측 35인은 모두 일본의 문학지에 번역 소개된 시인들이며, 일본에서 시집이 출간되었거나 출간될 시인들이 많다.

이 시선집에는 함께하지 못했지만 한일의 문학지에 작품을 번역 소개할 때면 기꺼이 작품을 보내주시며 격려

해 주시고 좋은 작품과 접할 기회를 주셨던 한일의 수많은 시인들께 이 지면을 통해 고마움을 전하고 싶다.

일본 측 시인 선정은 다지마 야스에 시인이 맡았다. 다지마 야스에 시인은 출판사 쇼시칸칸보의 대표이기도 해서, 이 출판사에서 이성복, 안도현, 김혜영 등의 시집, 에세이집, 동화집이 번역 출간되었다. 한일 간의 문학교류에도 앞장서서 힘을 기울여 왔다. 이 시선집 출간에서도 수정과 교정 등 하나에서 열까지 협력과 수고를 아끼지 않았다. 덕분에 뜻깊은 한일시선집이 완성되었다. 깊이 감사드린다.

앞으로도 나는 변함없이 밤을 새워가며 번역에 매달릴 것이다. 나를 찾아와 줄 새로운 시, 번역으로 만날 한일의 시들에 가슴 설레면서. 초심으로 돌아가 다시 출발선에 서서.

日韓間の翻訳30年目の贈り物

韓成禮(ハン・ソンレ)

　翻訳と執筆は家作りと似ている。執筆は家を直接作り、翻訳は移転してまた作るようなものである。結果として本という一軒の家を完成するという点では同じである。釘一つでも打ち間違えたら、家は崩れてしまう。だから人の家を立派に建ててやるのは、それほど簡単な作業ではない。

　高校時代に引き受けた文芸班の班長をはじめとして、文学と詩は私の人生そのものだった。そして大学で日本文学科に在学中、韓国の戦後世代の文学者の中に日本文学専攻者が一人もいないということを知ってからは、何かしらの使命感のようなものを持ち始め、「日韓間で文学翻訳を通じて、特に詩の翻訳を通じて虹の橋を架けたい」と心に誓った。

　今年は韓国では光復70周年、また日韓国交正常化50周年である。それに私の翻訳人生としては30周年になる。大学を卒業した1985年から翻訳を始め、ずっと翻訳者の道を歩んできて、これまで日韓両国で

200冊余りの著書を翻訳した。しかし最も多くの時間と労力を要する翻訳は、日韓の文学誌に掲載する詩、その中でも日本側の文学誌に韓国の詩を翻訳・紹介する仕事だった。

両国の文学誌を行き来して交互に作品を紹介して見ると、作品を翻訳する仕事よりも作品の選定、原稿依頼、文学誌郵送などの仕事により多くの時間を割くことが多くなった。

私は翻訳でもっとも大変だと言われる詩の翻訳を手がけたために、日韓間で詩に関するいくつかの文章を書く機会も与えられた。母国語ではなく、韓国の詩を日本語に翻訳する仕事には苦痛も大きいが、その分だけやりがいと喜びも大きかった。

多くの人たちが接することができるという条件を念頭に置いて、1990年代の初めから主に文学誌を媒介として両国の詩を翻訳紹介してきたが、その結果、1990年代末からは両国の詩人たちの詩集が多く韓国と日本で出版されるようになった。

初めて日韓詩選集を企画・出版したのは1995年、韓国と日本で同時出版した光復50周年記念の「日韓戦後世代100人詩アンソロジー」『青い憧れ』であり、今回は4回目に当たる。そしてこの「日韓詩人70人対訳詩アンソロジー」は翻訳者としての私自身に贈る贈り物でもある。

今回の日韓詩選集の出版で韓国側の詩人の選定は、これまで詩を書き、翻訳をしながら、出会ったご縁を念頭に置いて行った。そのような理由で、20歳の青春時代から一緒に同人として活動したり、または義理で結ばれてきた関係も含まれていることを明らかにしておきたい。また韓国側の詩人35人は、すべてこれまで日本の文学誌に翻訳・紹介された詩人たちであり、日本ですでに詩集が出版されたり、これから出版される詩人たちが大部分である。

　この詩選集には含まれなかったが、日韓の文学誌に作品を翻訳・紹介するときには喜んで作品を送ってくださり激励してくださって、良い作品と接する機会をくださった日韓の数多くの詩人の方々に、この紙面を通じて感謝の気持ちをお伝えしたい。

　日本側の詩人選定には、田島安江詩人がご苦労してくださった。田島安江詩人は出版社書肆侃侃房の代表でもあり、この出版社は今までにも李晟馥(イ・ソンボク)、 安度眩(アン・ドヒョン)、金惠英(キム・ヘヨン)などの詩集、エッセイ集、童話集を翻訳出版し、日韓間の文化交流も先頭に立って努力してこられた。また、この詩選集の出版にも修正と矯正など、一から十まで協力と手間を惜しまれなかった。おかげさまで意義深い日韓詩選集が完成したので、この場を借りて田島安江詩人にも深く感謝したい。

　私はこれからも相変わらず、夜を徹して、翻訳に

没頭するだろう。私を訪ねて来てくれる新しい詩、翻訳で出会う韓日の詩に心を踊らせながら。初心に帰り、再びスタートラインに立って。

편역 한성례

1955년 전북 정읍 출생. 세종대학교 일문과와 동 대학 정책과학대학원 국제지역학과 일본학 석사 졸업. 1986년 『시와 의식』 신인상 수상으로 등단. 한국어 시집 『실험실의 미인』, 일본어 시집 『감색치마폭의 하늘은』, 『빛의 드라마』 등이 있고, '허난설헌문학상'과 일본에서 '시토소조상'을 수상했다. 번역서 『세계가 만일 100명의 마을이라면』, 『붓다의 행복론』 등이 한국 중고등학교 각종 교과서의 여러 과목에 수록되었으며, 소설 『파도를 기다리다』, 『달에 울다』를 비롯하여 한일 간에서 시, 소설, 동화, 에세이, 앤솔로지, 인문서, 실용서 등 200여권을 번역했다. 특히 고은, 문정희, 정호승, 김기택, 박주택, 안도현 등 한국시인의 시를 일본어로 번역 출간했고, 니시 가즈토모, 잇시키 마코토, 호소다 덴조, 고이케 마사요 등 일본시인의 시와 스웨덴 시인 라르스 바리외(Lars Vargö)의 하이쿠집을 한국어로 번역 출간하는 등 한일 간에서 많은 시집을 번역했다. 1990년대 초부터 문학을 통한 한일 교류를 꿈꾸며 문학지를 중심으로 시를 번역 소개하고 있다. 현재 세종사이버대학교 겸임교수.

編訳 韓成禮

1955年、全羅北道井邑生まれ。世宗大学日語日文学科及び同大学政策科学大学院国際地域学科日本学修士卒業。1986年『詩と意識』新人賞を受賞して文壇デビュー。詩集に『実験室の美人』、日本語詩集『柿色のチマ裾の空は』、『光のドラマ』など。1994年、許蘭雪軒文学賞、2009年、詩と創造特別賞(日本)受賞。翻訳書『世界がもし100人の村だったら』、『ブッタの幸福論』などの文章が韓国の中・高等学校の国語・社会などの教科書に収録されている。宮沢賢治『銀河鉄道の夜』、丸山健二『月に泣く』、東野圭吾『白銀ジャック』、辻井喬『彷徨の季節の中で』など、韓国語への翻訳書と、特に、日韓の間で多くの詩集を翻訳し、文貞姫詩集『今、バラを摘め』、鄭浩承詩集『ソウルのイエス』、金基澤詩集『針穴の中の嵐』、朴柱澤詩集『時間の瞳孔』、安度眩詩集『氷蟬』などを日本で翻訳出版し、西一知、一色真理、小池昌代、細田傳造、田原、柴田三吉、ナナオサカキなどの詩人の詩や韓国で翻訳出版した。1990年代の初め頃から文学を通じての日韓交流を目指し、文学誌を中心に詩を翻訳紹介している。現在、世宗サイバー大学兼任教授。ほか、詩、小説、童話、エッセイ、人文書、アンソロジーなど、約200冊がある。